EX-LIBRIS

The Secret Garden

秘 密 花 園

法蘭西絲‧霍森‧柏納特—著
Frances. E. Hodgson Burnett

笛藤出版

在電影、戲劇、甚至在兒童讀物中，《秘密花園》、《小公主》這些家喻戶曉的故事，由於它們純真浪漫又充滿戲劇性的情節，一向深受眾人青睞。這些看似為兒童量身訂做的小說，洋溢著童話般的色彩和正面的人生觀，是作者法蘭西絲‧霍森‧柏納特，置身十九世紀工業文明起飛的時期，用她無窮的想像力，為人們貧乏刻板的現實生活，增添了夢想與溫暖。她是一位受到廣大讀者喜愛的兒童文學及通俗小說作家，而她的作品往往反映了她自身的經歷與心路歷程。或許過於平順的寫作歷程，偶爾使她的作品略顯輕薄，不夠深刻，但是書中所流露出的正直、純潔、美好的人生觀，以及故事本身的魅力，已經足以深植人心了。

法蘭西絲出生於英國曼徹斯特，父親是一位鐵匠，全家過著優渥而單純的生活，法蘭西絲和弟妹均在英國的托兒所長大。她在很小的時候就顯露了作家的特質，嗜讀若渴、喜歡想像與角色扮演，也喜歡編故事給同學們聽，具有同情心的她也不吝嗇與眾人不喜的養豬女孩艾瑪一起玩耍。法蘭西絲七歲開始嘗試寫作，這些經歷便成為她的創作靈感來源。

法蘭西絲的父親在她四歲時過世，從此家境陷入困

窘。她曾形容那段日子是「可怕的挨
餓歲月，沒有食物、衣服，甚至沒有暖爐」。
她十五歲時，全家移居美國投靠母親的親戚，
然而寄人籬下的日子顯然無助於改善家境，法蘭西
絲沒有向清苦的環境低頭，她和弟弟妹妹開始設法
工作賺錢，並在十八歲那年大膽地投稿給當時的熱門
雜誌《古德仕女書》，並向該雜誌的編輯坦承是為了
稿酬而投稿，終獲採用。她的勇敢以及創作天賦早已
預告了日後的成功。

　　從此法蘭西絲在寫作上的成就令人稱羨，不僅在
幾家雜誌上刊載作品，出版的劇作與小說也都暢銷，
一生共出版了四十多部作品，使她名利雙收。她擅長
也喜愛的題材是通俗的浪漫小說以及為孩子們所寫的
故事。《小公子方特洛伊》是她以小兒子維維安為雛
型所寫成的；《小公主》則是作者的心境寫照，她們
同樣來自良好的家庭，喜歡享受、愛好幻想，她們的
父親一樣早逝，日子一樣難過，但都不向命運低頭，
憑著想像力將現實妝點得興趣盎然。雖然法蘭西絲的
現實生活不盡美好，她曾經歷兩段婚姻、長子早夭、
經年累月往來奔波於歐美等地，使她的作品常常流
露感傷與不幸的氣氛，但結局大多是圓滿收場，或
許這就是法蘭西絲所希望呈現的——快樂與幸福
是人生最好的禮物，時時刻刻存在人的心裡
面，只要努力想像，就會看見。

一個充滿神秘歡悅的魔法花園，帶來滿園的花香和早春的旖旎風光，也帶來了歡樂和希望，這是一個開啟幸福之門的秘密花園。

本書裡有四個主要角色。

瑪麗‧蘭諾克斯是小說前幾章裡的主要人物，也是全書的靈魂人物。她是一個十歲大的孤兒，她的父母在印度一次霍亂的瘟疫中過世，於是被送到英國約克郡密蘇威特莊園，與叔叔阿希巴爾德‧克萊文同住。瑪麗從小就是一個被寵壞的任性小孩，長得一點也不討喜，而且從小到大只替自己著想，她不喜歡任何人，人們也不喜歡她。後來，她發現了秘密花園，漸漸地不再那麼自我中心，她開始變得和一般的小女孩那樣可愛。她一心一意想著如何讓花園甦醒過來，這個向來對什麼事都不感興趣的女孩，突然間變得興致勃勃，也讓她發現到愛人和被愛是多麼幸福的一件事。

柯林‧克萊文是阿希巴爾德‧克萊文十歲大的兒子。由於被一個奇怪的哭聲吸引，瑪麗發現了隱居在密蘇威特莊園一個隱密廂房裡的柯林。他長年臥病在床，只能等待著即將形成的駝背，並且擔心害怕自己很快就會死去。心理上的恐懼使他經常歇斯底里，他和瑪麗一樣被寵壞了，被惹怒時就大發脾

氣，除了幾個僕人、他的醫生和他的爸爸之外，他不准任何人見到他。直到他遇見了瑪麗和秘密花園，改變了他的生活。

狄肯．索維比是瑪麗一個女僕的弟弟。他是一個約克郡的男孩，在瑪麗眼中，他和世界上其他的男孩子都不一樣，他會吸引狐狸、松鼠和鳥，他比全世界的任何男孩子都還要好，他就像個天使。他是荒野上的陽光男孩，也是柯林和瑪麗口中的魔法男孩。

第四個主角則是秘密花園本身。它已經被鎖上十年了，它的門隱藏在一片茂密生長的長春藤簾幕後面。克萊文先生在他的太太因為早產生下柯林，又在花園意外過世之後，便將花園的鑰匙埋了起來。瑪麗意外地發現了進去的路，便和狄肯開始進行使花園甦醒的工作。接著是柯林，他被邀請加入瑪麗和狄肯的魔法團隊，也和瑪麗一樣開始對生命感到興致盎然。他們一起在花園裡工作、挖土和跑跳，為花園增添生機，一起感受花園的魔法力量，一起迎接春天到來，一起發現他們變胖、變健康、變得很愛笑、變得對未來充滿希望了。

作者以豐富的想像力及動人的文采，將花園描繪得如此繽紛燦爛、如此完美，讓讀過的人莫不心嚮往之。

The
Secret Garden

秘密花園

Contents

Chapter

1

沒有人留下來

沒人記得屋裡還有一位小姐。這就是為什麼整棟房子這麼安靜——這棟房子確實只剩下她和那條小蛇。

瑪麗‧蘭諾克斯被送到密蘇威特莊園和叔叔一起住的時候，每個人都說她是他們看過最不討人喜歡的小孩。這倒是真的，她有著瘦弱的臉和單薄的身體，表情有點刻薄；她的頭髮稀疏，顏色很淡，還有點黃黃的；又因為在印度出生，還老是生病的緣故，她連臉色也是蠟黃的。她的爸爸在英國政府機關擔任官職，工作忙碌，自己也常生病，而她的媽媽是個大美人，喜歡參加宴會和年輕小伙子們嬉鬧玩樂，一點都不想要這個小孩，所以瑪麗一出生的時候，就被交給奶媽照顧。而奶媽被吩咐，如果想要取悅夫人，就盡可能地把小孩帶離她的視線，所以當她還是一個體弱多病、成天哭鬧、其貌不揚的小嬰兒時，她就過著與媽媽疏遠的生活。當她長大一點，仍然是一個體弱多病、成天哭鬧、蹣跚學步的小孩，也仍然與媽媽不親密。除了奶媽的黑臉和其他幾個印度僕人之外，她不記得任何熟悉的事物。奶媽和僕人們總是順著她，任她予取予求，這是因為如果夫人聽到了她的哭鬧聲會很生氣。所以瑪麗到了六歲的時候，她已經被縱容得像是蠻橫自私的小豬了。

教她讀書寫字的英國家教非常不喜歡她，三個月內就放棄了她的教職。其他老師先後填補這個缺，但待的時間總是一個比一個短。所以，如果不是瑪麗自己真的想學習，恐怕會連一個字母都認不得。

九歲那年，在一個酷熱的早上，她一臉怒氣地醒來，發現站在床邊的僕人不是她的奶媽，她大發脾氣。

「你在這裡做什麼？我不要你在這裡，去把我的奶媽找

來。」她對陌生的女僕人說。

女僕人看起來嚇壞了，結結巴巴地說奶媽不能來。瑪麗氣得對她拳打腳踢，女僕人看起來更加害怕了，一直重複解釋著無法替她把奶媽找來。

那個早上的氣氛有點奇怪，日常的規律作息都跟平時不一樣，好像有幾個印度僕人不見了，看到的幾個僕人臉上都帶著蒼白驚慌的表情，匆匆忙忙地奔走著。但是，沒有人告訴她發生了什麼事，還有奶媽為什麼沒來。早上悄悄流逝，她孤伶伶地待著，最後她只好到花園裡，在涼亭附近的樹下自己玩了起來。她假裝在佈置花床，將一大朵紅色芙蓉花插在小土堆上。回到屋裡之後，她卻越來越生氣，嘴裡不停咒罵著。

「豬！豬！豬生的！」她說。叫一個印度人豬是最嚴重的侮辱。

她咬牙切齒，一遍又一遍地罵著，這時她看到她的媽媽和一個人在涼亭上出現 —— 她正站著和一個年輕俊俏的男人說話，語調低沉怪異。瑪麗認得那個看起來像是男孩的俊俏男人，他是剛從英國來的軍官。她看著他，也看著她的媽媽，但是，她還是最喜歡看著她的媽媽。一有機會看到媽媽，瑪麗總是那樣注視著她，因為「夫人」 —— 瑪麗經常這樣稱呼她 —— 是那麼美、那麼修長又那麼苗條，而她穿的衣服又是那麼地漂亮，她捲捲的頭髮像絲一樣；她那小巧精緻的鼻子彷彿對一切嗤之以鼻，而那雙大眼睛總是笑盈盈的；她的每一件衣服都輕飄飄的，瑪麗說那些衣服「全是蕾絲」。今天早上，她衣服上的蕾絲看

起來比以前更多，但是她的眼裡卻絲毫沒有笑意，反而好像因為受到了驚嚇而瞪得大大的，懇求地看著俊俏男孩軍官的臉。

「情況很糟嗎？情況真的那麼糟嗎？」瑪麗聽到她說。

「糟透了。」年輕男人用顫抖的聲音回答：「糟透了，蘭諾克斯夫人，你早該在兩個星期以前就到山區的。」

夫人扭著雙手。

「我知道應該這樣！」她哭著說，「我留下來都只為了參加那個晚宴，我真蠢！」

就在這時，一陣嚎啕痛哭從僕人房裡傳了出來，夫人緊抓著年輕軍官的手臂，而瑪麗嚇得全身發抖。哭號聲越來越大。

「怎麼回事？怎麼回事？」蘭諾克斯夫人喘著氣。

「有人死了。」男孩軍官回答。「你沒說已經在你的僕人當中爆發了。」

「我不知道啊！」夫人哭了起來，「跟我來，快跟我來！」她轉身跑進屋裡。

那件突然爆發、令人害怕的事情，向瑪麗解釋了那個奇怪的早上。原來，致命的霍亂嚴重蔓延，人死得像蒼蠅一樣快。昨天晚上，奶媽也受到感染了，剛才僕人在小屋裡痛哭，正是因為奶媽去世了。還不到兩天就死了三個僕人，其他的僕人都害

怕得逃走了。現在房子裡到處都是瀕死的病人，驚慌四起。

　　第二天，瑪麗感到很困惑，於是躲在育兒房裡。大家都把她遺忘了，沒人想到她，沒有人需要她，瑪麗又哭又睡地度過了好長一段時間。她對於發生的怪事一無所知，她只知道人們病了，也聽到了神祕嚇人的聲音。有一次她悄悄走進餐廳，卻發現裡面空無一人，餐桌上還留著沒吃完的食物，椅子和碗盤看起來很像用餐的人因為某種原因，還沒吃完就匆忙地把食物推到一邊，突然起身離開。瑪麗吃了一些水果和餅乾，又喝了一杯幾乎斟滿的酒解渴──酒是甜的，她不知道那是烈酒。她很快就感到一股濃濃的睡意，於是又回到了育兒室，將自己關起來。她聽到了小屋裡的哭聲和急促的腳步聲，她感到非常害怕，但是酒使得她昏昏欲睡，幾乎無法睜開眼睛，於是她倒在床上，睡了很長一段時間。

　　她熟睡的期間發生了許多事情，但是房子裡的哭聲和進進出出的聲音並沒有驚擾到她。

　　她醒來後，躺在床上看著牆壁。屋裡異常安靜，她以前不知道會如此地安靜，沒有人聲，也沒有腳步聲，她不知道大家是否平安度過了霍亂的蔓延，也不知道災難是不是已經結束了，她也不知道奶媽死後誰會來照顧她。當然會有一位新的奶媽，或許她會知道一些新的故事。瑪麗早就已經厭倦老僕人了，她並沒有為奶媽的死哭泣，再說，她也不是討人喜歡的小孩，所以向來也不太在乎別人。霍亂期間的吵鬧忙亂和嚎哭使她受到驚嚇，她非常生氣，因為似乎沒有人記得她還活著，大家都太驚慌了，

所以沒人注意到一個不討人喜歡的小孩。人們得了霍亂時，似乎什麼都沒想到，只想到他們自己，但是如果再度康復時，一定會有人記起她，並且來找她才對。

但是沒有人來找她，她躺在床上等著，房子似乎越來越寂靜。突然，她聽到床墊上有一陣沙沙聲，她低頭一看，原來是一條小蛇在爬行，並用寶石般的眼睛看著她。瑪麗沒被嚇到，因為牠看起來不像會傷害她，似乎只是急著在找房子的出口。瑪麗看著牠從門底下溜了出去。

「真奇怪，好安靜！」她說：「聽起來好像整棟房子只剩下我和這條小蛇。」

就在這個時候，她聽到了花園裡有腳步聲，然後腳步聲上了涼亭──那是男人的腳步聲，他們走進房子，低聲說話。沒有人去接見他們或跟他們說話。他們似乎在開門，查看每一個房間。

「真荒涼啊！」她聽到有個聲音說：「那個漂亮的女人！我猜那個小孩也是。我聽說有一個小孩，雖然沒有人見過她。」

幾分鐘後他們打開育兒房的門，瑪麗就站在房間的正中央。

她看起來像是一個正在鬧脾氣的小東西。瑪麗皺著眉頭，因為她肚子餓了，卻沒人理她，她正在生氣。第一個走進去的人是個魁梧的軍官，她見過他和爸爸說話。他看起來疲憊且苦惱不堪。他看到她時嚇了一大跳。

「巴尼！」他喊了出來，「這裡有一個小孩！一個孤伶伶的

小孩！待在這樣的地方！天啊！她是誰？」

「我是瑪麗・蘭諾克斯，」小女孩倔強地說，她認為那個人說爸爸的房子是「這樣的地方」很沒禮貌。「大家得霍亂的時候我睡著了，剛剛才睡醒。為什麼沒有人來？」

「就是那個沒人見過的小孩！」那個人轉向他的同伴，「她確實被遺忘了！」

「為什麼忘記我？」瑪麗跺著腳，「為什麼沒人來？」

名叫巴尼的人難過地看著她，瑪麗看見他眨了眨眼睛不讓淚水流下。

「可憐的小孩！」他說：「這裡沒有人留下來，沒有人會來了。」

在這個奇怪的情況下，瑪麗知道爸爸和媽媽都死了，並在夜裡被送走了，幾個還活著的印度僕人也匆匆逃離這棟房子，沒人記得屋裡還有一位小姐。這就是為什麼整棟房子這麼安靜──這棟房子確實只剩下她和那條小蛇。

Chapter

2

真彆扭的瑪麗小姐

那棟大房子矗立在荒野上已經有六百年了，裡面有一百多間房間，但大部分都鎖上了。全部的畫、精緻的家具、古董都有幾百年的歷史。房子周圍有一個大庭園，有花園還有樹，樹枝在地上到處蔓延。

秘密花園

瑪麗喜歡遠遠地看著她的媽媽，覺得她非常漂亮，但是因為對她的所知不多，瑪麗幾乎沒有想過要愛她，就連她死了也沒有非常想念她。其實，她一點都不想念她，因為她是個自我中心的小孩，她一向只想到自己。要是她現在比較大了，她一定會因為被孤伶伶地留在世上感到緊張與不安；但是她還小，她覺得一定會有人和以前一樣來照顧她，她只想知道她會不會遇到像奶媽和其他印度僕人那樣對她客客氣氣、任她予取予求的好人。

她知道自己不會永遠住在英國牧師家裡──那是她被帶去的第一個地方，她不想住在那裡。牧師很窮，有五個年紀相近的小孩，他們穿著破破爛爛的衣服，經常為了爭奪玩具吵個不停。瑪麗討厭他們亂七八糟的小屋，經常對他們發脾氣，她才住不到兩天，就沒有人願意和她一起玩了。第二天，他們給她取了綽號，這讓她更生氣了。

綽號是巴索最先想到的。巴索是一個小男孩，他有一雙傲慢的藍色眼睛，和一個向上翹的鼻子，瑪麗很討厭他。當時，她就像霍亂發生那天一樣，正在一棵樹下自己玩。她堆了一堆土和通往花園的小徑，巴索站在旁邊看著她。不久之後，他覺得很有趣，於是提議：「你為什麼不擺一堆石頭，當作假山呢？」他身體向前傾，指手畫腳地說：「那裡，在中間那裡。」

18

「走開!」瑪麗大吼:「我不需要男生,走開!」

一開始,巴索很生氣,接著開始嘲笑她。他經常嘲笑他的姐妹們。他繞著她手舞足蹈、扮鬼臉、又唱又笑。

真彆扭的瑪麗小姐

你的花園如何長得好?

銀鐘花和海貝殼

和金盞花都種在一起。

他一直唱,其他孩子們聽到後也跟著笑了起來。瑪麗越生氣,他們「真彆扭的瑪麗小姐」就唱得越大聲。從此以後,只要她和他們在一起,當他們提到她,甚至是和她說話時,都會叫她「真彆扭的瑪麗小姐」。

「你就要被送回家了。」巴索對她說:「就在這個禮拜,我們都很開心。」

「我也很開心,」瑪麗回答,「我家在哪裡?」

「她不知道家在哪裡!」巴索用七歲小孩不屑的語氣說:「當然在英國!我們的奶奶住在那裡,去年我們的姐姐梅布爾才被送去跟她一起住。你不會被送去你的奶奶家,因為你沒有奶奶。你會被送去你的叔叔那裡,他是阿希巴爾德‧克萊文先生。」

「我不認識他。」瑪麗生氣地說。

「我知道你不認識。」巴索回答,「你什麼都不知道。女生就是這樣。我聽我爸媽提過他,他住在鄉下一棟很大、很荒涼的老房子裡,沒有人敢接近他。他的脾氣很壞,他不讓任何人接近他,就算他想要,也沒有人會去那裡。他是一個駝子,他很可怕。」

「我不相信。」瑪麗說,接著轉過身去,用手摀住耳朵,她不想再聽了。

在這之後她想了很多。那天晚上,當克勞弗太太告訴她,她幾天後就要搭船前往英國,去叔叔克萊文先生的密蘇威特莊園時,她一副漠不關心的表情,讓他們不知道該說什麼才好。他們想對她好,但是當克勞弗太太想要親吻她時,她立刻把臉撇開;而當克勞弗先生輕拍她的肩膀時,她也不理不睬。

「這孩子真不可愛。」克勞弗太太事後憐惜地說:「她媽媽是一個非常漂亮的女人,舉止態度也很優雅,可是瑪麗的態度卻是我見過的小孩中最不討人喜歡的。孩子們都叫她『真彆扭的瑪麗小姐』,就算是因為頑皮,也不難理解。」

「要是她的媽媽常將她漂亮的臉和優雅的舉止帶進育兒室的話,瑪麗或許已經學會了一點點。現在,那個漂亮的人死了,許多人都不知道她有一個孩子,真讓人難

過。」

「我想她很少注意瑪麗。」克勞弗太太嘆息著說：「她的印度奶媽死了以後，沒有一個人想起這個小孩，僕人們一個個逃走了，把她獨自留在荒廢的大房子裡。麥格魯上校說他打開門，發現她一個人站在房間正中央的時候，他幾乎嚇了一大跳。」

瑪麗在一位軍官太太的照顧下，踏上前往英國的長途旅行。這位太太要帶兩個小孩去讀寄宿學校。她非常專心照顧自己的一男一女，也很樂意把這個小孩帶給阿希巴爾德‧克萊文先生所交代、即將與她在倫敦見面的婦人。這個婦人是梅拉克太太，密蘇威特莊園的女管家，她的身材壯碩，有著紅通通的臉頰和銳利的黑色眼睛；她穿著深紫色的衣服，披著一件鑲邊的黑絲綢斗篷，黑軟帽上插著幾朵紫絨花，只要她的頭一動，花就會跟著動。瑪麗一點也不喜歡她，但是她本來就很少喜歡人，所以一點也不稀奇。此外，很明顯的，梅拉克太太對她也沒什麼好感。

「我的天啊！這小孩真不起眼！」她說：「我們聽說她的媽媽是個美人。她沒有遺傳到太多她的美貌，對不對，夫人？」

「也許長大會好看一點。」軍官太太和善地說：「要是她不那麼虛弱又蠟黃，態度更好一點，她的五官其實長得不錯。小孩子的改變都很大。」

「她得大大地改變才行。」梅拉克太太回應。「要我說的話,在密蘇威特是不可能讓小孩子變好看的!」

因為瑪麗站在她們剛進來、離她們有一點距離的飯店窗戶旁,她們以為瑪麗沒聽到。她正在看著經過的汽車和人們,但是她聽得非常清楚,她對她的叔叔和他所住的莊園感到很好奇。那會是一個什麼樣的地方呢?他會是一個什麼樣的人呢?駝背的人是什麼樣子?她從來沒有看過。也許是因為印度沒有駝背的人吧。

由於她曾寄宿在別人家,沒有了奶媽,她開始覺得孤單,也開始覺得奇怪,為什麼自己從沒屬於過任何人,即使爸媽還活著時也是如此。別的小孩似乎都屬於他們的爸媽,她卻是個從不屬於任何人的小女孩,她有僕人、有食物、有衣服,卻沒有人特別注意她。她不知道這是因為她是一個不討人喜歡的孩子,當然,那時她並不明白。她經常認為是別人不討她喜歡,卻不知道她自己也很不討喜。

梅拉克太太長著一張平凡、紅潤的臉,戴著一頂普通的軟帽,瑪麗認為她是她所見過最討厭的人。第二天,他們啟程前往約克郡,要走過火車站到車廂時,瑪麗把頭抬得高高的,盡可能和她離得遠遠的,因為她不想要讓別人覺得自己屬於她。想到別人以為自己是她的小孩,會讓她非常生氣。

但是梅拉克太太一點都沒有受到她的行為和想法所影

響，她不是那種會因為年輕人隨便說了什麼就改變的婦人——至少那是萬一別人問起時，她會說的話。她原本不想去倫敦，因為她姐姐瑪麗亞的女兒就要結婚了。但是，她在密蘇威特莊園有一份報酬優渥、安逸的女管家職位，若想要保持住這個職位，唯一的方法就是立刻照克萊文先生的話去做，她甚至不敢多問一句。

「蘭諾克斯上校和他的夫人都死於霍亂。」克萊文先生冷淡、簡短地說：「蘭諾克斯上校是我太太的兄弟，我理當是他們孩子的監護人。這孩子要來這裡住，你得前往倫敦親自將她帶回來。」

所以她打包好簡單的行李就上路了。

瑪麗彆扭地、不開心地坐在火車廂的一角。她沒有東西可以閱讀，也沒有東西可以盯著看，她那雙戴著黑色手套、瘦小的雙手交疊放在膝蓋上，黑衣服使她顯得更加面黃肌瘦，柔軟淺淡的頭髮在黑色絲綢的帽子底下糾纏著。

「我從沒看過性情這麼彆扭的小孩。」梅拉克太太心想。她從沒見過一個小孩一動也不動、這麼僵硬地坐著。她終於對沉默感到厭煩，開始用輕快堅定的聲音和她說話。

「我想我也應該告訴你你即將要去的地方了。」她說，「你和你的叔叔熟不熟？」

23

「不熟。」瑪麗說。

「你沒聽你的爸媽提起他嗎？」

「沒有。」瑪麗皺著眉，她記得爸媽從來沒特別對她說過什麼。什麼也沒有。

「哼。」梅拉克太太望著她奇怪冷淡的小臉悶哼，有好一陣子她不發一語，接著又繼續開口說話。

「我想有一點你應該要知道，你要有心理準備，你要去的是一個奇怪的地方。」

瑪麗什麼也沒說，梅拉克太太對她的漠不關心感到困窘，但是她吸了一口氣，繼續說下去。

「那是一個又大又陰沉的地方，克萊文先生還引以為傲，夠令人失望吧！那棟大房子矗立在荒野上已經有六百年了，裡面有一百多間房間，但大部分都鎖上了。全部的畫、精緻的家具、古董都有幾百年的歷史。房子周圍有一個大庭園，有花園還有樹，樹枝在地上到處蔓延。」她停了下來，又吸了一口氣。「沒有別的東西了。」她馬上就說完了。

瑪麗開始專注地聽。一切聽起來都和印度那麼不一樣，她被新的事物吸引了，但是她不想表現出很感興趣的樣子——那就是她不快樂，也不討人喜歡的原因——於是她一動也不動地坐著。

「好啦，你覺得怎麼樣？」梅拉克太太説。

「沒怎麼樣。」她回答，「我完全不知道那種地方。」

梅拉克太太覺得很好笑。

「啊！」她説，「你看起來就像一個老小姐，難道你都不關心？」

「關不關心都不重要。」瑪麗説。

「你説得沒錯。」梅拉克太太説。「這並不重要。我不清楚為什麼讓你住進密蘇威特莊園，除非那是最容易的方法。他不會關心你，那是真的。他從來不關心任何人。」

説完，她突然想到什麼似的停了一下。

「他是個駝子。」她説：「那是他的缺陷。結婚以前，他是個刻薄、吝嗇的年輕人，一直到他結婚以後，事業對他才有了意義。」

瑪麗的眼睛轉向她，雖然她並不是真的關心。

她沒想到駝子也會結婚，感到有點驚訝。梅拉克太太很明白這一點，她本來就是個長舌的婦人，因此更興致勃勃地説下去。無論如何，這都是打發時間的一個方

法。

「她是個甜美漂亮的女人，他願意走遍世界，只為了摘取一片她想要的葉子。沒有人想到她會嫁給他……但是她真的嫁給他了，大家都說她是為了他的錢才嫁的，但是她不是，她不是。」她很肯定地說，「她死的時候……」

瑪麗不由自主地嚇了一跳。

「啊！她死了！」她下意識地說。她想起一篇讀過的法國童話故事《綁辮子的莉凱》，那是一個駝背的窮人與美麗公主的故事。突然間，她替阿希巴爾德·克萊文先生感到有些難過。

「是啊，她死了。」梅拉克太太回答，「這使得他變得更加奇怪了。他不關心任何人，不見任何人，大部分的時候他都不在家，他一回到密蘇威特就把自己關在西廂房裡，只讓皮徹照顧他，皮徹是個老頭子，從小就一直照顧他，知道他的生活方式。」

聽起來好像書中的情節，但是瑪麗並沒有感到特別興奮。一棟有一百多間房間的大房子，幾乎都緊閉著，還上了鎖。矗立在荒野上的一棟大房子，不管荒野是什麼，聽起來好像很可怕。一個駝背的人，把自己關起來！她抿著嘴，望向窗外，大雨似乎就要傾盆而下，灰色的斜雨濺打著窗戶，在玻璃上緩緩流下。如果那個美

麗的太太還活著，可能會像她的媽媽一樣，忙進忙出地製造一些歡樂，或是穿著「全是蕾絲」的法蘭絨參加盛大的宴會。但是她現在已經不在了。

「你不要期待能見到他，因為十有九次見不到。」梅拉克太太說，「也不要期待有誰會跟你說話，你只能自己玩，自己照顧自己。人們會告訴你哪些房間可以進去，哪些不可以，有花園就夠了。在房子裡的時候，不要到處晃來晃去和偷看，克萊文先生不會允許你這麼做。」

「我才不會到處偷看。」壞脾氣的小瑪麗說。剛才突然為阿希巴爾德·克萊文先生難過的她，現在又不難過了，只覺得他令人不開心，一切的不幸都是罪有應得。

她將臉轉向車廂那雨水潸潸的玻璃窗，凝望著窗外灰濛濛、好像永遠不會停的風雨。她直盯盯地看了很久，直到她眼前越來越黑，她睡著了。

Chapter

3

越過荒野

就這樣，瑪麗小姐來到了密蘇威特莊園，或許她這輩子從來沒有這麼彆扭的經驗。

她睡了很久，當她睡醒時，梅拉克太太已經在車站買了午餐餐盒，她們吃了一些雞肉、冷牛肉、麵包和奶油，也喝了一點熱茶。雨似乎下得更大了，車站的人們都穿著溼答答、閃著水光的雨衣。警衛點亮了車廂裡的燈，梅拉克太太愉快地用完她的茶、雞肉和牛肉。飽餐一頓之後，她睡著了。瑪麗坐著，一直盯著她看，看著她的軟帽朝某一邊滑下來。最後，瑪麗靠在車廂的一角，伴隨著雨打在玻璃窗上的聲音，又睡著了。當她再次醒來時，天色已經很暗，火車也已經靠站停下來了，梅拉克太太正用力地搖著她的身體。

「睡夠了！」她說，「你該醒來了！密蘇威特站到了，我們還有很長一段路要趕。」

瑪麗站了起來，努力睜開眼睛，梅拉克太太則整理著她的行李。小女孩並沒有幫她，因為在印度時，僕人們總是替她收拾東西或是提東西，別人侍候她是理所當然的。

車站很小，似乎只有她們兩人下車。站長用低沉的嗓音好聲好氣地與梅拉克太太說話，他說話的方式很奇怪，後來瑪麗才知道那是約克郡方言。

「回來啦！」他說，「您去接的就是這位小姐嗎？」

「是啊！就是她。」梅拉克太太轉過頭看著瑪麗，用約克郡腔調回答。「你太太好嗎？」

chapter 3
越過荒野

　　「託您的福，她很好。馬車在外面等著。」

　　瑪麗看見一輛四輪小馬車停在外面小小等候區前的路旁，那是一輛漂亮的馬車，一個漂亮的隨從扶她進入車內。他的雨衣和雨帽，就和所有的東西一樣，被雨淋得溼答答的，閃著水光。

　　隨從關上了門，和車夫登上車座，驅車離去。小女孩發現自己坐在車廂舒適的椅墊上，但這次她不想睡覺。她看著窗外，好奇地想看看梅拉克太太口中奇怪的地方，以及一路上的景物。她絲毫不膽怯，也沒有被嚇到，她對於一棟矗立在荒野上、擁有一百多間房間但幾乎都緊閉著的大房子一無所知。

　　「荒野是什麼？」她突然問梅拉克太太。

　　「注意看窗外，大概十分鐘以後就能看到了。」婦人回答，「抵達莊園前我們得越過五英里長的密蘇威特荒野。天黑了，你可能看不太清楚，不過多少可以看到一點。」

　　瑪麗沒有再發問，她的眼睛盯著窗戶，在黑暗的車廂一角等候著。車燈在前方投射出一道小小的亮光，藉著燈光她隱隱約約看見了一路上所經過的事物。離開車站後，他們經過了一個小村莊，她看見了刷得粉白的小房子，還有酒館裡的燈光。接著經過了一間教堂、一個教區、一個擺著待售玩具糖果和稀奇古怪的東西，很像商

31

店櫥窗的地方，而她也看見了樹籬和樹林。之後有很長一段時間，她似乎沒看到什麼不一樣的事物，至少對她來說是很長的一段時間。

終於，馬車漸漸慢了下來，好像在爬坡，不久後再也看不到樹籬和樹林了。事實上，除了兩旁濃濃的黑暗，她什麼也看不見。就在這個時候，車子突然猛烈地顛簸了一下，她的身體向前傾，臉貼在車窗上。

「啊！我們現在已經在荒野上了。」梅拉克太太說。

車燈在粗礫的路上投射出昏黃的光，路面似乎是穿過灌木叢和低矮植物蜿蜒出來的，這些植物一直延伸至廣大無邊的黑暗盡頭，接著颳起了一陣風，發出奇特、低沉且急促的聲音。

「那──那是不是海？」瑪麗轉頭望著旁邊的梅拉克太太說。

「不是。」她回答，「那也不是田野，也不是山巒。那是一望無際的荒野，除了石楠、荊豆、金雀花以外，什麼都長不出來。除了野馬和綿羊，什麼動物也沒有。」

「我以為是大海，上面的海浪正在發出聲音，」瑪麗說：「因為聽起來好像是海在呼嘯。」

「那是風吹過灌木叢發出的聲音。」梅拉克太太說，

「對我來說，這裡真的是最荒涼、最陰暗的地方了。不過也有許多人喜歡這裡，特別是石楠花開的時候。」

　　他們驅車在綿延的黑暗中前進。雨雖然停了，風還在呼嘯著，發出奇怪的咻咻聲。路面非常顛簸。有好幾次馬車經過小橋，橋下湍急的流水發出了很大的聲音。瑪麗覺得路好像沒有盡頭，廣大陰暗的荒野彷彿遼闊無際的黑海，正載著她通過一塊窄長的乾陸地。

　　「我不喜歡。我不喜歡。」她自言自語，薄薄的嘴唇抿得更緊了。

　　馬兒爬上一段陡峭的路面後，她終於看到了燈光。梅拉克太太也看到了，她大大地鬆了一口氣。

　　「啊！我很高興看到那一點光在閃爍。」她說，「那是門房窗戶的光。一會兒我們到達後，無論如何都要喝杯好茶。」

　　還真的是「一會兒」，因為在馬車抵達庭院大門前，又穿過了足足兩英里長的林蔭大道，密布在頭頂上的樹蔭，使得他們彷彿在穿越一個長長的穹頂。

　　他們駛出穹頂，來到了一個明亮的空地，在一棟很長的矮樓房前停了下來，這棟矮樓房似乎是繞著一個由石頭舖成的庭院而建的。起初瑪麗以為窗戶裡沒有任何燈光，下了馬車才看到樓上的一角有房間透出朦朧的光

線。

入口的大門是由巨大的橡木做成的，形狀很奇怪，上面裝飾著粗大的鐵釘和鐵門把。大門打開以後是一間大廳，裡面的燈光非常黯淡，這使得瑪麗不想看牆壁上的畫作裡的臉和穿著冑甲的人像。她站在石頭地板上，看見了一尊奇怪的黑色小雕像，她覺得自己和它一樣小、一樣失落、一樣奇怪。

男僕替他們開門，一個整潔瘦小的老人站在男僕旁邊。

「你帶她到她的房間。」老人沙啞地說：「他不想見她，他明天早上要去倫敦。」

「好的，皮徹先生。」梅拉克太太回答，「只要交代我該做的事，我就會處理。」

「梅拉克太太，你該做的事，」皮徹先生說：「就是確保不要打擾到他，他不接見他不想見的人。」

然後，瑪麗・蘭諾克斯被帶上一個寬樓梯，到達一處走廊，再爬上一小段階梯，穿過一個又一個走廊，直到一扇門在前方打開，她走進房間，裡面生著火，桌上擺著晚餐。

梅拉克太太說：「這裡就是你的房間，這間房間和隔壁那間房間是你以後要住的，你就待在這兩間房間裡，

34

千萬別忘了，不要到處亂跑！」

　　就這樣，瑪麗小姐來到了密蘇威特莊園，或許她這輩子從來沒有這麼彆扭的經驗。

Chapter
4

瑪莎

一開始她一點都不覺得有趣，但漸漸地，當這位好脾氣的女孩滔滔不絕地話家常時，瑪麗開始專心聆聽她所說的話。

早上，一個小女僕進來房間生火，她跪在壁爐前的地毯上將餘燼弄出來，那個聲音吵醒了瑪麗，她躺在床上看著小女僕好一陣子，然後開始環顧房間。她從沒見過像這樣的房間，又奇怪又陰森。牆上裝飾著繡上森林風景的掛毯，掛毯裡的樹下，人們穿著華麗的服裝，遠方可以瞥見城堡的尖塔，還有許多獵人、馬兒、獵狗和仕女們，瑪麗覺得自己彷彿也置身於森林中跟他們在一起。從深深的窗戶望出去，她看到一大片高壟的土地，上面一棵樹也沒有，像一片無邊無際的暗紫色海洋。

「那是什麼？」她指向窗外問。

小女僕瑪莎剛好站了起來，看了看之後也指向窗外。

「那邊嗎？」她說。

「對。」

「那是荒野。」她和氣地露齒笑說：「你喜歡嗎？」

「不喜歡，」瑪麗回答，「我不喜歡。」

「那是因為你還不習慣。」她一邊說，一邊走回壁爐。「現在那裡又大又光禿禿的，但是你會喜歡的。」

「你喜歡嗎？」瑪麗問。

　　「我喜歡啊！」瑪莎回答，一面輕快地擦拭壁爐。「我喜歡那裡一點都不光禿禿、上面長了許多芳香的植物的時候。每到春天和夏天，當金雀花和石楠花開的時候，那裡好漂亮！空氣非常清新，還聞得到蜂蜜的香氣，藍天高高的，蜜蜂嗡嗡叫，雲雀唱著好聽的歌……啊！無論如何我都不會離開這片荒野。」

　　瑪麗帶著凝重困惑的表情聽著。以前印度的僕人一點都不會這樣，他們非常地卑屈奉承，不敢和主人站在平等的地位說話；總是行額手禮，深深鞠躬喊他們為「窮人的保護者」或諸如此類的稱呼；印度僕人只能聽命行事，不能有所要求，主人也從不說「請」或「謝謝」，瑪麗生氣時，還會給奶媽一巴掌。她好奇地想，如果給這個小女孩一巴掌，她會有什麼反應？她的臉圓圓的，面色紅潤，脾氣很好，但態度很堅定，因此瑪麗很好奇，如果賞她巴掌的人只是個小女孩，她會不會還手。

　　「你真是一個奇怪的僕人。」她枕著枕頭，相當傲慢地說。

　　瑪莎坐下，手裡拿著黑蠟刷子大笑起來，似乎一點都不生氣。

　　「啊！我知道。」她說：「如果密蘇威特有個威嚴的女主人，我可能當不了打雜女僕，可能只能在廚房裡洗碗盤。他們不會讓我上樓，我太粗魯了，而且約克郡口音太重。不過這棟大房子很奇怪，除了皮徹先生和梅洛

克太太，好像沒有男主人或女主人，克萊文先生在家的時候也不管任何事，而且他幾乎都不在家。梅洛克太太出於好心給了我這份工作，她告訴我，要是密蘇威特像別的大房子一樣，她是不可能這麼做的。」

「你是我的僕人嗎？」瑪麗問，態度仍像在印度當小主人時一樣傲慢。

瑪莎又開始擦起壁爐。

「我是梅洛克太太的僕人。」瑪莎堅決地說，「她是克萊文先生的僕人。不過我也會上樓打雜，順便服侍你就是了。可是你也不太需要人服侍吧！」

「誰來幫我穿衣服？」瑪麗問。

瑪莎又坐直身子，瞪大雙眼看著她，驚訝得用很重的約克郡口音說：「你不會自己穿衣服嗎？」

「你在說什麼？我聽不懂你說的話。」瑪麗說。

「啊！我忘了，」瑪莎說：「梅洛克太太告訴我要注意，你可能會聽不懂我說的話。我是說難道你不會自己穿衣服嗎？」

「不會。」瑪麗相當生氣地說：「我從沒自己穿過衣服。都是奶媽幫我穿的！」

「好吧！」瑪莎繼續說，顯然一點都不知道自己有多放肆。「你該學著點了，你也不小了，稍微學著服侍自己對你有好處的。我的媽媽總是說她不懂大戶人家的小孩怎麼不會變成呆子，他們總要保母幫忙洗澡、穿衣服、帶出去散步，好像小狗一樣。」

「在印度就不一樣。」瑪麗小姐不屑地說，她幾乎無法忍受這些話。

可是瑪莎一點都沒被打倒。

「啊！我知道不一樣。」她語帶同情地回答說：「我敢說是因為那裡的黑人多，沒有值得尊敬的白人的關係。當我聽說你是從印度來的，我還以為你也是個黑人！」

瑪麗憤怒地坐直在床上。

「什麼！」她說：「什麼！你以為我是印度人。你──你這個豬生的女兒！」

瑪莎瞪著眼睛，激動地看著她。

「你罵誰豬生的？」她說：「你用不著生這麼大的氣。淑女不應該那樣說話。我對黑人並不反感，如果你讀過一些宗教小冊子，就知道他們都很虔誠，上面總是說他們是我們的兄弟。我沒見過黑人，以為就要看到一個了，本來很高興，所以今天早上，我進來生火時就爬

41

到你的床上，小心地拉下被子看看你，」她失望地說：「可是被子下的你長得沒我黑——只是比較黃。」

瑪麗甚至不想試著克制她的憤怒和受羞辱的心情。

「你以為我是印度人！你好大的膽子！你一點都不了解印度人！他們不是人——他們是必須向你行額手禮的僕人。你對印度一無所知。你什麼都不知道！」

在這個小女孩單純的凝視下，她非常憤怒，也感到無助，而且不知道為什麼，遠離她所了解以及了解她的事物讓她突然非常孤單，她把臉埋在枕頭裡，激動地哭了起來。她放聲啜泣，和善的約克郡女孩瑪莎被嚇壞了，也為她感到難過。她走到床邊，俯身在她身旁。

「啊，你不要哭成這樣嘛！」她央求：「拜託你不要這樣。我不知道你生氣了，就像你說的那樣——我什麼都不知道。請你原諒我。請不要再哭了。」

她奇怪的約克郡話和堅決的態度，以及充滿安慰和真誠的善意，對瑪麗很有效。她漸漸停止啜泣，安靜下來。瑪莎這才鬆了一口氣。

「你該起床了。」她說，「梅洛克太太吩咐我把早餐、茶和晚餐帶到隔壁的房間，那裡是為你準備的育兒室。要是你下床的話，我就幫你把衣服穿上，背後的釦子你自己扣不到，我會幫你。」

　　瑪麗終於下床了。瑪莎從衣櫃裡拿出衣服，卻不是昨晚和梅洛克太太抵達時所穿的衣服。

　　「那不是我的衣服，」她說：「我的是黑色的。」

　　不過她看了看那件厚實的白色羊毛外套和洋裝，冷冷地說了一句認可的話：「這些衣服比我的好。」

　　「你必須穿上這些衣服。」瑪莎回答，「這是克萊文先生吩咐梅洛克太太從倫敦買回來的。他說：『我不要一個小孩子穿著黑色的衣服四處亂跑，像遊魂一樣。』他還說：『那會讓莊園顯得更悲傷淒涼。把她打扮得亮麗一點。』我的媽媽說她懂他的意思。她一向懂得別人的意思。她自己也不喜歡穿黑衣服。」

　　「我討厭黑色的東西。」瑪麗說。

　　穿衣服的過程教會了她們一些事情。瑪莎曾幫她的弟妹「扣鈕子」，但他從沒見過一個小孩站著動也不動，好像自己沒長手腳似的，等著別人替她穿上衣服。

　　「你為什麼不自己穿上鞋子？」瑪麗靜靜地伸出雙腳時，她問。

　　「都是奶媽幫我穿的，」瑪麗瞪眼回答：「一直以來都是這麼做的。」

　　她經常說「一直以來都是這麼做的」。印度的僕人們

秘密花園

總是這麼說。如果有人要他們做出幾千年來祖先們從來沒做過的事，他們總會溫和地看著你，然後說「一直以來都不是這麼做的」，然後那些人就該知道那件事到此為止了。

要瑪麗小姐自己穿衣穿鞋，一直以來都不是這麼做的。以往她只要像洋娃娃一樣站著，別人就會替她穿戴打扮。準備吃早餐前，她想到以前的生活習慣恐怕都要在密蘇威特莊園裡結束了，因為她學到了許多新的事情，像是自己穿鞋穿襪，或是自己撿起她弄掉的東西。如果瑪莎是個訓練有素的女僕，她會更謙恭有禮些，也應該知道梳頭、扣鞋釦、把東西撿起來擺好是她份內的工作。然而，她只是沒受過訓練的約克郡鄉下女孩，與一群年幼的兄弟姐妹在荒野的小房子長大，除了照顧自己，她們還得照顧不是還在襁褓中，就是正在蹣跚學步、老被東西絆倒的弟弟妹妹們。

如果瑪麗是個可以輕易被逗笑的小孩，或許她會取笑瑪莎大嘴巴，但是她只是冷淡地聽著，對於她不受拘束的態度感到奇怪。一開始她一點都不覺得有趣，但漸漸地，當這位好脾氣的女孩滔滔不絕地話家常時，瑪麗開始專心聆聽她所說的話。

「啊！你真應該看看他們。」她說：「我們一共有十二個兄弟姐妹，我的爸爸一個禮拜只賺十六先令，我媽媽光是買麥片粥給他們都不夠。他們整天在荒野上翻

筋斗和玩耍，我媽媽說他們是荒野上的空氣養胖的，她相信他們和小野馬一樣是吃草長大的。我們家的狄肯今年十二歲，他馴養了一匹小野馬，他說那是他的馬。」

「他是在哪裡得到那匹馬的？」瑪麗問。

「他在荒野上發現牠和母馬在一起，那時牠還很小，他對牠很友善，給牠一些麵包吃，拔一點嫩草餵牠。小野馬開始喜歡狄肯，到處跟著他，還讓他騎在牠的背上。狄肯是很討動物喜歡的善良小孩。」

瑪麗從來沒有養過寵物，她總覺得她會想要一隻，所以開始對狄肯有了一點興趣。以前她只對自己感興趣，所以這是健康情感的開始。當她走進為她準備的育兒室，她發現這間房間不像育兒室，反而跟她睡覺的那間很像，是大人的房間，牆上掛著陰森的古董畫，還有幾張沉重的古董橡木椅。房子中間的桌上已經擺好了豐盛的早餐，不過，她的胃口一向很小，因此她對瑪莎端到她面前的第一道菜反應非常冷淡。

「我不想吃。」她說。

「你不想吃麥片粥！」瑪莎不可思議地叫了出來。

「不想。」

「你不知道這有多好吃。在上面加一點蜂蜜或糖。」

「我不想吃。」瑪麗又說。

「啊!」瑪莎說:「我不能忍受好食物被這樣糟蹋。要是我們家的小孩,五分鐘內就會吃光光。」

「為什麼?」瑪麗淡淡地說。

「為什麼!」瑪莎重複她的話。「因為他們一輩子也沒吃飽過,他們肚子永遠餓得和小鷹或小狐狸一樣。」

「我不知道肚子餓是什麼。」瑪麗無知又冷淡地說。

瑪莎看起來很生氣。

「好吧,挨餓一下對你也有好處,這個道理很好懂。」她大聲說:「我沒辦法忍受一個人只會坐著,瞪著美味的麵包和肉看。天啊!我多麼希望狄肯、菲爾、珍和其他弟妹的圍兜兜下也有這些美味的食物。」

「那你為什麼不拿去給他們吃?」瑪麗建議。

「這些又不是我的。」瑪莎倔強地說:「而且今天也不是我的休假日,我和其他人一樣,一個月只休假一天。那個時候我會回家替媽媽打掃房子,讓她休息一天。」

瑪麗喝了點茶,吃了些塗上檸檬果醬的土司。

「你穿暖一點,出去跑一跑、玩一玩。」瑪莎說:

「對你絕對有好處,可以讓你的胃口好一點。」瑪麗走到窗戶旁。窗外有花園、步道和大樹,但是看起來都非常陰暗、荒涼。

「出去?我為什麼要在這種天氣出去?」

「好吧!如果你不想出去,就待在屋裡,那你要做些什麼?」

瑪麗看了看她,的確沒什麼好玩的事。梅洛克太太在為她準備育兒室時,並沒有想到娛樂的問題,或許出去看看花園是什麼樣子比較好。

「誰會陪我去?」她問。

瑪莎眼睛瞪得大大的。

「你自己去。」他回答,「你應該學學其他沒有兄弟姐妹的小孩。我們家狄肯都自己到荒野上玩,一玩就是好幾個小時,他就是這樣和小野馬成為好朋友的。荒野上有幾隻綿羊認得他,鳥兒也飛來啄他手中的食物。就算他沒有什麼東西可以吃,他也會留下一點麵包來哄餵他的寵物。」提到狄肯才真的讓瑪麗決定出門,雖然她並沒有發覺這一點。外面或許不會有小野馬和綿羊,但應該會有鳥兒,牠們和印度的鳥應該不一樣,看看牠們也許會開心一點。

瑪莎替他拿來外套、帽子和一雙厚實的小靴子,接著

帶她下樓。

「沿著那邊走就會走到花園。」她一邊說,一邊指著灌木樹牆上的一扇門。「夏天時會開滿很多花,但現在什麼花都還沒開。」她遲疑了一下,然後又說:「有一座花園是鎖著的,已經有十年沒人進去過了。」

「為什麼?」瑪麗情不自禁地問。這棟奇怪的房子除了原本已經上了鎖的一百扇門,現在又多了一扇。

「克萊文先生在他的太太突然死掉以後,就封鎖了那扇門。他不讓任何人進去,那是他太太的花園。他把花園的門鎖上,然後挖了一個洞,把鑰匙埋起來了。梅洛克太太在搖鈴了,我該走了。」

瑪莎離開之後,瑪麗走向通往那扇灌木大門的步道,想著這座十年沒人進去過的花園,她想著花園會是什麼樣子,裡面有沒有還活著的花草。她穿過灌木大門後,發覺自己來到一座很大的花園,裡面有寬廣的草坪和蜿蜒的步道,還有修剪整齊的狹長花圃。到處都是樹木、花床和修剪成奇形怪狀的常青植物,還有一個大水池,水池中央有一座灰暗的噴泉,花床光禿禿的,噴泉也沒有噴水,但是這不是被鎖起來的那座花園。要怎麼做才能把花園鎖起來?人們隨時可以走進一座花園。

想著想著,她在前面步道的盡頭看見一大面爬滿長春藤的牆。她對英國不熟,不知道自己來到了種植蔬菜水

果的家庭果菜園。她朝那面牆走去,發現在長春藤的掩蓋之下,有一扇綠色的門開著,這也不是被鎖上的那座花園,因為她可以走進去。

她走進一道綠色的門,發現那是一座四周有圍牆的花園,這只是其中一座,似乎和另外許多座有牆的花園相通。她看見另一扇敞開的綠色的門,裡面的苗圃之間有灌木叢和步道,苗圃上種著冬季蔬菜,修剪平整的果樹靠著牆生長,有些菜圃上方罩著玻璃框。這裡真是荒涼醜陋,瑪麗一邊站著環顧四周,一邊想著,到了夏天,一片綠意盎然時可能會好一點,但是現在並沒有什麼好看的。

過了一會,一個肩上扛著鏟子的老人,穿過第二個花園的門走了過來,他看到瑪麗時非常驚訝,然後摸了摸他的帽子。他的臉看起來陰鬱蒼老,似乎不太高興見到瑪麗,而瑪麗因為花園的關係也不太開心,臉上掛著「真彆扭」的表情,似乎也不太高興見到老人。

「這是什麼地方?」她問。

「家庭果菜園。」他回答。

「那裡又是什麼地方?」瑪麗指著另一扇綠色的門說。

「也是果菜園。」他簡短地回答,「牆的另一邊還有

一個，再過去那邊還有一個。」

「我可以進去嗎？」瑪麗問。

「你想要的話當然可以，但是裡面沒什麼好看的。」

　瑪麗沒有回應，獨自走下步道，穿過第二扇綠色的門。在那裡她發現了更多的圍牆，更多的冬季蔬菜和玻璃罩。而在第二道牆上有另一扇關上的綠色的門，也許就是通往那座十年沒人進去過的花園的那扇門吧！

　瑪麗一點都不膽怯，她總是想做什麼就做什麼，於是她走向那扇門，轉了轉門把，她希望門打不開，因為她要確定她找到了神秘的花園，可是門卻輕易地就被打開了。她走進去，發現了一個果園，四周被圍牆圍起來，靠牆的樹修剪得很整齊，枯萎乾黃的草地上種著光禿禿的果樹。再也沒有任何綠色的門了。瑪麗尋找著，她走到果園深處，發現這個果園並不是牆的終點，似乎還延伸圍繞著另一邊的花園。她可以望見高出牆頭的樹尖，當她靜靜站著看時，有一隻漂亮的紅胸鳥棲在最高的樹枝上，突然間開始唱起冬之歌，就好像牠看到了她，在召喚她似的。

　她停下來聆聽。不知道為什麼，牠輕快、友善的歌聲，帶給了她快樂的感覺。就算是一個不討人喜歡的小女孩，也會覺得孤單，隱密的大房子、光禿禿的大荒野、蕭瑟荒涼的花園，讓她覺得世界上好像只剩下她一

個人。如果她是一個受人寵愛的小孩，早就傷心透頂了，但就算是「真彆扭的瑪麗小姐」也會感到孤寂，而這隻漂亮的紅胸小鳥，使她不快樂的小臉有了一絲微笑。她繼續聽牠唱歌，直到牠飛走，牠和印度的鳥不一樣，她喜歡牠，心裡想著是否還能再看到牠。也許牠就住在秘密花園裡，知道關於花園的所有事情。

　　或許是因為她沒有什麼事情可以做，才一直想著那個荒廢的花園。她非常好奇，很想看看那是什麼樣子。為什麼阿希巴爾德・克萊文先生把鑰匙埋了起來？要是他那麼喜歡他的太太，又為什麼討厭她的花園？她猜想著自己會不會見到克萊文先生，若是真的見到了她一定也不會喜歡他，而他也不會喜歡自己，她只能站在那裡看著他，什麼話也不說，雖然她很想問他為什麼做這麼奇怪的事情。

　　「從來沒有人喜歡我，我也不喜歡任何人。」她想著，「我從來就不會像克勞弗家小孩那樣說話，他們總是大聲說話、大聲嘻笑，吵吵鬧鬧的。」她想起了那隻知更鳥，還有牠彷彿在對她歌唱的樣子，想起牠棲息的樹梢，瑪麗在步道上停下來。

　　「我相信那棵樹在秘密花園裡，我確定。」她說，「那個地方有牆圍著，卻沒有門。」

　　她又走回第一個果菜園，看到老人正在鏟地。她走過去站在旁邊，冷淡地看了他一會，他沒有理她，於是她

只好開口跟他說話。

「我走到別的花園裡了。」她說。

「我又沒辦法阻止你進去。」他粗魯地回答。

「我走到果園裡了。」

「門口又沒有狗會咬你。」他回答。

「那裡沒有門可以通往另一個花園。」瑪麗說。

「哪一個花園？」他放下鏟子暫停了一會，粗曠地說。

「圍牆另一邊那個。」瑪麗小姐回答，「那裡有樹，我看到樹梢了。有一隻紅胸的小鳥在上面唱歌。」

讓她感到驚訝的是，園丁那張陰鬱、飽經風霜的臉居然變了，慢慢綻放出笑容，簡直變了個人。這使她覺得一個人微笑起來好看多了，這真是奇妙，她以前從沒想過這些事。

他轉向靠近果園這邊的園子，開始吹起低沉輕柔的口哨，她不明白為什麼這麼鬱悶的人，居然能發出這種哄誘的聲音。就在同一時刻，奇妙的事發生了，她聽到一陣輕柔疾速的飛掠聲劃過空中，原來是那隻紅胸鳥朝他們飛來，並且停在靠近園丁腳邊的大土堆上。

「就是牠。」老人咯咯笑起來，然後像哄自己的小孩一樣哄牠。

「你到哪去了，小壞蛋？」他說，「昨天一整天都沒看到你的影子。這麼早就出來找伴，未免太著急了！」

鳥兒小小的頭側向一邊，轉動黑露珠般柔亮的雙眼朝上望著他。牠似乎和老人很熟，一點都不害怕，牠四處跳躍，靈敏地在地上啄覓種子和昆蟲。牠讓瑪麗的心裡產生一種奇怪的感覺，牠就像人一樣，如此地漂亮又令人心生愉快，牠的身體小巧豐滿，嘴喙細緻，雙腳苗條細長。

「你叫牠，牠就會飛來嗎？」她小聲問。

「對啊！牠會飛來。我從牠剛會飛的時候就認識牠了，牠是從另一個園子裡的鳥巢飛來的，牠第一次飛過圍牆時，因為太幼弱飛不回去，於是那些日子我們變成了好朋友。等牠再飛回巢時，其他的雛鳥都已經飛走了，牠只好孤伶伶地飛來找我。」

「牠是什麼鳥？」瑪麗問。

「你不知道？牠是紅胸知更鳥，是最友善、最好奇的鳥。要是你知道怎麼與牠們相處，牠們幾乎和狗一樣友善。你看牠到處啄覓，還一邊看著我們，牠知道我們在談論牠！」

秘密花園

　　這個老人真是奇怪。他看著這隻豐滿的紅胸小鳥，一副又喜愛又以牠為傲的樣子。

　　「牠很自大，」他咯咯笑著說：「牠喜歡聽別人談論牠，真奇怪。啊，再也找不到像牠那麼好奇又愛管閒事的鳥了，老愛飛來看我在種什麼。牠知道所有克萊文先生不想費心去查的事。牠簡直就是園丁的總管。」

　　知更鳥敏捷地到處跳著，啄著土壤，不時停下來看他們。瑪麗覺得牠的黑眼珠正帶著好奇的目光凝望著她，似乎在打探她的一切。瑪麗覺得越來越奇怪了。

　　「其他的雛鳥都飛去哪了？」她問。

　　「沒人知道。老鳥把牠們逐出巢，要牠們學會飛翔，一瞬間牠們就四處飛了。只有這隻留下來，牠很孤單。」

　　瑪麗小姐向前靠近了一步，直直地盯著牠。

　　「我很寂寞。」她說。

　　她以前不知道這是她愛生氣和不快樂的原因。當知更鳥注視著她，而她也注視牠時，瑪麗似乎懂了。

　　老園丁把他禿頭上的帽子往後一推，望了她一陣子。

　　「你就是那個從印度來的小姐？」他問。

54

瑪麗點點頭。

「難怪你覺得寂寞，恐怕以後你還會更寂寞！」他
說。

他又開始鏟地，把鏟子深深地鏟進肥沃的黑色土壤
裡，知更鳥則在一旁忙碌勤快地跳著。

「你叫什麼名字？」瑪麗問。

他站直了身子。

「班·威瑟斯塔夫。」他回答，接著粗魯地咯咯笑了
起來。「要不是有牠陪著我，我也覺得很寂寞。」他突然
用手指向知更鳥：「牠是我唯一的朋友。」

「我一個朋友都沒有。」瑪麗說，「從來沒有。我的
印度奶媽不喜歡我，我從來不跟別人玩。」

約克郡人習慣直率地說出心裡想說的話。班·威瑟斯
塔夫就是典型約克郡荒野上的人。

「我們很像，」他說：「我們像是同一塊布編織出來
的。我們都長得不好看、我們都不得人緣，我敢說我們
的脾氣一樣差。」

他話說得很坦率，瑪麗從沒聽過有關自己長相的事。
印度僕人總是對她行額手禮，無論她做了什麼事都順著

她。她從沒想過自己長什麼樣子，但是她懷疑自己是不是和班・威瑟斯塔夫一樣不好看；她是不是也像知更鳥飛來之前的他一樣，看起來一臉不高興；她也開始想自己的脾氣是不是真的很差。她覺得心裡不太舒坦。

突然間，一陣小小的清脆的聲音在她身旁響起，她轉身過去。原來她正站在離一棵新種植的蘋果樹幾步遠的地方，知更鳥飛上了樹梢停在枝頭上，唱起輕快的歌。班・威瑟斯塔夫開懷地笑了。

「牠為什麼這麼做？」瑪麗問。

「牠決定要和你當朋友了。」班・威瑟斯塔夫回答，「牠一定喜歡上你了。」

「喜歡我？」瑪麗說著便輕輕走到樹下，抬頭往上看。

「你要和我做朋友嗎？」她問知更鳥，就像在問一個人那樣。「是嗎？」她既沒有用不悅耳的小聲音，也沒有用在印度時慣用的蠻橫語氣和牠說話，她輕柔、熱切、誘哄的語調，令班・威瑟斯塔夫非常驚訝，就像當時她聽到他的口哨聲一樣。

「天啊！」他說，「你這樣說話就像親切又有人性的小孩，一點都不像刻薄的老太婆。你說話就像狄肯在對荒野上的野生動植物說話一樣。」

「你認識狄肯？」瑪麗急忙轉身發問。

「沒有人不認識他，狄肯喜歡到處亂跑。黑莓和石楠花認識他。我敢說狐狸會讓他知道小狐狸睡在哪，雲雀不會因為他而把巢藏起來。」

瑪麗想要問更多問題，她對狄肯的好奇心就和對荒廢的秘密花園一樣。就在此時，知更鳥唱完了歌，展開翅膀飛走了——牠已經來拜訪過了，還得做別的事。

「牠飛過圍牆了！」瑪麗邊看著牠邊喊，「牠飛進果園了，牠飛過另一面牆了，牠飛進了沒有門的那個花園。」

「牠住在那裡。」班・威瑟斯塔夫說：「牠是在那裡被孵出來的。要是牠在找伴的話，會向棲居在那棵老玫瑰樹上的年輕母知更鳥示愛。」

「玫瑰樹，」瑪麗問：「那邊有玫瑰樹嗎？」

班・威瑟斯塔夫拿起鏟子重新鏟地。

「十年前有。」他喃喃說著。

「我真想看看那些樹。」瑪麗說，「綠色的門在哪裡？一定有一扇綠色的門。」

班・威瑟斯塔夫把鏟子鏟得更深，現在他看起來和最

初看到瑪麗時一樣不友善。

「十年前有，現在已經沒有了。」他說。

「沒有門！」瑪麗叫了起來，「一定有。」

「沒有人找得到，而且這也和任何人無關。不要像個愛管閒事的小姐到處打探！好啦，我得繼續工作了。你走吧！自己去玩。我沒時間。」

他停止鏟地，沒有多看她一眼或說再見，便將鏟子扛在肩上離開了。

Chapter
5

走廊上的哭聲

那是個奇怪的聲音，好像是某個地方有一個小孩在哭。有時候風聽起來很像小孩的哭聲，不過瑪麗相當確定聲音不是在外面，而是在房子裡。

一開始，瑪麗‧蘭諾克斯覺得每一天都一模一樣。她每天早上都在有掛毯的房間醒來，看著瑪莎跪在壁爐旁生火，每天早上在育兒室吃著不怎麼好吃的早餐。早餐過後，她會凝視著窗外那向四面八方延伸，與天空連成一片的大荒野，凝視了一會才明白，要是她不出去走走，就要待在這裡不知道做什麼，於是才走了出去。她不知道這是她所能做的最好的事情，也不知道當她開始快走或是沿著小徑跑下林蔭大道時，會加速她緩慢的血液循環，而試著抵抗荒野上吹來的風，也使她變得更強壯。她藉著跑步來讓身體變暖和，她討厭風，因為強風呼嘯地吹著她的臉，又好像一個看不見的巨人拉住她，不讓她前進。但是那一陣猛烈吹過石楠花的新鮮空氣填滿了她的胸腔，對她單薄的身體有益，不知不覺中，她兩頰變得紅潤，她黯淡的雙眼變得明亮起來。

在戶外度過了好幾天後，有一天早上她醒來時終於知道了什麼是飢餓。她坐下來吃早餐時，再也沒有不屑地推開麥片粥，反而拿起湯匙舀來吃，還把整碗都吃完了。

「你今天胃口真好，對不對？」瑪莎說。

「今天的麥片粥真好吃。」瑪麗說，自己也覺得有點驚訝。

「一定是荒野上的空氣讓你的胃口變好了。」瑪莎回答，「你很幸運，有食物又有胃口。我家小房子裡的十二

62

個小孩，即使有胃口也沒有食物可以填飽肚子。你要是每天繼續在外面玩，一定會長胖，也不會這麼黃了。」

「我沒在玩。」瑪麗說，「我沒有東西可以玩。」

「沒有東西可玩！」瑪莎大叫，「我們家的孩子玩樹枝和石頭。他們到處跑，到處叫，到處東張西望。」

瑪麗並不會大吼大叫，但是她會東張西望。沒有別的事情可以做，於是她在花園裡跑來跑去，或在庭園小徑上漫無目的晃來晃去。有時她會去找班·威瑟斯塔夫，但有好幾次都看到他忙著工作，連正眼也不看她，不然就是一臉不高興的樣子。有一次她朝班·威瑟斯塔夫走去，他卻扛起鏟子轉身就走，好像是故意的。

有一個她比較常去的地方，就是花園圍牆外的長步道。步道兩旁的花床光禿禿的，但牆上的長春藤卻長得非常茂密，牆上有一處爬滿藤蔓的暗綠色草叢，比別的地方還要茂密，似乎有很長一段時間都被忽略了。其他部分都被修剪得整整齊齊的，但是在步道兩端，較低處的枝葉則完全沒被修剪過。

瑪麗和班·威瑟斯塔夫說話的好幾天之後，她才開始注意這件事情，她很好奇為什麼會這樣。她停下了腳步，抬頭看著長長的小藤枝在風中搖曳，突然有個紅色飛行物一閃而過，隨後她聽到一陣嘹亮的鳴叫聲，班·威瑟斯塔夫的紅胸知更鳥就停在那面牆上，向前傾靠，

63

小小的頭偏向一邊，注視著瑪麗。

「啊！」她喊，「是你嗎？是你嗎？」這對她來說一點都不奇怪，她和牠說話時，好像很確定牠聽得懂，還會回答她。

牠回答了她。牠沿著牆跳來跳去，啾啾叫著，好像在告訴她許多事情。雖然牠說的不是人類的語言，但瑪麗小姐似乎聽懂了，牠好像在說：

「早安！風很舒服對不對？太陽很溫暖對不對？一切都很美好對不對？我們一起唱歌跳舞，來吧！來吧！」

瑪麗笑了起來，當牠沿著牆壁又跳又飛時，她追在牠的後面跑。瘦小、蒼白、壞脾氣又可憐的瑪麗有一會看起來十分漂亮。

「我喜歡你！我喜歡你！」她一面喊，一面啪嗒啪嗒地在步道上跑。她也學鳥兒啾啾叫，還試著吹口哨，雖然她根本就不會吹口哨，但是知更鳥似乎相當滿意，也跟著啾啾叫了起來，吹口哨似的回應她。最後牠展開翅膀，飛向樹梢，停在枝頭上大聲唱起歌來。

這使瑪麗想到第一次看到牠的情形。

當時牠棲在樹梢上迎風擺動著翅膀，而她佇立在果園中。現在她卻在果園的另一邊，站在另一面牆外的小徑上，這道牆比較低，卻是相同的那棵樹。

「牠在那個沒有人可以進去的花園裡。」她對自己說,「沒有門的那個花園,牠就住在裡面。我好希望可以看看花園是什麼樣子!」

她跑到第一天早上走進去的那扇綠色大門的步道上,又跑到另一扇門的小徑上,她進到果園裡,站著往上看牆的另一頭的那棵樹,樹梢上知更鳥剛唱完歌,正用牠的鳥喙梳理羽毛。

「就是這個花園。」她說,「我確定一定是。」

她繞過去仔細檢查果園那邊的牆,但是和之前一樣,牆上沒有門。然後她又跑過家庭果菜園,又跑到那一大面覆滿長春藤的牆外的步道上,走到底仔細檢查,那裡也沒有門。她又走到另一頭再看一次,還是沒有門。

「太奇怪了。」她說。「班·威瑟斯塔夫說沒有門,還真的沒有門。但是十年前一定有,克萊文先生把鑰匙埋起來了。」

這件事常常在她心裡,並且讓她感到很有趣,不再為來到密蘇威特莊園感到難過。在印度時,她總是覺得很悶熱,而且太虛弱了,從而對事情毫不關心,但在這裡,從荒野吹來清新的風讓她年幼的頭腦變得清楚、稍微甦醒了過來。

她幾乎整天都待在戶外,到了晚上,當她坐下來吃晚

65

秘密花園

餐時，她覺得很舒暢、很餓，也想睡覺。

她對瑪莎的喋喋不休也不再感到生氣了，她發現自己好像很喜歡聽她說話，最後甚至還想問她問題。瑪麗用完晚餐後，坐在壁爐前的地毯上。

「為什麼克萊文先生討厭那個花園？」她問。

她要瑪莎留下來陪她，瑪莎沒有拒絕。瑪莎年紀還小，習慣了滿房子一群兄弟姐妹，而且她覺得樓下的僕人房很悶，那裡的男僕和女僕領班還會嘲笑她的約克郡口音，把她當成下等人看待，並圍在一起竊竊私語。瑪莎喜歡說話，而這個在印度住過、有「黑人」服侍過的奇怪小孩，讓她覺得很新奇，很吸引她。

她不等瑪麗要求，自己在壁爐旁坐了下來。

「你還在想著那個花園？」她說，「我猜你一定會的，我剛聽到那個花園的時候也是這樣。」

「為什麼他討厭那個花園？」瑪麗堅持問道。

瑪莎縮起雙腳，換了一個舒服的坐姿。

「聽聽房子周圍『咆哮』的風聲，」她說，「要是今晚出去，你根本無法站在荒野上。」

瑪麗不知道「咆哮」是什麼意思。直到她聽了之後才

明白，一定是指在房子四周奔竄、空洞顫慄，像在怒吼的聲音，就像有一個無形的巨人敲打著這棟房子，想要打碎牆壁和窗戶闖進來。但是所有人都知道闖不進來，不知道為何，生了紅通通炭火的屋裡，使人感到非常安全與溫暖。

「但是叔叔為什麼那麼討厭那個花園？」聽了風聲後她問。她想知道瑪莎知不知道些什麼。

於是瑪莎把她知道的事情說出來。

「小心點。」她說。「梅拉克太太說過不能談論太多，這裡有好多事情都不可以被談論，那是克萊文先生的命令，他說他的煩惱不關僕人的事。不過，要不是因為那個花園，他也不會變成這樣。那是他們新婚時克萊文太太佈置的花園，她很喜歡那個花園，他們經常親自照顧花草，不准任何園丁進去。他常常和她一起到裡面，關上門，看書或是談話，一待就是好幾個鐘頭。她像女孩般嬌小，花園裡有一棵老樹，彎下的樹枝好像椅子，她在四周種了玫瑰花，經常坐在那裡。有一天，當她坐在上面時，樹枝突然斷了，她跌落在地上，傷得很嚴重，第二天就死了。醫生認為克萊文先生的心也痛到要死掉了。這就是他討厭那個花園的理由。從此，再也沒有人進去過，他也不准任何人提起。」

瑪麗不再發問了。她看著紅通通的火，聽風「咆哮」，比剛剛更大聲了。

　　就在此刻，有一件好事發生了。事實上，自從她來到密蘇威特莊園，已經有四件好事發生了：她感覺自己了解知更鳥，而知更鳥也能理解她；在風中奔跑使她的血液變得溫暖有活力；她這輩子第一次感覺到健康的飢餓；還有，她開始為別人感到傷心了。

　　就在她專心聆聽風聲時，也聽到了別的聲音。她聽不出是什麼聲音，因為一開始她幾乎分辨不出是不是風聲。那是個奇怪的聲音，好像是某個地方有一個小孩在哭。有時候風聽起來很像小孩的哭聲，不過瑪麗相當確定聲音不是在外面，而是在房子裡。她轉身看著瑪莎。

　　「你有沒有聽到有人在哭？」她問。

　　瑪莎突然一臉迷惑的樣子。

　　「沒有啊！」她回答，「那是風，有時候聽起來就像是有人因為在荒野迷路而哭泣的聲音。風可以發出各種聲音。」

　　「可是你聽，」瑪麗說，「聲音在房子裡，是從其中一個走廊傳來的。」此時，樓下某個地方一定有一扇門被推開了，因為有一陣強風吹過走廊，她們所在房間的房門嘎的一聲被吹開，把她們嚇了一跳。就在同時燈也被吹熄了，哭聲從遠處的走廊傳了過來，聽起來特別清晰。

「你聽！」瑪麗説：「我就説吧！真的有人在哭，而且不是大人。」

瑪莎跑過去關上門，並用鑰匙鎖上。但在這之前，她們聽到了遠處走廊有一扇門「砰」的一聲關上了，接著一切都安靜了下來，甚至連風也停止咆哮了好一陣子。

「是風啦！」瑪莎堅決地説，「不然就是廚房的洗碗女傭小貝蒂，她牙痛了一整天。」

但是她那不安又不自在的態度，讓瑪麗直直地盯著她，她不相信瑪莎説的話。

Chapter
6

「有人在哭——真的！」

那是一聲短短的、煩躁的、孩子式的低泣，隔著牆壁傳出來，變得不太清楚。

第二天又下著傾盆大雨，瑪麗從窗戶望出去，荒野幾乎被一片灰濛濛的雲霧給遮住了。今天不能出去了。

「像這樣的天氣，你們都在家裡做什麼？」她問瑪莎。

「大部分的時候都在避免踩到別人的腳。」瑪莎回答：「我們家的人真的太多了！像媽媽脾氣這麼好的女人，也會感到心煩。大一點的孩子們會到牛棚去玩，狄肯不在意濕答答的天氣，他總是和好天氣時一樣出去玩，他說他能在下雨天看到好天氣時看不到的東西。有一次，他發現一隻在洞裡快要被淹死的小狐狸，他把牠抱在懷裡，用衣服讓牠取暖，把牠帶了回家。小狐狸的媽媽在附近被殺掉了，牠們的洞淹水了，其他的小狐狸都死了，所以後來他把這隻小狐狸養在家裡。另一次，他又發現一隻快要淹死的小烏鴉，也把牠帶回家馴養，因為牠非常黑，所以牠的名字就叫『煤煙』，現在牠跟著狄肯到處跳、到處飛。」

瑪麗已經不再嫌棄瑪莎隨便話家常了。她開始覺得那樣挺有趣的，如果她停下來或者離開，瑪麗還會感到難過。瑪莎告訴她的故事，跟她住在印度時奶媽告訴她的不一樣——荒野上一間只有四個房間的小房子，裡面住著十四個人，常常吃不飽。這些小孩好像莽莽撞撞的，他們自由自在地玩耍，和一群粗野但是很乖巧的小牧羊

犬一樣。瑪麗尤其被瑪莎的媽媽和狄肯吸引，瑪莎口中「媽媽」說的或做的，聽起來總是很舒服。

「要是我有一隻烏鴉或一隻狐狸，我就可以和牠玩耍，」瑪麗說：「但是我沒有。」

瑪莎看起來很困惑。

「你會不會打毛線？」她問。

「不會。」瑪麗回答。

「你會不會縫東西？」

「不會。」

「你會不會讀東西？」

「會。」

「那為什麼不讀一點書，或學一點拼字？你已經夠大了，可以讀書了。」

「我沒有書，」瑪麗說：「我的書都留在印度。」

「真可惜！」瑪莎說：「要是梅拉克太太讓你進圖書室就好了，那裡有好幾千本書。」

瑪麗沒有開口問圖書室在哪裡，因為她突然有個點子——她決定自己去找。她不擔心梅拉克太太，因為她似

乎都待在樓下舒適的管家客廳裡。在這個奇怪的地方，人們幾乎從來不會碰到面。事實上，那裡除了僕人們，沒有別人。當主人不在的時候，僕人們在樓下過著奢華的生活。那裡有一間很大的廚房，四面掛著擦得光亮的黃銅和白銀器皿，還有一間寬敞的僕人房，僕人們每天在那裡享用四、五頓豐盛的餐點，只要梅拉克太太一走，他們就活蹦亂跳地嬉鬧起來。

瑪麗的三餐會定時被端上來，瑪莎服侍著她，但是沒有人替她操一點心。梅拉克太太每一到兩天會來看她，但是不會詢問她做了什麼或是告訴她該做什麼——她猜這大概是英國人對待小孩的方式。在印度時，她總是由奶媽照顧，奶媽到處跟著她、服侍著她，瑪麗經常覺得她很煩。現在，沒有人跟著她，她必須學會自己穿衣服，因為當她要瑪莎拿衣服替她穿上時，她好像覺得她又蠢又笨。

「你不能懂事一點嗎？」有一次瑪麗等著她幫忙戴手套時，瑪莎這麼說了。「我們的蘇珊・安才四歲，可是比你聰明兩倍。有時你看起來真笨。」

說完後，瑪麗足足皺眉了一個鐘頭，但也讓她想到了許多的新鮮事。

今天早上，瑪莎打掃完壁爐下樓後，瑪麗在窗邊站了大概十分鐘。自從聽說了圖書室，她便不斷想著新的點子。她並不是很關心圖書室，因為她不太看書，但是

這間圖書室使她想起那一百間關著的房間。她很好奇是不是真的都被鎖起來了，也很好奇如果她真的找到方法進去了，將會發現什麼。真的有一百間嗎？為什麼她不去數數看有多少門？既然今天早上不能出去玩，倒是可以做這件事。她從沒被教導做事情以前必須徵求別人同意，也完全不懂什麼是權威，所以不管有沒有看到梅拉克太太，她沒想過要問她能不能在房子裡走來走去。

她打開房門走到走廊，開始漫無目的地走來走去。那是一道很長的走廊，連接其他走廊，瑪麗順著走上一段短短的樓梯後，又來到另外的走廊。那裡有好幾扇門，牆上有許多畫，有一些畫著陰鬱怪異的風景，大部分的畫都是穿絲絨或天鵝絨華服的男女肖像，樣子很奇怪。她發現自己來到一間牆上掛滿這類肖像畫的長畫廊，她從沒想過一間房子能有這麼多肖像畫。她慢慢地走下長廊，盯著畫中一張張彷彿也在盯著她看的臉孔，她覺得他們好像很想知道這個印度來的小女孩到他們房間來做什麼。還有一些小孩的畫像，小女孩們穿著厚絲絨洋裝，裙長延伸到腳邊；小男孩們不是留著長髮、穿著袖子寬鬆帶有蕾絲衣領的衣服，就是脖子上戴著大大的皺領。她總會停下來看著那些小孩，想知道他們的名字、他們去了哪裡、為什麼穿這麼奇怪的衣服。那裡還有一個拘謹、不漂亮、長得很像她的小女孩，她穿著綠色織錦洋裝，手指上停著一隻鸚鵡，她的眼神看起來既銳利又奇怪。

「你現在住在哪裡?」瑪麗大聲地問:「我真希望你在這裡。」

一定沒有別的女孩曾經度過這麼奇怪的早上。一整棟空曠的大房子裡,好像只有一個小小的她樓上樓下到處閒逛,穿過寬窄不一的通道。她覺得這些地方似乎只有她一個人曾經走過。蓋了這麼多房間,裡面一定有人住過,現在卻空無一人,這讓她無法相信是真的。

她爬到三樓時,才想到要轉動房門的門把。所有的房門正如梅拉克太太說的都鎖著。最後,她把手放在其中一個門把上轉動時,她嚇了一大跳,因為毫不費力地就轉動了。她推了一下,門就慢慢地、沉重地打開了。那是一扇厚實的門,門裡面是一間大臥房,牆上掛著許多刺繡窗簾,還有像她在印度看過的鑲嵌家具,一扇寬敞的鉛框寬敞窗戶朝荒野開著,壁爐架子上掛著另一幅那個拘謹、不漂亮的小女孩的畫像,她似乎比先前更好奇地凝視著瑪麗。

「也許她曾在這裡睡過。」瑪麗說:「她這樣看我,我覺得好奇怪。」

她又開了其他房門。看了這麼多間房間,讓她覺得很累,於是開始想著這裡真的有一百間房間,雖然她沒有數過。所有房間裡似乎都有舊畫和舊掛毯,上面描繪的景物都很奇怪,而且所有房間裡幾乎都有奇怪的家具和裝飾。

　　有一間看起來像是貴夫人的客廳，牆上的窗簾全是刺繡的天鵝絨，還有一個櫥櫃裡有大概一百隻象牙雕刻的小象，大大小小各不相同，有的背上還坐著御象夫或頂著轎子，有些比其他大了許多，有些則小得像象寶寶那麼小。瑪麗在印度看過象牙雕刻，也知道大象。她打開櫥櫃的門，站在腳凳上和這些雕像玩了好一會，直到玩膩了才把大象們放回原位，然後關上門。

　　逛過長長的走廊和空蕩蕩的房間，她沒看到任何有生命的東西，但就在這間房間裡她看到了有生命的東西——當她關上櫥櫃門，就聽到一陣小小的窸窣聲，她跳了起來，然後看看壁爐旁的沙發，聲音似乎是從那裡發出來的。沙發的一角有一個坐墊，坐墊外的天鵝絨布破了個洞，洞裡探出一個小小的頭、以及一雙眼睛，似乎受到了驚嚇。

　　瑪麗輕輕地踮腳走過去看。原來那雙明亮的眼睛是一隻小灰鼠，這隻小灰鼠咬破了坐墊布，在裡面蓋了一個舒服的窩，有六隻老鼠寶寶貼在牠旁邊睡覺。要是在這一百間房間裡沒有其他有生命的東西，至少有七隻看起來一點都不孤單的老鼠。

　　「如果牠們沒那麼害怕，我會把牠們帶回去。」瑪麗說。

　　她逛了很久，她覺得她已經累得無法再繼續逛下去了，打算回去。有兩、三次她因為轉錯走廊而迷路，她

上上下下、繞來繞去，好不容易才找到正確的路，最後回到了自己那層樓，不過她離自己的房間還有段距離，而且不確定自己在哪裡。

「我大概又轉錯彎了，」她說，停下來站在一條牆上飾有掛毯、似乎是短通道的盡頭。「我不知道該走哪條才對？一切都好安靜啊！」

她話才剛說完，就有一個聲音打破了寂靜。那是另一個哭聲，和她昨晚聽到的不太一樣。那是一聲短短的、煩躁的、孩子式的低泣，隔著牆壁傳出來，變得不太清楚。

「這裡聽起來比較近，」瑪麗說，心臟跳得很快：「是哭聲。」

她不經意地把手放在旁邊的掛毯上，突然驚嚇得跳了起來，掛毯竟是一扇門的掩飾物，門打開後，她看到門後面有另一段通道。此時，梅拉克太太手裡握著一串鑰匙朝她走來，臉色看起來很不高興。「你在這裡做什麼？」她說著，抓住瑪麗的手臂，把她拉走：「我是怎麼跟你說的？」

「我轉錯彎了。」瑪麗解釋：「我迷路了，還聽到有人在哭。」

在說這些話時，她討厭死了梅拉克太太，但是接下來

更討厭了。

「你什麼也沒聽到。」這個女管家說：「快回去你的育兒室，不然我可要賞你巴掌了。」

接著她抓住瑪麗的手臂，將她半推半拉過一個又一個的通道，直到將她推入她房間門口。

「現在聽著，」她說，「你給我待在我告訴你的地方，不然我就把你鎖起來。希望主人替你找位女教師來，就像他說過的那樣。你這個小孩要有人在後面緊緊盯著，我已經夠忙了。」

她走出房間，砰的一聲把門關上。瑪麗走到壁爐前，在地毯上坐下，臉色發白。她沒有哭，卻氣得咬牙切齒。

「有人在哭……真的……真的！」她自言自語。

現在，她已經第二次聽到哭聲了，有一天她要把真相找出來。今天早上她已經發現了很多東西。她覺得好像旅行了很久，無論什麼時候，一路上都有東西可以玩，她和象牙雕製的大象玩，還在天鵝絨坐墊的窩裡看到小灰鼠和牠的寶寶。

Chapter
7

花園的鑰匙

那東西看起來好像是一個生鏽的鐵製或銅製的戒指。當知更鳥飛到附近的樹上時，她把戒指撿了起來。那不是戒指，而是一把似乎埋了很久的舊鑰匙。

兩天後，瑪麗早上睜開雙眼時，立刻在床上坐直了身子，對瑪莎喊道：「你看荒野！你看荒野！」

暴風雨已經停了，灰濛濛的雲霧也被前一晚的暴風吹散了。風也停了，荒野上高高掛著蔚藍明亮的天空。瑪麗從來沒有想過天空會這麼藍，印度的天空總是炎熱耀眼，這裡卻是冷靜的蔚藍，和深不見底的美麗湖泊上閃閃發亮的湖水一樣。高高拱起的藍天四處飄著羊毛般的雲朵，遠遠延伸過去的荒野看起來是溫柔的藍色，不再是陰鬱的黑紫色或可怕的灰色。

「是呀。」瑪莎雀躍地說：「暴風雨暫時停了。每年的這個時候都這樣。暴風雨一夜之間消失，好像從沒來過，好像再也不會來了。因為春天就要到了，雖然還要再等一陣子，但就快到了。」

「我以為英國總是下雨，總是這麼陰暗。」瑪麗說。

「不是！」瑪莎跪坐著，身旁擺著石墨刷子。「才不是！」

「什麼意思？」瑪麗認真地問。在印度時，印度僕人也會說著少數人才聽得懂的方言，所以瑪莎用她聽不懂的語言說話時，她一點都不感到驚訝。

瑪莎像第一天早上那樣笑了起來。

「我又來了。」她說：「我又說了梅拉克太太不准我

說的約克郡方言。我的意思是『才不是那樣』。」她慢慢仔細地說：「天氣好的時候，約克郡是世界上最亮麗的地方。我告訴過你，不久後你就會喜歡荒野的。再等一等，你就會看到金色的荊豆花、金雀花、石楠花、所有的紫色鐘形花盛開，有好多蝴蝶翩翩飛舞，好多蜜蜂嗡嗡叫，好多雲雀在天上飛翔歌唱。你會像狄肯一樣，天一亮就想跑到荒野上，整天待在那裡。」

「我能去那裡嗎？」瑪麗渴望地問。眼睛從窗戶望向遠方一大片蔚藍──那是多麼清新、遼闊、美妙、如天堂般的顏色。

「我不知道。」瑪莎回答：「依我看，你似乎從出生就不習慣走路，你走不到五英里路的，這裡離我們家的小房子有五英里遠。」

「我真想去看看你們的小房子。」

瑪莎好奇地望著她一會，又拿起打蠟刷子開始擦拭壁爐。

她想著那張平凡的小臉現在看起來已經不像第一天早上那麼不高興，反而有點像小蘇珊想要東西時的表情。

「我問問我媽媽。」她說：「她總是能想出好辦法。今天是我的休假日，我要回家。啊！我真高興！梅拉克太太很看重媽媽，也許媽媽可以和她說說看。」

「我喜歡你媽媽。」瑪麗說。

「我想你應該會喜歡她。」瑪莎同意，繼續擦著壁爐。

「我從來沒見過她。」瑪麗說。

「對。」瑪莎回答。

她坐直，用手背擦擦她的鼻尖，彷彿有一點困惑，但是卻又很肯定地接著說：「她是一個明理、勤奮、脾氣好、而且愛乾淨的人，無論有沒有見過她的人都會喜歡她。當我休假越過荒野回家看她時，總是滿心期待。」

「我也喜歡狄肯，」瑪麗又說：「我也從沒見過他。」

「嗯！」瑪莎堅定地說：「我跟你說過了，鳥兒喜歡他，兔子、綿羊、小馬和狐狸也都喜歡他。我在想，」她若有所思，看著瑪麗，「狄肯不知道對你會有什麼想法？」

「他不會喜歡我的。」瑪麗冷淡地說：「沒有人喜歡我。」

瑪莎又陷入沉思。

「你喜歡你自己嗎？」她問，好像真的很想知道。

瑪麗猶疑了一下，仔細想了一會。

「一點也不喜歡，一點也不。」她回答，「不過我以前從沒想過這件事情。」

瑪莎露齒微笑，彷彿想起了熟悉的記憶。

她說：「有一次媽媽跟我說，那時她正在洗衣服，我發著脾氣說著別人的壞話，她轉身對我說：『你這個壞脾氣的小女孩，就只會站在那裡說不喜歡這個人、不喜歡那個人，你喜歡自己嗎？』她的話讓我笑了，瞬間就恢復了理智。」

她服侍瑪麗用完早餐後，興高采烈地離開了。她就要越過荒野，走五英里的路回到她家的小房子，幫她的媽媽打掃家裡，烤一整個禮拜要吃的麵包，然後盡情嬉鬧。

當瑪麗知道瑪莎不在時，她覺得更寂寞了。她用最快的速度走進花園裡，她做的第一件事情，就是繞著噴泉花園的周圍跑十圈，她仔細數著圈數，當她跑完十圈後，覺得精神好多了。陽光使整個地方看起來不同於以往。高高掛在密蘇威特莊園和荒野的天空非常湛藍，她仰起頭往上看，想像著躺在軟綿綿的白雲上飄浮會是什麼樣子。她走進第一個家庭果菜園，看到班‧威瑟斯塔夫和另外兩個園丁在工作。天氣轉好似乎讓班‧威瑟斯塔夫看起來精神好多了，他主動和瑪麗說話。

「春天已經來了，」他說：「你沒聞到嗎？」

瑪麗聞了聞，覺得好像聞到了。

「我聞到香香的、清新的、濕潤的味道。」她說。

「那是肥沃的土壤的味道，」他一邊回答，一邊鏟地。「泥土的心情現在正好，準備要長東西了。種植季節到來時，它就很高興。冬天不能種植時，它就很鬱悶。那邊的花園裡有許多生命正在黑暗的泥土裡蠢蠢欲動，太陽給了它們溫暖。再過不久，你就可以看到嫩綠的芽從黑色的土壤中探出頭來。」

「會有什麼呢？」瑪麗問。

「有番紅花、雪花和水仙花。你沒看過嗎？」

「沒有。印度下雨過後，一切都很悶熱潮濕，而且一片綠色。」瑪麗說：「我以為花草是一個晚上就長出來的。」

「這些花草可不是一個晚上就長出來的，」班·威瑟斯塔夫說：「你得等它們長大，它們會從這裡長出來一點枝葉，從那裡冒出來一點嫩芽，一天天伸展葉子，你等著看！」

「好。」瑪麗回答。

　　不久，一陣輕快的翅膀拍動聲響起，她立刻就知道知更鳥飛來了。牠又敏捷又活潑，蹦蹦跳跳到她的腳邊，偏著頭羞怯地看著她，這使得瑪麗問了班・威瑟斯塔夫一個問題。

　　「你覺得牠記得我嗎？」她說。

　　「記得你！」班・威瑟斯塔夫生氣地說：「牠連園子裡的每一株甘藍菜莖都記得，更不用說是人了。牠從來沒在這裡見過小女孩，所以牠想認識你，你不需要對牠隱藏什麼。」

　　「那些在黑暗泥土下萌動的生命，就在牠住的那個花園裡嗎？」瑪麗問。

　　「哪個花園？」班・威瑟斯塔夫咕嚕說著，又不高興了起來。

　　「有老玫瑰樹的那個花園。」她忍不住發問，因為她很想知道。

　　「那裡的花都死了嗎？還是有些花會在夏天開？那裡還有玫瑰花嗎？」

　　「你問牠。」班・威瑟斯塔夫一邊說著，一邊對知更鳥聳肩。「只有牠知道，那個花園已經有十年沒人進去過了。」

　　十年是很長的一段時間，瑪麗心想。她是十年前被生下來的。

　　她一邊慢慢地思考著，一邊走開。她開始喜歡那個花園，就像喜歡知更鳥、狄肯和瑪莎的媽媽一樣。她也開始喜歡瑪莎了，原本她並不習慣喜歡人的，現在卻似乎有好多人讓她喜歡，她也把知更鳥當作人一般看待。她走到那一大面佈滿長春藤的牆外，她可以看到越過牆頂端的樹梢。當她第二次走來走去的時候，最有趣、最令人興奮的事在她身上發生了，而這一切都是因為班·威瑟斯塔夫的知更鳥。

　　她聽到一陣啁啾聲，看了看左邊光禿禿的花床，知更鳥就在那裡蹦蹦亂跳著，假裝在啄東西，不想讓她發現牠在跟著她。但是瑪麗知道牠一直跟著她，她感到驚喜萬分。

　　「你真的記得我！」她叫了出來：「真的記得！全世界你最可愛了！」

　　她也啾啾叫著，說話哄誘牠。知更鳥則蹦蹦跳跳，搖著尾巴鳴叫，就好像在說話一樣。牠的紅背心像絲綢一樣，牠鼓起小紅胸時是那麼高雅、那麼神氣活現、那麼漂亮，好像在對她展現一隻知更鳥可以多麼了不起，可以和人類一樣。當瑪麗越來越靠近知更鳥，彎下身子和牠說話、試著發出鳥叫聲時，她忘了自己以前脾氣有多壞。

　　噢！牠居然讓她靠得那麼近！牠知道瑪麗不會傷害牠或嚇牠。牠之所以知道，是因為牠是一個真正的人，而且比世界上任何一個人都好。她是如此快樂，幾乎不敢呼吸。

　　花床不是完全荒蕪的，只是沒有花，為了冬眠，那些多年生的植物都已經被砍掉了，但還是有高矮不一的灌木一起被種在花床後面。當知更鳥在樹底下活蹦亂跳時，她看見牠跳過一小堆剛翻鬆的土壤，停在上面找蟲吃。土壤被翻鬆了，像是有一隻狗為了挖出鼴鼠，掘了一個很深的洞。

　　瑪麗看了看，不明白為什麼會有個洞在那裡，她又看了看，發現好像有東西埋在新翻鬆的土裡，那東西看起來好像是一個生鏽的鐵製或銅製的戒指。當知更鳥飛到附近的樹上時，她把戒指撿了起來。那不是戒指，而是一把似乎埋了很久的舊鑰匙。

　　瑪麗小姐站了起來，一臉驚訝地看著懸掛在她手指上的鑰匙。

　　「也許鑰匙已經被埋了十年了。」她小聲地說：「也許這就是秘密花園的鑰匙！」

帶路的知更鳥

垂懸的長春藤長得很茂密，幾乎像是鬆散、搖曳的簾幕，有些已經爬到木頭和鐵上面了。瑪麗的心開始噗通噗通跳了起來，她的手因為快樂和興奮而微微顫抖。

她 盯著鑰匙看了好一會。她把鑰匙拿在手中翻來翻去，仔細思索著。前面曾經提過，她不是那種被教導做事前要取得長輩同意的孩子，於是對於這把鑰匙，她所想到的是：如果這是被上鎖的花園的鑰匙，她或許可以找到那扇門，可以打開看看牆內有什麼，還可以看看老玫瑰樹。花園已經封閉那麼久了，她很想要看一看，花園大概和其他園子不一樣，而且這十年一定有奇特的改變；此外，要是她喜歡花園，她可以每天進去裡面，把門關起來，自己在裡面玩扮家家酒，沒有人會知道她在那裡，大家仍會以為門還被鎖著，鑰匙還被埋在土裡。這樣的想法讓她非常高興。

一個人住在有一百間上鎖的房間的房子裡，也沒有什麼東西可以玩，這樣的生活讓她不活潑的腦袋開始動了起來，也喚醒了她的想像力。毫無疑問，從荒野吹來的清新、強烈、純淨的空氣也幫了很大的忙，就像那空氣讓她的胃口大開、抵擋強風讓她的血液變溫暖，她的心靈也開始活躍起來了。在印度她總是覺得又悶又懶，她的身體又太虛弱，所以對任何事物都漠不關心，可是在這裡，她開始關心事物，並且想做些新奇的事情。她不知道為什麼，但她覺得自己沒那麼「彆扭」了。

她把鑰匙放進口袋裡，走來走去。好像只有她一個人在這裡，她可以慢慢走並觀察圍牆，特別是上面的長春藤。長春藤令她困惑，但無論她如何仔細觀察，都只看到一叢叢茂密、綠油油的葉子，她非常失望。她在牆邊

走來走去，透過圍牆看著樹梢，又開始鬧起彆扭，自言自語：「真笨，這麼靠近花園卻進不去。」她把鑰匙放進口袋，往房子的方向走去。她下定決心只要出門就帶著它，這樣要是她找到了隱藏的門，就可以馬上打開它。

梅拉克太太允許瑪莎在家裡過夜，但她早上就帶著紅通通的雙頰，興高采烈地回來工作。

「我四點就起床了。」她說，「荒野美極了！小鳥都醒了，兔子到處蹦蹦跳跳，太陽也升起了。我不是走回來的，有人用二輪馬車載了我一程，我在家玩得非常高興。」

她休假那天充滿了許多快樂的事。她的媽媽很高興看到她，她們一整天都在烤麵包和打掃房子，她還為每個弟妹烤了有一點點黑糖餡的蛋糕。

「他們從荒野遊玩回來時，麵包剛出爐，熱騰騰的，房子裡滿是麵包香甜、新鮮、熱熱的味道，爐火很旺，大家開心地吵著鬧著。狄肯說我們的小房子好到可以讓國王住。」

到了晚上，他們圍在爐火旁坐著。瑪莎和媽媽在修補舊衣服和襪子的破洞，瑪莎告訴他們剛從印度來了一個小女孩，一輩子都由黑人服侍穿衣打扮，甚至不會自己穿襪子。

秘密花園

「他們真的好喜歡聽我說你的事情！」她說：「他們想知道有關『黑人』和你搭船來這裡的事情。我知道的不多，所以沒有全部告訴他們。」

瑪麗思考了一下。

「下次你放假前我再告訴你更多的事情。」瑪麗說：「這樣你就有更多的故事可以說了。我相信他們一定會喜歡聽大象和駱駝，還有英國官員獵老虎的故事。」

「我的天啊！」瑪莎高興地叫了起來，「他們一定會很開心。小姐，你真的會告訴我那些事嗎？那大概像有一次我們在約克市看過的野生動物展一樣吧！」

「印度和約克郡很不一樣。」瑪麗思考後慢慢地說：「我從沒想過這些。狄肯和你媽媽真的很喜歡聽我的故事嗎？」

「當然是真的。我們家狄肯幾乎聽得目瞪口呆。」瑪莎回答，「但是媽媽聽到你似乎都孤單一人時，很替你難過。她說：『難道克萊文先生沒有為她請女家庭教師或保母嗎？』我說：『沒有，梅拉克太太說要是他想起來會的，不過她又說也許要等兩三年後他才會想到這件事。』」

「我不要女家庭教師。」瑪麗突然說。

「但是媽媽說你到了該讀書的年紀了，也該有位保母

94

照顧你了。她說：『瑪莎，你想想看，住在那麼大的房子裡，一個人到處逛，又沒有媽媽在身邊，你感覺怎樣。你要盡量逗她開心。』她這麼說，我回她說我會的。」

瑪麗堅定地看了她好一陣子。

「你真的很讓我開心。」她說：「我喜歡聽你說話。」

過了不久，瑪莎走出房間，回來時手裡拿著東西藏在圍裙底下。

「你在想什麼？」她愉快地露齒笑說：「我帶了一個禮物給你。」

「一個禮物！」瑪麗驚呼。一個擠滿了十四個人、總是不能填飽肚子的人家，竟然送她禮物！

「有一個小販駕著二輪馬車在荒野上賣東西。」瑪莎解釋：「他在我們家門口停下來。車上有鍋子、盤子和一些有的沒的，媽媽沒有錢買他的東西。他正要離開時，我家的伊莉莎白・艾倫大叫：『媽媽，他有紅色和藍色手把的跳繩！』媽媽突然說：『先生，等一下！那個跳繩多少錢？』小販說：『兩便士』，媽媽摸了摸口袋，然後對我說：『瑪莎，你這個乖女孩，總是都把薪水都給我。我把錢分四個地方放，現在我準備拿出兩便士，給那個印度來的小女孩買跳繩。』這就是她買給你的跳繩。」

95

　　她從圍裙底下拿出跳繩，驕傲地展示著。那是一條結實細長的繩子，繩子兩端各有一個紅藍色條紋的手把。瑪麗‧蘭諾克斯從沒見過跳繩，她用疑惑的表情看著它。

　　「這是用來做什麼的？」她好奇地問。

　　「用來做什麼！」瑪莎大叫。「難道在印度沒人玩跳繩，他們只玩大象、老虎和駱駝？難怪他們看起來那麼黑。你看，要這樣玩。」

　　她跑到房間中央，雙手各握著一端的手把，開始跳起跳繩，她一直跳，瑪麗則坐在椅子上看著她跳。舊肖像畫上奇怪的臉孔似乎也在看她，想知道這個粗野的農家女孩怎麼敢在他們面前做出如此魯莽的事。但是瑪莎沒看到他們，瑪麗小姐臉上顯露的興致和好奇令她非常高興，她繼續跳，邊跳邊數，直到數到一百。

　　「我能跳更久。」她停下來的時候說：「我十二歲就可以跳五百下了，不過那時我沒現在胖，也比較常練習。」

　　瑪麗從椅子上站起來，開始覺得很興奮。

　　「看起來很好玩，你媽媽真好，你覺得我也可以跳那麼多下嗎？」

　　「你先試看看。」瑪莎一邊勸她，一邊將跳繩拿給

她。「一開始不可能跳一百下，但是一直練習就可以。媽媽還說：『沒有比跳繩對她更好的了，這是送小孩玩具最聰明的選擇。讓她在空氣新鮮的戶外跳繩，伸展四肢，鍛鍊得更強壯一點。』」

瑪麗小姐第一次跳繩，她的四肢不太有力氣，也跳得不夠熟練，但是她太喜歡了，所以不想停下來。

「穿上衣服，去外面跑一跑，去跳繩。」瑪莎說：「媽媽要我跟你說，盡量到外面去，即使下了點雨，只要穿得暖和些就好了。」

瑪麗穿上外套，戴上帽子，把繩子掛在手臂上。她打開門走出去，突然想到了什麼，又慢慢地走回來。

「瑪莎，」她說，「這是用你的薪水買的，那是你的兩便士。謝謝！」她不自然地說，因為她不習慣跟別人說謝謝，或是注意別人為她做了什麼事。「謝謝你。」她一邊說一邊伸出手來，因為不知道該做些什麼。

瑪莎笨拙地和她握握手，彷彿也不習慣這樣，接著笑了起來。

「啊！你好奇怪，像個老太太一樣。」她說，「要是我家小莉莎，早就給我一個吻了。」

瑪麗看起來更不自然了。

「你要我親你嗎?」

瑪莎又笑了起來。

「不,不是。」她回答,「要是你是像小莉莎這種脾氣的女孩,你自己會想到要這麼做的,但是你不是。你還是去外面跑一跑,去跳繩吧!」

瑪麗小姐走出房間時,覺得有點困窘。約克郡人似乎有點奇怪,瑪莎總是令她困惑不已。剛開始,瑪麗非常不喜歡她,現在卻不一樣了。

跳繩是一件很好玩的事。她數著跳著,一直跳一直數,直到她雙頰通紅。她覺得這是她一生中最感興趣的事。太陽照耀著,微風徐徐吹來,不是強風,而是夾帶著新翻土壤的清香、令人愉悅的微風。她繞著噴泉花園跳,從這一條步道到那一條,來來回回跳著,最後她跳進了家庭果菜園,看見班・威瑟斯塔夫正在鏟地,一邊跟他身旁蹦蹦跳跳的知更鳥說話。她沿著步道跳向班・威瑟斯塔夫,她抬起頭神情好奇地看著他,她很好奇他有沒有注意到她,她希望班・威瑟斯塔夫看到她跳繩。

「啊!」他叫了起來,「真不敢相信!你果然是個小孩,你果然流著新鮮的血液,而不是發酸了的酪乳!你的雙頰跳得紅通通的。我真不敢相信你竟然辦到了。」

「我以前沒跳過跳繩。」她說:「我剛開始學,所以

只能跳到二十下。」

「你要繼續跳，」班‧威瑟斯塔夫說：「對一個與異教徒生活在一起的人來說，你算是健康的小孩。你看牠也在看你。」他頭朝知更鳥動了一下。「牠昨天都跟著你，今天也會，牠馬上就會發現跳繩是什麼了，牠從來沒看過跳繩呢！」他對知更鳥搖搖頭，一邊說：「要是你不小心一點，你的好奇心總有一天會要你的命的。」

瑪麗繞著所有的花園和果園到處跳，每跳幾分鐘就停下來休息一下。最後，她走到自己專屬的步道上，下定決心試試能不能跳完全程。那要跳滿久的，她先慢慢地跳，跳到半路就覺得很熱，快要喘不過氣來了，於是不得不停下來，她不在意，因為她已經數到三十了。她停下來愉快地輕輕笑著。看！知更鳥就停在長長的長春藤枝上迎風招展，原來牠跟著她，正啾啾叫著和她打招呼。瑪麗朝牠跳去，她每跳一下，口袋裡的重物就撞她一下，當她看到知更鳥時，高興得笑了起來。

「昨天你指引我找到了鑰匙，」她說：「今天你要指引我門在哪裡，可是我不相信你知道！」

知更鳥從搖曳的長春枝藤飛到了圍牆上，牠張開嘴發出嘹亮好聽的鳴叫聲，只是為了炫耀。世界上再也沒有什麼比一隻知更鳥炫耀自己時更動人、更令人喜愛了，而他們總是在炫耀自己。

秘密花園

瑪麗從奶媽那裡聽過許多關於魔法的故事，她說那時發生的事情就是一種魔法。

一陣溫暖的微風吹到步道上，這陣風有一點強，幾乎搖動了樹枝和那些懸掛在牆上未經修剪的長春藤小枝。瑪麗走近知更鳥，突然間，這陣風吹開了鬆散的藤枝，接著，更令人訝異的事情發生了。她跳上前一把抓住它。

她這麼做，是因為她看到了底下的東西——一個覆蓋在長春藤葉下的圓形把手。那是門的把手。

她把手伸進葉子，並把它們撥到一旁，由於垂懸的長春藤長得很茂密，幾乎像是鬆散、搖曳的簾幕，有些已經爬到木頭和鐵上面了。瑪麗的心開始噗通噗通跳了起來，她的手因為快樂和興奮而微微顫抖。知更鳥將頭偏向另一邊，繼續唱著、叫著，彷彿和她一樣高興。在她手掌下有一個鐵做的方形物，還在上面發現了一個洞。不知道那是什麼？

原來是那扇被封閉了十年的門的門鎖，她把手伸進口袋拿出鑰匙，發現和鑰匙孔互相吻合。她把鑰匙插進去轉了轉，她發現她得用雙手才能轉動，但真的開了！

然後她深深吸了一口氣，轉頭看看後面步道的另一頭有沒有人走過來。沒有人走過來，似乎從來沒有人會走過來這裡，於是她忍不住又深深吸了一口氣，她一邊抓

著搖曳的長春藤簾幕，推了推門。

門慢慢地開了。

她悄悄地走了進去，把門關上，靠在門上東張西望，她又興奮、又好奇、又快樂，連呼吸都因此變急促了。

她正站在秘密花園裡。

Chapter
9

世界上最奇怪的房子

正是這些樹與樹之間陰暗不清的糾纏物，讓這個地方看起來如此神秘。瑪麗想這裡一定是因為荒廢太久，才會看起來跟其他的花園不一樣。事實上，這個花園是她見過最與眾不同的花園。

那是你所能想像得到最美麗、看起來最神秘的地方。四周的高牆爬滿了茂密糾結的無葉玫瑰藤蔓——瑪麗在印度時看過很多玫瑰，所以她知道那是玫瑰；地上佈滿了乾枯的草坪，當中長出幾株灌木叢，那裡有許多玫瑰枝葉茂密蔓生，就像一顆小樹。如果還活著，一定是玫瑰花叢。花園裡還有其他樹，而讓這個地方看起來奇怪卻甜美的是爬滿樹上的玫瑰藤。下垂的蔓藤就像輕輕擺動的簾幔，互相糾纏或依附著遠遠的樹枝，從一棵樹爬到另一棵樹，在樹與樹之間形成一座可愛的橋。現在玫瑰藤上既沒有葉子也沒有花，瑪麗也不知道它們是不是還活著，但是它們灰色或褐色的細小藤枝，就像某種灰矇矇的地幔，覆蓋在每一樣東西上，圍牆、樹、甚至是乾枯的草坪上，正是這些樹與樹之間陰暗不清的糾纏物，讓這個地方看起來如此神秘。瑪麗想這裡一定是因為荒廢太久，才會看起來跟其他的花園不一樣。事實上，這個花園是她見過最與眾不同的花園。

「這裡好安靜！」她小聲地說：「好安靜啊！」

她等了一下子，聆聽著寂靜。飛上了樹梢的知更鳥，和周圍的事物一樣安靜，牠甚至沒有拍動翅膀，一動也不動地看著瑪麗。

「難怪這麼安靜。」她又低聲說：「我是十年來第一個在這裡說話的人。」

她盡可能放輕腳步，好像很害怕會把人吵醒似的走

進花園。她很高興腳底踩著的是草，不會發出任何腳步聲。她走到樹木間其中一個童話般灰色的藤蔓拱門下，往上看著纏繞在上面的枝藤和捲鬚。

「我想知道它們是不是真的死了，」她說：「這真的是一個死了的花園嗎？希望不是。」

要是她是班・威瑟斯塔夫，只要看木頭就知道是不是還活著，但是她只看到灰色或褐色的藤蔓和樹枝，連一點小枝芽都沒看到。

不過，她已經走進了這個奇妙的花園，她可以隨時走過長春藤底下的門來到這裡，她覺得好像找到了一個屬於自己的世界。

太陽在牆內閃耀，密蘇威特莊園裡這個特別的地方上高高拱起的藍天，似乎比荒野上的更明亮、更柔和。知更鳥從樹梢上飛下來，到處蹦蹦跳跳地跟著她，從一叢灌木到另一叢，牠不停地啾啾叫著，非常忙碌的樣子，好像在指示她什麼。一切都顯得安靜又奇怪，讓她覺得好像離人們好幾百英里遠。不過，她一點都不覺得寂寞，她想知道玫瑰是不是都死了，或許有些還活著，天氣暖和時會長出葉子和花苞。她真的不希望這是一個死了的花園，如果花園還活著那會有多神奇啊！花園周圍會開滿幾千朵玫瑰花！

她進來時把跳繩掛在手臂上，她在花園裡逛了一會，

就開始繞著整個花園跳一圈，當她碰到想看的東西時就停下來。花園中似乎到處都有草徑，有一兩個角落裡有被常青植物圍繞的小亭子，裡面有石椅子或覆滿苔蘚的高大花甕。

當她接近第二個小亭子時，她停了下來。裡面原本似乎是個花床，她好像看到有什麼東西從黑色土壤裡長出來，原來是一些尖尖小小的淺綠色嫩芽。她想起班·威瑟斯塔夫說過的話，於是跪下來看看它們。

「沒錯，這些小東西正在成長，可能是番紅花、雪花或水仙花。」她低聲說。

她彎低身子靠近那些小芽，聞著潮濕土壤的清新香氣，她非常喜歡。

「或許在別的地方還有其他東西正在生長。」她說：「我要在花園四處看看。」

她不跳了，她慢慢地走著，眼睛一直注視地上。她繞了花園一圈，看著又老又狹長的花床，還有花床上的草，好像害怕錯過任何東西。她從沒見過那麼多尖尖的淺綠色芽點，再一次感到很興奮。

「這不是完全死了的花園。」她輕聲自言自語：「即使玫瑰花都死了，還有其他東西活著。」

她對園藝一無所知，但是有些地方的雜草長得非常茂

密，綠芽點必須很努力才能長出來。瑪麗想它們可能沒有足夠的空間生長，因此她四處尋找，找到了一根相當尖銳的木頭，她跪著挖土並拔除雜草，將綠芽點周圍清出了一小塊乾淨的地方。

「現在它們看起來可以呼吸了。」她清理完第一批雜草時說，「我要常這麼做，只要我看到了我就要做，如果今天沒時間，我可以明天再來。」

她從一個花床跑到另一個花床，又跑到樹下的草坪上，到處挖土拔草，非常快樂。這樣的活動令她覺得熱，她先脫掉外套，再來是帽子，還不自覺地一直對草坪和綠芽點微笑。

知更鳥異常地忙碌，牠非常高興牠的地盤上有人開始挖土拔草。班・威瑟斯塔夫常常讓牠感到驚訝，他鏟鬆的土壤裡常常有好吃的東西，現在來了這個新人，還不到班・威瑟斯塔夫的一半高，卻知道要到牠的花園來挖土拔草。

瑪麗一直在花園裡工作到她的午餐時間。其實，她幾乎忘了這件事，當她穿上外套、戴上帽子、拿起她的跳繩時，她不太敢相信自己已經工作了兩、三個鐘頭。她一直很開心，好幾十個小小綠芽點出現在清理乾淨的地方，比先前被雜草掩蓋時看起來更生意盎然。

「下午我還會再回來。」她邊說邊環顧著她的新王

國，還對樹和玫瑰叢説話，彷彿它們聽懂她的話。

　　然後她輕輕走過草坪，緩緩推開老舊的門，悄悄穿過長春藤。她的雙頰如此紅潤、眼睛如此明亮、胃口如此好，讓瑪莎感到很高興。

　　「兩塊肉、兩份米布丁！」她説，「如果我把跳繩對你的改變告訴媽媽，她一定會很高興！」

　　瑪麗用尖樹枝挖土拔草的時候，挖到了一個很像洋蔥的白色的根，她把它放了回去，並且小心地拍平土壤，現在她很好奇瑪莎知不知道那是什麼。

　　「瑪莎，」她問：「那些像洋蔥一樣白色的根是什麼呢？」

　　「那是球莖。」瑪莎回答。「春天時會長出許多花，小一點的是雪花或番紅花，大一點的是水仙花、長壽花或黃水仙，最大的是百合花和紫菖蒲。那些花真的非常漂亮！狄肯在我們家的小園子裡種了很多。」

　　「狄肯都認得這些花嗎？」瑪麗問，突然有一個新的點子。

　　「我們家狄肯能讓花從磚道裡長出來。媽媽總説他只要對著地上輕聲説話，就可以把裡面的東西喚醒。」

　　「球莖活得很久嗎？沒有人照顧的話可以活很久

嗎？」瑪麗焦急地問。

「它們可以自己生長。」瑪莎說，「這就是為什麼窮人也種得起。就算不去理它們，它們也可以在地底下活一輩子，接著蔓延開來，長出小芽。庭園那裡就有一個地方，長了好幾千朵雪花，那是春天時約克郡最漂亮的景色，沒有人知道一開始是誰種的。」

「我真希望現在就是春天。」瑪麗說：「我想看所有英國的植物長出來。」

她吃完午餐，走到她最喜歡的壁爐邊鋪著地毯的位子上。

「我好希望，好希望有一把小鏟子。」瑪麗說。

「你要鏟子做什麼？」瑪莎笑著問，「難道你要去挖土嗎？我要跟媽媽說這件事。」瑪麗看著爐火想了一下。如果她想保住她的秘密王國，她得小心一點。她不會破壞花園，但是萬一克萊文先生發現門被打開了，一定會很生氣，然後再用一把新的鎖，將門永遠關起來。那是她無法接受的。

「這個地方這麼大、這麼孤單，」她慢慢地說，彷彿在心裡反覆想著事情。「房子很孤單、庭園很孤單、花園也很孤單，好多地方似乎都鎖起來了。在印度，我沒有事情可以做，但是可以看到好多人，像是印度人和

行軍的士兵，有時候還有樂隊表演，奶媽也會說故事給我聽。在這裡，除了你和班・威瑟斯塔夫，我沒有人可以說話，可是你要工作，班・威瑟斯塔夫又不常跟我說話。我想，要是我有一把小鏟子，就可以和他一樣在花園的一個地方挖土，如果他給我一些種子，我可以蓋一個小小的花園。」

瑪莎顯得驚喜萬分。

「對！」她叫了起來。「媽媽也說過：『那棟大房子有那麼多房間，為什麼不給她一小塊地方，即使她只會種香菜和紅蘿蔔？若她可以挖挖耙耙，她會快樂一點。』媽媽真的是這麼說的。」

「她真的這麼說？」瑪麗說：「她知道好多事情，對不對？」

「對啊！」瑪莎說：「她說過：『一個扶養十二個小孩長大的女人，除了基本常識外，也學到了一些事情。小孩就像數學一樣有用，可以讓你學到許多東西。』」

「一把小鏟子要多少錢？」瑪麗問。

「嗯。」瑪莎想了一下回答：「密蘇威特村莊有一間店，我看過他們在賣小的園藝工具，有鏟子、耙子和草叉，一共才兩先令，而且很牢固。」

「我的錢包裡不只這些錢，」瑪麗說：「莫里森太太

給了我五先令，克萊文先生也吩咐梅拉克太太給我一點錢。」

「他還記得給你錢嗎？」瑪莎驚呼。

「梅拉克太太說每個星期我有一先令可以花，她每個星期六會給我錢。我不知道要花在什麼地方。」

「天啊！這可是一大筆錢呢！」瑪莎說，「你可以買到世界上你想買到的任何東西！我們小房子的租金只要一先令三便士，對我們來說卻像要我們的命似的。我剛剛想到了一件事。」瑪莎叉腰說著。

「什麼事？」瑪麗急切地問。

「密蘇威特村莊的店舖也賣花的種子，一包才一便士。我們家狄肯知道哪一種花最漂亮，也知道怎麼種花。他經常去密蘇威特村莊。你會寫印刷體字嗎？」她突然問道。

「我會寫字。」瑪麗回答。

瑪莎搖搖頭。

「我們家狄肯只看得懂印刷體，要是你會寫印刷體字，我們可以寫封信給他，請他到村莊買園藝工具和種子。」

「啊！你真是個好女孩，」瑪麗叫起來：「你真的是，真的！我不知道你這麼好。我知道怎麼寫印刷體字。我們去向梅拉克太太要一枝筆、墨水和一些紙。」

「我有一些紙筆。」瑪莎說：「我買的，星期日可以寫信給媽媽。我去拿。」

她跑出房間，瑪麗站在爐火旁扭著細瘦的小手，非常高興。

「如果有一把鏟子，」瑪麗低聲說：「我就可以鏟鬆土壤，拔掉雜草。如果我有種子，就可以讓花長出來，花園就不會死氣沉沉的，花園會活過來。」

那個下午她沒有再出門。因為瑪莎帶著紙筆墨水回來後，她還得清理桌上的碗盤，並把它們拿下樓，當她回到廚房，梅拉克太太正好在那裡，吩咐她做了很多事情。瑪麗覺得好像等了她很久，然後，她們開始寫信給狄肯。瑪麗會的不多，因為她的家庭教師很不喜歡她，待沒多久就離開了，所以她的拼寫並不太好。她試了一下，發現她可以寫出印刷體字，於是照瑪莎所唸的寫了一封信：

親愛的狄肯：

希望你收到信時一切安好。瑪麗小姐有很多錢，她希望你可以到密蘇威特村莊幫她買花的種子和園藝工具，她

要做一個花床。要挑選最漂亮、最好種的，因為她沒種過花，而且住在印度，和我們這裡不太一樣。替我向媽媽和弟弟妹妹們問好。瑪麗小姐還會告訴我更多事情，下次休假回家，你們就可以聽到有關大象、駱駝，還有紳士們獵獅子與老虎的故事。

你親愛的姐姐
瑪莎・菲比・索維比

「我們可以把錢放在信封袋裡，我會請肉販的孩子順便用馬車送去給他。他是狄肯的好朋友。」瑪莎說。

「那我們要怎樣拿到狄肯買到的東西？」

「他會親自帶來給你，他很喜歡走到這裡。」

「噢！」瑪麗驚呼：「那我就可以看到他了！我沒想到竟然能看到狄肯。」

「你想要看到他嗎？」瑪莎突然問道，因為瑪麗看起來非常高興。

「是啊！我從沒見過一個被狐狸和烏鴉喜歡的男孩。我很想看到他。」

瑪莎有點驚訝，好像想起了什麼事。

「我想起來了。」她突然說：「我差點忘了，本來打

算今天早上告訴你的，我已經問了媽媽，她說她會自己去問梅拉克太太。」

「你是說——」瑪麗開口說道。

「就是我星期二說的那件事。我問她可不可以找一天請人載你到我們的小房子，享用媽媽做的熱燕麥蛋糕、奶油和牛奶。」

似乎在一天之內，所有有趣的事都發生了。她將在蔚藍的天空下穿越荒野！走進裡面有十二個小孩的小房子！

「她認為梅拉克太太會讓我去嗎？」她很擔心地問。

「當然，她說她會的。她知道媽媽很愛乾淨，會把小房子打掃得乾乾淨淨的。」

「如果我可以去，就可以看到你的媽媽和狄肯了。」瑪麗邊想邊說，很喜歡這個想法。「你媽媽和印度的媽媽好像不一樣。」

經過了在花園裡工作和下午興奮不已的心情，她感到很平靜，並陷入了沉思。瑪莎一直陪她到下午茶時間，她們只安靜舒服地坐著，很少說話。但是就在瑪莎要下樓端茶時，瑪麗問了一個問題。

「瑪莎。」她說，「那個洗碗的女傭今天又牙痛了

114

嗎？」

瑪莎有點驚訝。

「你為什麼這麼問？」她說。

「我等你等得太久，所以我打開了門，走到走廊看看你回來了沒有，結果又聽到那個遠遠傳來的哭聲，和那天晚上聽到的一樣。今天沒有風，所以一定不是風聲。」

「唉！」瑪莎不安地說：「你不應該到走廊到處亂走亂打聽。克萊文先生知道了會生氣的，不知道他會做出什麼事情來。」

「我沒有亂打聽。」瑪麗說：「我是在等你的時候聽到的，一共聽到三次。」

「天啊！梅拉克太太的鈴又響了。」瑪莎說，一下子跑出了房間。

「真是世界上最奇怪的房子！」瑪麗說，她突然覺得昏沉沉的，於是將頭靠在一旁扶手椅的坐墊上。新鮮的空氣、挖土和跳繩讓她感到很累，她睡著了。

Chapter

10

狄肯

那是一個年約十二歲、很有趣的男孩子，他看起來很乾淨，鼻子上翹，兩頰像罌粟花一樣紅，瑪麗小姐從沒看過男孩子的眼睛那麼圓、那麼藍。

秘密花園裡陽光普照的日子，維持了將近一個星期。秘密花園這個名字是瑪麗想到的。她喜歡這個名字，更喜歡待在這個老舊卻美麗的牆內，沒有人知道她在哪裡的感覺，就好像被關在一個童話世界裡。她讀過也喜愛的書都是童話故事，在那些故事裡她讀到了秘密花園。有時候故事裡的人會在那裡睡一百年，她覺得那很笨，她才不想睡覺，她每天在密蘇威特過著非常清醒的日子，她開始喜歡待在戶外；她不再討厭風，甚至很喜歡風；她可以跑得更快更久，跳繩也可以跳到一百下了。秘密花園裡的球莖一定非常驚訝，周圍被清理得非常乾淨，現在有足夠的空間呼吸了。瑪麗小姐不知道它們已經在黑暗的土壤裡活躍起來，正非常努力地生長著。太陽照耀它們，帶給它們溫暖；下雨時雨水滋潤它們，使它們生意盎然。

瑪麗是一個奇怪又有毅力的小孩，只要她決定去做一件有趣的事，她一定全心全意去做。她堅定地翻鬆土壤、拔除雜草，時時刻刻都感到很快樂，一點都不覺得累。對她而言好像是一種很有趣、很好玩的遊戲。她找到比她預期更多的淡綠色芽點，它們好像開始從各處冒出了頭來，每一天她都會發現新的小嫩芽，有的非常小，才剛剛探出土壤。這麼多的嫩芽，使她想起瑪莎說過的好幾千朵雪花、蔓延的球莖以及新長出來的球莖。這些植物已經自己存活了十年了，或許像雪花一樣已經有好幾千朵了。她想知道還要多久才能等到它們開花。

有時候她會停下來看一看花園，想像開滿可愛的花朵時會是什麼樣子。

陽光普照的那一個星期，她和班・威瑟斯塔夫越來越熟了。有幾次她像從土裡冒出來似的出現在他身旁，都讓他很驚訝。其實，她擔心班・威瑟斯塔夫如果看到她走過去，會直接扛起鐮子離開，所以她總是盡可能悄悄地走近他。但班・威瑟斯塔夫已經不再像剛開始那樣強烈地拒她於門外了，或許是因為瑪麗很明顯地想要他的陪伴，讓他心裡暗自覺得受寵若驚；再說，她也比以前有禮貌多了。班・威瑟斯塔夫不知道，當瑪麗第一次看到他，是用對印度僕人說話的語氣跟他說話；而瑪麗也不知道，一個粗野強壯的約克郡老人不習慣向主人行額手禮，只會依照命令做事。

「你就像知更鳥一樣。」有一天早上，當他抬起頭看到她站在旁邊時對她說：「我永遠不知道什麼時候會看到你，也不知道你會從哪裡跑出來。」

「牠現在是我的朋友了！」瑪麗說。

「你說這話的態度就和牠一樣。」班・威瑟斯塔夫說：「虛榮輕浮地討好女人。為了炫耀牠的羽毛和賣弄牠的風情，牠什麼事都做得出來。牠驕傲得很。」

班・威瑟斯塔夫的話不多，有時甚至只會悶哼一聲，不回答瑪麗的問題，但是這天早上他說的話比平常多。

他站起來，一隻穿著平頭釘底靴的腳踩在鏟子上，一邊看著瑪麗。

「你來這裡多久了？」他突然問。

「我覺得大概一個月了。」她回答。

「你開始替密蘇威特增添光彩了。」他說：「你比剛來的時候胖了一點，也沒那麼黃了。你第一次走進這個花園時，看起來就像一隻被拔光羽毛的小烏鴉。當時我心想我從沒看過這麼難看、這麼不高興的小孩子。」

瑪麗不是自負的人，也從沒有對自己的長相想得太多，所以並不難過。

「我知道我變胖了。」她說：「我的襪子變緊了，以前都是鬆鬆的有皺摺。班・威瑟斯塔夫，知更鳥飛過來了。」

果然是知更鳥來了，她覺得牠看起來比以前漂亮。牠的紅背心和絲綢一樣光滑亮麗，牠擺動著翅膀和尾巴，把頭偏向一邊，優雅地活蹦亂跳。牠似乎要讓班・威瑟斯塔夫欣賞牠，但是班・威瑟斯塔夫卻嘲諷了牠一頓。

「是啊！這就是你的技倆！」他說：「找不到同伴時你才來找我玩。這兩星期以來，你的紅背心越來越鮮豔，還不斷梳理羽毛。我知道你要做什麼，你正要向某處一位大膽的年輕女士示愛，騙她說你是密蘇威特荒野

最優雅的雄知更鳥，準備擊敗所有其他的鳥。」

「噢！你看牠！」瑪麗叫了起來。

很明顯的，知更鳥正處於自我陶醉、大膽的情緒之中。牠越跳越近，用越來越迷人的眼神看著班・威瑟斯塔夫，牠飛到最近的一棵紅醋栗樹上，對著他唱著小曲。

「你以為這樣就可以騙過我嗎？」班・威瑟斯塔夫說，皺起臉來，那個樣子讓瑪麗覺得他是故意假裝不高興。「你以為沒有人比你更出色，那只是你的想法而已。」

瑪麗幾乎不敢相信她的眼睛，知更鳥立刻展開翅膀，飛到了班・威瑟斯塔夫的鏟子把手，棲在上面，然後這個老人的臉慢慢皺成新的表情。他一動也不動地站著，不敢呼吸似的，好像一點都不敢驚動知更鳥，以免牠飛走。他相當輕聲細語：

「好啦！我錯了！」班・威瑟斯塔夫很溫柔地說，彷彿在說別的事情一樣。「你真懂得如何討好人，真的。你真是漂亮得非比尋常，你什麼都懂。」

他幾乎不敢呼吸，也不去驚動牠，直到牠再度展翅飛走。然後他看著鏟子的把手，好像有魔法在上面，接著班・威瑟斯塔夫又開始鏟土，許久都沒有說話。

他現在偶爾會露齒微笑，所以瑪麗不再害怕和他說話了。

「你自己有花園嗎？」她問。

「沒有，我是單身漢，和馬丁住在門房裡。」

「如果你有花園，」瑪麗說：「你會種什麼？」

「甘藍菜、馬鈴薯和洋蔥。」

「但是如果你要種花，」瑪麗繼續問：「你會種什麼花？」

「球莖植物和很香的花——不過多半會種玫瑰。」

瑪麗露出高興的表情。「你喜歡玫瑰花嗎？」她問。

班·威瑟斯塔夫挖起一株雜草，丟在一旁，然後回答。

「我喜歡。我以前在一位年輕太太那裡當園丁時才知道我喜歡。她選了一個她很喜歡的地方種了許多玫瑰花，她把花兒們當作小孩或知更鳥般疼愛。我曾看過她彎下腰來親吻它們。」他又拔出一株雜草，皺眉看著那株雜草：「這些雜草就跟十年前一樣多。」

「她現在在哪裡？」瑪麗深感興趣地問。

「在天堂。」他回答，一邊把鏟子鏟入土壤裡。「別人是這麼說的。」

「那些玫瑰花怎麼了？」瑪麗更感興趣了。

「只好靠自己了。」

瑪麗變得相當興奮。

「它們全都枯了嗎？如果沒有人照顧，玫瑰花會枯萎嗎？」她大膽地問。

「我喜歡那些玫瑰花，也喜歡那位太太，她喜歡那些玫瑰花。」班・威瑟斯塔夫不情願地承認。「每年有一、兩次我會去修剪枝葉，鬆鬆附近的土壤。它們四處蔓延，土壤很肥沃，因此有些活了下來。」

「當它們的葉子都掉光，看起來灰褐乾燥，要怎麼知道是活的還是枯了？」瑪麗問。

「等到春天降臨，太陽照在雨水上，雨滴落在陽光上，你就會看出來了。」

「要怎麼做——怎麼做呢？」瑪麗忘了要小心，大叫了出來。

「你可以看看樹枝，如果看到樹枝上有褐色一小塊，溫暖的雨天過後看看就知道了。」他突然停下來，好奇

地望著她熱切的臉，問道：「你怎麼突然這麼關心玫瑰？」

瑪麗小姐覺得自己的臉都紅了，幾乎不敢回答。

「我——我想要——自己的花園。」她結結巴巴地說：「我——沒事情可以做，也沒有朋友。」

「嗯。」班・威瑟斯塔夫看著她，慢慢地說：「那倒是真的，你沒有朋友。」

他用奇怪的語氣說著，瑪麗心想他是不是真的替她覺得有些難過。她從來不會為自己感到難過的，她只覺得疲倦和不高興，因為她不太喜歡各種人和各種事，但是現在這個世界似乎改變了，變得比以前更美好了，如果沒有人發現這個秘密花園，她會永遠快樂地在裡面度過。

她和他一起待了十幾分鐘，大膽地問了他許多問題。班・威瑟斯塔夫用奇怪的語氣咕噥著回答，似乎沒有發脾氣，也沒有扛起鏟子離開。她正要離開時，對她說了一些關於玫瑰的事情，這讓瑪麗想到他曾經提起過的玫瑰花。

「你現在還會去看那些玫瑰花嗎？」她問。

「今年還沒去，我的風濕病使得關節發硬，沒辦法去。」

他喃喃說著，突然之間似乎對她生起氣來，她不知道是為什麼。

「聽著！」他厲聲說：「不要問這麼多問題，你是我看過最愛問問題的小女孩！去別的地方玩，我今天已經說夠了。」

他的語氣聽起來很生氣，她知道再多待一分鐘也沒有好處，就到外面的步道上跳繩。她想著班·威瑟斯塔夫，並感到很奇怪，這裡竟然有另一個人令她很喜歡，儘管他的脾氣很壞。她喜歡班·威瑟斯塔夫，真的，她經常試著讓班·威瑟斯塔夫找她說話，同時，她開始相信班·威瑟斯塔夫知道世界上所有的花。

有一道桂樹排成的籬笆步道，環繞著秘密花園，步道盡頭有一扇門開往庭園的林子。她想繞著這個步道跳繩，看看林子裡有沒有到處跳來跳去的兔子。她高興地跳著，到達小門時，她打開門走了進去，因為她聽到低沉又特別的笛音，她想知道那到底是什麼。

真奇怪，她屏住呼吸，停下來看了看。有一個男孩背靠著樹坐在樹下，吹著一枝木製的粗笛子。那是一個年約十二歲、很有趣的男孩子，他看起來很乾淨，鼻子上翹，兩頰像罌粟花一樣紅，瑪麗小姐從沒看過男孩子的眼睛那麼圓、那麼藍。他靠著樹幹坐著，一隻棕色的松鼠在旁邊看著他。

旁邊一叢灌木後面，一隻雄雉雞正優雅地伸長脖子偷看。更靠近他的地方，坐著兩隻兔子，怯生生地伸著鼻子嗅了嗅。牠們好像都是被吸引過來的，看他、聆聽著從他的笛子吹出的既細小又奇妙的笛音。

當他看到瑪麗就停住不吹了，然後用幾乎和他的笛音一樣微弱的聲音跟她說話。

「不要動。」他說：「會嚇到牠們。」

瑪麗留在原地一動也不動。他不再吹笛子，站了起來。他的動作很緩慢，好像沒在動似的，最後他把腳伸直，松鼠突然跳回樹枝上，雉雞縮回了牠的頭，兔子四腳著地逃走了，卻不像是受到驚嚇而逃跑的樣子。

「我是狄肯。」男孩說：「我知道你是瑪麗小姐。」

瑪麗懂了。不知道為什麼，她一開始就覺得他是狄肯——還有誰會吸引兔子和雉雞，就像印度人吸引蛇那樣呢？他的嘴巴又大、又紅潤、還彎彎的，滿臉笑容。

「我慢慢地站起來，」他解釋：「是因為動作太快的話會嚇到牠們。有野生動物在旁邊時，動作要輕一點，說話聲音要細小一點。」

他跟她說話的方式，一點也不像是兩個從未見過的人，倒像已經跟她很熟了。瑪麗對男孩子一無所知，和他說話時顯得有點不自然，因為她很害羞。

「你收到瑪莎的信了嗎？」她問道。

他點了點那紅褐色捲髮的頭。

「所以我才來的。」

他彎腰拾起剛剛吹笛子時擺在地上的東西。

「我買到園藝工具了，有一把小鏟子、耙子、草叉和鋤頭，很好用的！還有一把小平鏟。我買花的種子時，老闆娘還另外送我一包白色罌粟花和藍色飛燕草的種子。」

「你可以讓我看看種子嗎？」瑪麗問。

她希望自己可以像他那樣說話，他說話又快又從容，聽起來好像是他喜歡她，而他一點也不擔心她不喜歡自己，即使他只是一個荒野上普通的男孩子，穿著縫補過的衣服，長著一張有趣的臉，留著一頭紅褐色的捲髮。當她走近他時，她聞到他周圍有一股清新的石楠花、各種草葉混合在一起的香氣，就像是他製造出來的香氣，她非常喜歡那個味道，她看著他那張有趣的臉，雙頰紅紅的、眼睛藍藍圓圓的，忘了剛才的羞怯。

「我們坐在這塊圓木上看那些種子吧。」她說。

他們坐下來，他從外套口袋拿出一個難看的棕色小紙袋，他解開繫繩，裡面放著許多小小的、整齊的紙袋，

每個紙袋上面都印有花的圖片。

「這裡有很多木犀草和罌粟花。」他說:「木犀草長出來的時候最香了,不管撒在哪裡都會生長,罌粟花也一樣。只要對它們說話,它們就會長大和開花,它們是最漂亮的花。」

他突然停下來,很快地轉過頭去,紅潤的雙頰露出高興的臉。

「知更鳥在哪裡呼喚我們?」他說。

啁啾聲來自一株茂密的冬青樹,樹上長著猩紅色的漿果。瑪麗知道那是誰的啁啾聲。

「牠真的在呼喚我們嗎?」她問。

「對!」狄肯說,彷彿這是世界上最自然的事。「牠在呼喚牠的朋友,牠說:『我來了,看看我,我想找你聊天。』牠就在樹叢裡,是誰的鳥兒呢?」

「是班・威瑟斯塔夫的,不過牠大概也認識我。」瑪麗回答。

「對,牠認識你。」狄肯又用細小的聲音說:「牠喜歡你,牠已經接受你了,牠會在一分鐘之內告訴我所有關於你的事。」

他像瑪麗先前所看到的那樣，緩緩移動，走近樹叢，然後發出和知更鳥一樣的鳴叫聲。知更鳥專注地聽了一會，然後好像真的在回答問題那樣應答。

「沒錯，牠是你的朋友。」狄肯咯咯笑了起來。

「你認為牠是嗎？」瑪麗急切地叫了出來，她真的很想知道。「你認為牠真的喜歡我嗎？」

「如果牠不喜歡你，就不會飛近你了。」狄肯回答。「鳥類是相當挑剔的，知更鳥更是比人類還看不起別人。你看，牠現在正在討好你，牠在說：『難道你不想看到老朋友嗎？』」

似乎真的是那樣，知更鳥在樹叢上蹦蹦跳跳，一下子橫著走，一下子又歪著頭鳴叫。

「你聽得懂鳥兒們所說的每一句話嗎？」瑪麗說。

狄肯露出牙齒，紅紅的嘴巴笑得又大又彎，他摸了摸頭上粗粗的頭髮。

「我覺得我懂，牠們也覺得我懂。」他說：「我在荒野上和牠們相處很久了，我看著牠們破殼而出，變成雛鳥，開始學飛，開口唱歌，直到我也變成牠們的一員。有時候我也想或許我也是一隻小鳥、狐狸、兔子、松鼠或是甲蟲，只是自己不知道而已！」

　　他笑著走回圓木，又開始談起花的種子。他告訴她花開時的樣子，也告訴她怎麼栽種、觀察、施肥和澆水。

　　「對了。」他轉身看著她，突然說：「我幫你種，你的花園在哪裡？」

　　瑪麗細小的雙手在膝蓋上握得緊緊的，她不知道要說什麼，整整一分鐘都沒說話。她沒想到這一點，覺得糟透了，她的臉一陣紅一陣白。

　　「你應該有一個小花園吧！沒有嗎？」狄肯問。

　　她剛才真的臉上一陣紅一陣白，狄肯看出來了，但她仍然沒說話，於是他感到非常疑惑。

　　「他們不願意給你一小塊地嗎？」他問：「難道你還沒有花園嗎？」

　　她的雙手握得更緊了，眼睛轉向狄肯。

　　「我一點都不懂男孩子。」她慢慢地說：「如果我告訴你一個秘密，你會保密嗎？這是一個大秘密。如果別人發現了，我不知道該怎麼辦……我想我會死掉！」說最後一句時，她的語氣很激動。

　　狄肯看起來比之前更疑惑了，他再一次用手摸了摸頭髮，不過他很高興地回答：

「我一直都在保密。」他說,「如果我不能保密,讓其他孩子知道小狐狸的穴、鳥兒們的巢、野生動物的洞,荒野就不安全了。所以啊,我是守得住秘密的。」

瑪麗小姐並不想伸手拉他的袖子,但她還是這麼做了。

「我偷了一個花園。」她說得很急:「那不是我的花園,那是一個沒人的花園,沒有人要、沒有人關心,也沒有人進去。或許裡面的植物都死了,我不知道。」

她激動了起來,和以前一樣彆扭。

「我不管,我不管!沒有人有權力可以把花園搶走,只有我關心,他們根本不關心。他們把它關起來,讓它死掉。」她激動地說,雙手摀著臉哭了出來,可憐的瑪麗小姐。

狄肯充滿好奇的藍眼睛越瞪越圓。

「啊,啊!」他慢慢拉長他的驚訝聲,這種聲音同時表示了驚訝與同情。

「我沒有事情可以做。」她說:「我什麼也沒有,是我自己發現,是我自己找到方法進去的。我就像那隻知更鳥一樣,他們不會把花園從牠身邊搶走。」

「花園在哪裡?」狄肯壓低聲音問,瑪麗立刻從圓木

秘密花園

上站起來，她知道自己又在鬧彆扭耍脾氣了，不過她一點都不在乎，她像從前在印度那樣蠻橫霸道，同時感到又激動又悲傷。

「跟我來，我告訴你在哪裡。」她說。

她帶他沿著桂樹籬笆道走到茂密的長春藤圍牆下的步道。狄肯帶著奇怪、憐憫的表情跟著她，他覺得好像要被帶去看一個奇怪的鳥巢，所以他必須輕輕地、慢慢地走。當瑪麗走到牆邊拉開垂掛著的長春藤簾幕，他嚇了一跳，眼前突然出現了一扇門，瑪麗慢慢推開，他們一起走進去，接著瑪麗站著，傲慢地揮了揮手。

「就是這裡，」她說：「這是秘密花園，我是世界上唯一想讓這個花園活過來的人。」

狄肯一遍又一遍地看了看四周。

「啊！」他小聲地喊：「這真的是一個好奇怪又好漂亮的地方！就好像在夢裡！」

chapter 10
狄肯

Chapter
11

畫眉鳥的巢

突然間，她覺得狄肯好像是樹林中的小精靈，當她再度回到花園時，他就會消失。他是那麼好，好到不像真的。

他站在那裡環顧了四周好幾分鐘，瑪麗在旁邊看著他，接著他開始輕輕地到處走來走去，甚至比她第一次在這個四周被牆圍起來的花園裡走路時還要輕。他似乎把花園裡的所有東西都看了一遍，變成灰色的樹、從樹枝上垂掛下來的灰色攀藤植物、佈滿牆上和草坪的糾纏物，以及覆滿常青植物的石椅和高大的花甕。

「我從沒看過這樣的地方。」最後他輕聲說。

「你知道這個地方嗎？」瑪麗問。

她說得太大聲了，狄肯對她做了一個手勢。

「我們說話要小聲一點，」他說：「否則會被別人聽到，懷疑裡面有什麼。」

「噢！我忘記了！」瑪麗說，她嚇了一跳，連忙用手搗住嘴巴。「你以前知道這個花園嗎？」她恢復過來後又問。

狄肯點了點頭。

「瑪莎跟我說過有一個從來沒有人進去過的花園。」他回答，「我們一直很好奇到底長什麼樣子。」

他停下來環顧周圍那些可愛的灰色糾結物，圓圓的眼睛看起來非常開心。

「啊！春天來的時候，應該會有很多鳥巢。」他說：「這裡是英國最安全的築巢地，沒有人能靠近樹和糾纏在玫瑰枝裡面的鳥巢，也許荒野上全部的鳥兒都會來這裡築巢。」

瑪麗小姐不自覺地把手放在他的手臂上。

「你知道這裡有玫瑰花嗎？」她輕聲問：「我覺得或許全都死了。」

「不是！不是全部！」他回答：「看看這裡！」

他走向最近的一棵樹，那是一棵非常老、滿是灰色樹皮的樹，樹上有許多糾結纏繞的樹枝。他從口袋裡拿出一把多用途的刀組，拉開其中一種刀片。

「這裡有許多枯死的樹枝需要砍掉。」他說：「也有很多老樹枝，不過去年好像也長出新樹枝了，這裡。」他摸著一枝看起來褐綠色的幼枝，看起來和乾枯的灰色老枝不一樣。

瑪麗熱切地摸著樹枝。

「這一枝嗎？」她說：「這一枝還活得很好嗎？活得很好嗎？」

狄肯嘴巴彎彎，笑了。

「就和我們兩個一樣調皮搗蛋！」他說。

瑪麗記得瑪莎跟她說過「調皮搗蛋」是「活潑」或「有生氣」的意思。「我真高興它是調皮搗蛋的！」她輕聲叫了出來，「我希望它們都是調皮搗蛋的，我們可以逛一逛花園，數數看有多少調皮搗蛋的樹枝。」

她氣喘吁吁，而狄肯也和她一樣。他們在樹叢間穿梭，狄肯手裡拿著刀子，指出一些東西給她看，她覺得十分美好。

「它們長得到處都是，最強壯的樹枝長得很茂密，最脆弱的已經死光了，其他的正在不斷成長蔓延，真神奇。你看！」他說，拉下一根又灰又乾的粗枝：「大家可能以為這樹枝已經死了，但是我不相信它連根部都死了，我要砍下面看看。」

狄肯跪下來，用刀子在離地面不遠處劃開那好像沒有生命的樹枝。

「看！」他興高采烈地說：「我沒騙你！這樹枝裡面還是綠色的。你看。」

瑪麗在他說這句話之前就跪了下來，全神貫注地盯著樹枝。

「要是它看起來像那樣有一點綠意和濕潤的話，就是調皮搗蛋的。」他解釋：「裡面若是乾枯的，很容易

折斷，像我現在砍下來的這枝，就表示已經死了。這裡有一個大樹根，所有活的枝幹都是從這裡長出來，要是把老樹枝砍掉，翻鬆周圍的土壤，再細心照顧，就會——」他說到一半停下來，仰望著頭上攀爬垂掛的樹枝，又接著說：「今年夏天，就會有好多玫瑰湧出來。」

他們繼續在樹叢間穿梭，狄肯的力氣很大，技巧熟練地砍掉枯樹，還可以看出一枝看起來沒有生命的樹枝裡還有綠意存在。半個小時後，瑪麗覺得她也看得出來了，當他砍掉一枝看起來沒有生命的樹枝時，瑪麗只要看到裡頭一點濕潤的綠色，就會開心地大叫。小鏟子、鋤頭和草叉非常好用，狄肯一邊用鏟子挖著根部周圍的土壤，翻鬆它們好讓空氣透進去，一邊教瑪麗如何使用草叉。

他們在一株高大的園藝玫瑰樹周圍努力工作著，突然，狄肯好像看到了什麼，發出一聲驚嘆。

「啊！」他大叫，一邊指著不遠處的草坪。「那邊是誰清的？」

那是瑪麗在小芽點周圍清出來的一小塊地。

「是我。」瑪麗說。

「啊！我以為你一點也不懂園藝呢！」他叫起來。

「我不懂。」她回答，「但是這些綠芽點這麼小，草

又濃又密，它們看起來好像不能呼吸，所以我清出了一塊地方，雖然我不知道它們是什麼。」

狄肯走過去跪在它們旁邊，微笑著。

「你做得很好。」他說，「就算是園丁也會告訴你應該這麼做。它們將會長得像傑克的豌豆莖一樣快，這些是番紅花和雪花，那些是水仙花。」他轉到另一塊地：「這裡的是黃水仙。啊！之後將會有好漂亮的景色。」

他從一個清理好的地方跑到另一個清理好的地方。

「對你這樣的小女孩來說，真是辛苦。」他看著她說。

「我變胖了。」瑪麗說：「我也變強壯了。以前我常常覺得好累，可是我挖土的時候一點也不累，我喜歡聞新翻出來的土的味道。」

「這對你來說真是太好了。」他說，一邊明智地點點頭。「除了雨打在新長出來的植物上所散發出來的味道，沒有什麼比新鮮乾淨的土壤更好聞了。下雨的時候，我常常出門去荒野，我會躺在灌木叢下，聽著雨滴落在石楠花上所發出輕柔的聲音，我還會一直聞、一直聞，媽媽老說我的鼻尖就像兔鼻子一樣。」

「你不會感冒嗎？」瑪麗盯著他問。她從來沒有看過這麼有趣的男孩子，或者說，這麼親切的男孩子。

「不會。」他露齒而笑，「我從來沒感冒過。我從不怕冷，不管天氣怎麼樣，我都會在荒野上跑來跑去，就像兔子一樣。媽媽說十二年來我呼吸了太多新鮮空氣，所以不會感冒，我就像山楂木做的圓棍棒一樣強壯。」

他一直不停地工作、說話，瑪麗跟著他，用她的草叉和小平鏟幫忙。

「這裡還有好多工作要做！」他開心地看了看四周說。

「你會再來幫我嗎？」瑪麗央求說：「我一定會在旁邊幫忙的，我可以挖土，我可以拔雜草，我可以做你要我做的事。你一定要再來，狄肯！」

「只要你要我來，不管下雨或出太陽，我會天天來的。」他堅定地說：「這是我一生中覺得最有趣的事──關在這裡，叫醒一座花園。」

「如果你要來。」瑪麗說：「如果你幫我讓花園活過來，我……我不知道該怎麼謝謝你才好。」她無助地把話說完。要怎麼樣才能謝謝這樣的男孩子呢？

「我會告訴你要做些什麼。」狄肯快樂地露齒笑著說：「你要變胖、你要和小狐狸一樣覺得餓、你要和我一樣，學會和知更鳥說話。我們會玩得很開心的！」

他開始到處走來走去，用深思熟慮的表情看了看樹、

圍牆和灌木叢。

「我不想讓它看起來像是園丁照顧的花園，到處修剪得整整齊齊、乾乾淨淨的，你覺得呢？」他說：「像現在這樣比較好，植物到處蔓延，搖曳擺動，彼此糾結在一起。」

「我們不要弄得太整齊。」瑪麗焦急地說：「太整齊就不像秘密花園了。」

狄肯露出相當疑惑的表情，他摸了摸他紅褐色的頭髮。

「這當然是一個秘密花園。」他說，「不過除了知更鳥，十年前花園關上之後，一定還有人來過。」

「但是門是鎖著的，而且鑰匙被埋起來了。」瑪麗說，「沒有人進得來。」

「真的。」他回答。「這真是一個奇怪的地方，在我看來，十年間好像有人進來修剪過。」

「但是要怎麼做？」瑪麗問。

他檢查一枝園藝栽培的玫瑰樹枝，然後搖搖頭。

「對啊！要怎麼做！」他喃喃自語：「門鎖住了，鑰匙也埋起來了。」

　　瑪麗心想,她一輩子也不會忘記她的花園開始生長的第一個早上。沒錯,花園似乎是在那個早上開始為她生長的。當狄肯開始清理出地方、播下種子,她想起巴索曾經為了取笑她而唱的歌。

　　「有沒有看起來像鈴鐺的花呢?」她問。

　　「有,鈴蘭花。」他一邊回答,一邊用小平鏟挖土:「還有風鈴草。」

　　「我們來種一些這樣的花。」瑪麗說。

　　「這裡已經有鈴蘭了,我已經看到了。它們長得太緊密,我們得將它們分開一點。不過實在太多了,其他的花要等兩年才會開花,我可以從我的小房子花園裡找一些植物來種,你為什麼想種這樣的花?」

　　瑪麗跟他說了在印度時巴索和他的兄弟姊妹們的事情,說她很討厭他們,因為他們叫她「真彆扭的瑪麗小姐」。

　　「他們經常繞著我又唱又跳:

真彆扭的瑪麗小姐

你的花園如何長得好?

銀鐘花和海貝殼

和金盞花都種在一起。

我想起了這首歌，我在想是不是真的有銀鐘花。」

她皺了皺眉頭，把小平鏟插入土壤裡。

「我才不像他們說的那樣彆扭。」

狄肯笑了起來。

「對啊！有這些花，還有許多到處跳來跳去、友善的動物們，蓋著牠們自己的家，忙著築巢，又唱又叫的，誰還會鬧彆扭，對不對？」他說。他將肥沃的黑土弄散時，瑪麗看到他聞著土壤發出來的香氣。

瑪麗手裡拿著種子在他身旁跪下來看著他，不再皺眉了。

「狄肯，」她說：「你就像瑪莎所說的那麼好，我喜歡你，你是第五個我喜歡的人。我從沒想過我居然會喜歡五個人。」

狄肯像瑪莎擦壁爐時那樣坐直。瑪麗心想，他看起來的確又有趣又開心，有著圓圓的藍眼睛、看起來紅潤的雙頰和往上翹的鼻子。

「你只喜歡五個人？」他說：「其他四個人是誰？」

瑪麗用手指頭數了數：「你的媽媽、瑪莎、知更鳥和班．威瑟斯塔夫。」

　　狄肯大笑起來，他不得不用手搗著嘴巴，掩住笑聲。

　　「我知道你一定覺得我是個奇怪的小男孩，可是我覺得你才是我見過最奇怪的小女孩。」

　　然後瑪麗做了一件奇怪的事。她向前靠近狄肯，問了一個她以前從沒想過要問任何人的問題。她試著用約克郡方言問，因為那是狄肯的語言 ── 在印度要是懂得印度人說的話，他會很高興的。

　　「你喜歡我嗎？」她說。

　　「喜歡啊！」他誠懇地回答：「我很喜歡你，我相信知更鳥也是！」

　　「這樣就有兩個了。」瑪麗說：「對我來說這樣就有兩個了。」

　　接著他們兩個開始更努力工作，也覺得更快樂了。突然，庭院的大鐘響起，瑪麗又驚訝又難過，是她用午餐的時間了。

　　「我該走了。」她難過地說：「你也該走了，對不對？」

　　狄肯露齒微笑著。

　　「我都把午餐帶在身上。」他說：「媽媽經常會在我

的口袋裡放些東西。」

　　他從草地上撿起外套，在口袋裡取出用一條粗糙但非常乾淨、藍白相間的手帕緊緊包著的一小包形狀不規則的東西，裡面有兩片厚麵包，中間夾著一片東西。

　　「平常除了麵包什麼都沒有，」他說：「不過今天多了一片厚厚的培根。」

　　瑪麗覺得他的午餐很奇怪，不過他好像準備好要好好享用了。

　　「你趕快回去吃午餐吧！」他說：「我要先吃了，回家前我會再多做一點事。」

　　他背靠著樹坐了下來。

　　「我要叫知更鳥過來。」他說：「把培根給牠啄著吃，牠們喜歡肥一點的肉。」

　　瑪麗很不想離開他。突然間，她覺得狄肯好像是樹林中的小精靈，當她再度回到花園時，他就會消失。他是那麼好，好到不像真的。她慢慢朝牆上的門走，走到半路又停了下來往回走。

　　「不管發生什麼事，你──你都不會把這個秘密跟別人說吧？」她說。

他紅潤的雙頰因為吃著第一口麵包和培根而鼓得圓圓的，不過他還是露出了鼓勵的微笑。

「假如你是一隻畫眉鳥，你跟我說你的巢在哪裡，你覺得我會跟別人說嗎？不會的。」他說：「你和知更鳥一樣安全。」

她很確定她是安全的。

Chapter
12

「我可以有一小塊土地嗎？」

信上草草寫著印刷體字跡，還有一個類似圖畫的東西。起初瑪麗不知道那是什麼，一會兒才看出是一個鳥巢，裡面棲著一隻小鳥，圖片底下寫著：「我還會回來。」

瑪麗跑得很快，回到她房間時幾乎快喘不過氣來了。她額頭上的頭髮亂成一團，兩頰泛著紅光。午餐已經擺在桌上，瑪莎在旁邊等著。

「你有一點晚。」她說：「你去哪裡了？」

「我看到狄肯了！」瑪麗說：「我看到狄肯了！」

「我就知道他會來。」瑪莎非常開心，「你很喜歡他嗎？」

「我覺得——我覺得他好完美！」瑪麗堅定地說。

瑪莎看起來相當驚訝，但是也很高興。

「嗯，」她說：「他一直是一個很了不起的小孩，不過我們從來不覺得他長得好看，他的鼻子太翹了。」

「我喜歡他的鼻子翹翹的。」瑪麗說。

「他的眼睛太圓了，」瑪莎有點猶疑地說：「雖然顏色很好看。」

「我喜歡他圓圓的眼睛，」瑪麗說：「而且顏色跟荒野上的天空一樣。」

瑪莎滿意地微笑著。

「媽媽說那都是因為他常常看著天空的鳥兒和雲朵，

才變成那個顏色。他的嘴巴很大對不對？」

「我喜歡他的大嘴巴，」瑪麗固執地說：「我希望我的嘴巴也像那樣。」

瑪莎高興得咯咯笑。

「那在你的小臉上會很奇怪很好笑的！」她說：「不過，我就知道你看到他時會那麼想。你喜歡那些花的種子和園藝工具嗎？」

「你怎麼知道他拿來了？」瑪麗問。

「他一定會拿來的。只要東西在約克郡內，他一定會拿來的。他是一個值得信任的孩子。」

瑪麗擔心瑪莎會開始問她一些難以回答的問題，但是她沒有，她對花的種子和園藝工具更感興趣。但就在下一刻，瑪麗嚇了一跳，因為瑪莎問這些花要種在哪裡。

「你問人了嗎？」瑪莎問。

「我還沒問任何人。」瑪麗猶疑地說。

「嗯，如果是我，我不會問園丁領班的，羅奇先生的職位太高了。」

「我沒見過他。」瑪麗說，「我只見過他底下的園丁和班・威瑟斯塔夫。」

秘密花園

「如果我是你，我會去問班・威瑟斯塔夫。」瑪莎建議：「他並不像看起來那麼兇。克萊文先生讓他做想做的事情，因為克萊文太太還活著的時候他就在這裡了，他常常逗她笑，她喜歡他。也許他會在花園裡找出一個小角落給你。」

「如果這個小角落是空著的，而且是沒有人要的，那就不會有人在意，對不對？」瑪麗焦急地說。

「沒有人會在意的。」瑪莎回答：「你又不會做壞事。」

瑪麗很快地吃完午餐，準備起身離開。正當她跑到房間去找她的帽子戴上時，瑪莎阻止了她。

「我有事要跟你說。」她說：「我想先讓你吃完午餐再說。克萊文先生今天早上回來了，我覺得他想見你。」

瑪麗臉色發白。

「噢！」她說：「為什麼？我來這裡的時候他並不想見我的。我聽皮徹說他不想見我。」

「嗯，」她解釋：「梅拉克太太說是因為我媽媽的關係。她走到密蘇威特村莊時遇到他了。她從沒跟他說過話，不過克萊文太太曾到過我們的小房子幾次。他已經忘了，但是媽媽還記得，她大膽地攔下了他。我不知道

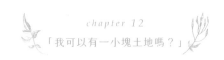

她和他提到你什麼，不過似乎打動了他的心，決定在明天離開前要見你。」

「噢！」瑪麗叫了出來，「他明天就要離開了嗎？我好高興！」

「他要離開很長一段時間，到了秋天或者冬天才會回來。他要去國外旅行，他經常那麼做。」

「噢！我好高興——好高興！」瑪麗感激地說。

如果他要到秋天時回來，或冬天之後才回來，她都有足夠的時間可以看到秘密花園復甦過來。即便到那時被他發現了，將它從她手中奪走，她也心滿意足了。

「你覺得他什麼時候會見我——」

她還沒說完門就被打開了。梅拉克太太走了進來，她穿戴上好的黑衣裙和帽子，衣領上別著一個大胸針，胸針嵌著一張男人的照片，那是梅拉克先生的彩色相片，他已去世多年，她盛裝打扮時總會別著它。她看起來既緊張又興奮。

「你的頭髮亂糟糟的，」她很快地說，「快去梳好。瑪莎，幫她把最好的衣裳穿上。克萊文先生要我帶她到書房見他。」

瑪麗兩頰的紅光頓時都消退了。她的心開始怦怦跳，

覺得自己又變回先前那個古板、沉默又不可愛的小孩了。她沒有回答梅拉克太太就轉身走進臥房，瑪莎在後面跟著。她一言不發讓人換上衣裳，梳理頭髮。打扮整齊後，她跟著梅拉克太太靜靜地走到走廊。到那裡她要說些什麼呢？她不得不去見克萊文先生，他不會喜歡瑪麗的，而且瑪麗也不會喜歡他，她知道他對她是怎麼想的。她被帶到以前從沒進去過的一個地方。最後梅拉克太太敲了敲門，聽到裡面有人說：「進來」，她們一起走進了房間。一個男人坐在壁爐前的扶手椅上，梅拉克太太對他說話。

「我把瑪麗小姐帶來了，先生。」她說。

「把她留在這裡，你可以走了。等一下我要你帶她回去時再按鈴喚你。」克萊文先生說。

她走出去關上門後，瑪麗只能像個彆扭的小孩一樣站著，扭著一雙瘦小的手。她可以看到坐在扶手椅裡的人肩膀高聳彎曲，但駝背不怎麼明顯，黑髮中摻雜幾絲白髮。他轉過頭對她說話。

「過來這裡。」他說。

瑪麗走向他。

他並不醜，要是他的臉可以不那麼悲傷，一定很好看。

　　他看到她時，顯出好像對她極為擔憂苦惱一樣，好像不知道要和她說什麼才好。

　　「你還好嗎？」他問。

　　「還好。」瑪麗回答。

　　「他們有沒有好好照顧你？」

　　「有。」

　　他一邊仔細看她，一邊苦惱地揉了揉額頭。

　　「你很瘦。」他說。

　　「我胖了。」瑪麗用她認為自己最拘謹的態度回答。

　　他的臉看起來是多麼不快樂啊！他的黑眼睛似乎沒在看她，而是在看著別的東西，他的心思好像也不在她身上。

　　「我忘記你了。」他說：「我怎麼記得住呢？我想替你請位女家庭教師或保母之類的人，但我忘了。」

　　「請你──」瑪麗開口：「請你──」喉嚨卻哽住了，說不出話來。

　　「你想說什麼？」他問。

　　「我已經很大了，不需要保母了。」她說：「請你

155

秘密花園

──請你不要替我找家庭教師。」

他又揉了揉額頭，看著她。

「那個索維比太太也這麼說。」他心不在焉地喃喃自語。

然後瑪麗鼓起勇氣。

「她是──她是瑪莎的媽媽嗎？」她結結巴巴地說。

「我想是吧！」他回答。

「她很懂小孩子。」瑪麗說：「她自己有十二個小孩，她很了解。」

他似乎恢復了神智。

「那你想要什麼呢？」

「我想到戶外玩。」瑪麗說，同時希望自己的聲音沒有發抖。「在印度時，我從來沒到外面玩。在這裡我常常玩到肚子好餓，所以我胖了。」

他觀察著她。

「索維比太太認為那對你的健康有幫助，也許是吧！」他說：「她說等你身體強壯一點，再替你請家庭教師。」

「當風從荒野上吹來，玩讓我覺得自己變強壯了。」
瑪麗狡辯道。

「你都去哪裡玩？」他接著問。

「到處玩。」瑪麗喘著氣，繼續說：「瑪莎的媽媽送
給我一條跳繩，我邊跳繩邊跑，也到處看有沒有東西開
始從土裡冒出來。我不會做壞事的。」

「別這麼害怕，」他擔憂地說，「像你這樣的小孩
子，是不會做任何壞事的。你想做什麼就做什麼吧！」

瑪麗把手放在喉嚨上，擔心他看出她已經興奮得說不
出話來了。她朝他走近了一步。

「真的嗎？」她顫抖地說。

她憂慮的小臉似乎更令他擔心了。

「別這麼害怕。」他大聲說：「當然是真的。雖然我
不太擅長對待小孩，但我是你的監護人。我沒時間關心
你，我太笨了，又不討人喜歡，不過我希望你過得快快
樂樂、舒舒服服的。我不懂小孩子，但梅拉克太太會滿
足你的需要。今天我把你叫來是因為索維比太太提醒我
應該看看你，她的女兒經常談起你，她認為你需要呼吸
新鮮空氣，自由自在地到處跑跳。」

「她了解所有的小孩。」瑪麗忍不住又說了一遍。

「當然。」克萊文先生說：「她貿然地在荒野上攔下我，不過她說，克萊文太太向來對她很好。」他似乎好不容易才說出亡妻的名字。「她是一個令人尊敬的女人，現在我看到你了，覺得她的話通情達理，你想在外面玩就盡量玩吧！在這個大地方，你愛去哪裡就去哪裡，盡量玩吧！你還想要什麼呢？」他突然想到什麼似的，說：「你想要玩具、書、洋娃娃嗎？」

「我可以──」瑪麗聲音顫抖地說：「我可以有一小塊土地嗎？」

情急之下，瑪麗並未意識到她的話聽起來有多奇怪，而且也不是她真正想說的。克萊文先生看起來相當吃驚。

「一小塊土地！」他重複，「你說的是什麼意思呢？」

「我想用來播植種子，讓植物長出來──我要看著它們活起來。」瑪麗支支吾吾地說。

他注視了她一會，然後很快地把手放在眼睛上。

「你……你這麼關心花園。」他慢條斯理地說。

「在印度時，我一點都不懂得花園，」瑪麗說：「我經常病懨懨的、不想動，天氣又很熱。有時候我會在沙上堆小花床，在上面插幾枝花，但是跟在這裡很不一

樣。」

克萊文先生站了起來，開始在房間裡緩慢地踱步。

「一小塊土地。」他輕聲地自言自語，不知道為什麼，瑪麗覺得她的話一定令他想起了什麼。當他停下來和她說話時，黑眼睛變得又柔和又仁慈。

「你想要多少地都可以。」他說：「你讓我想起一個也愛土地、愛種花草的人。如果你看中哪塊土地，」他似乎帶著微笑，「就拿去吧！孩子，讓它長出花草來。」

「任何地方都可以嗎──如果沒人要的話？」

「任何地方都可以。」他回答：「好了，現在你該走了，我累了。」他按鈴叫來梅拉克太太。「再見了，我會離開這裡一整個夏天。」梅拉克太太很快地走進來，瑪麗想她一定一直在走廊上等著。

「梅拉克太太，」克萊文先生對她說，「我已經見過這個小孩了，現在我了解索維比太太的意思。等她身體壯一點再讓她開始上課，讓她吃一些簡單健康的食物，讓她在花園裡自由奔跑。別太照顧她，她需要自由嬉鬧，呼吸新鮮的空氣，到處蹦蹦跳跳。索維比太太偶爾會來看她，有時她也可以到小房子去。」

梅拉克太太看起來很高興的樣子。當她聽到「別太照顧瑪麗」時，大大鬆了一口氣。她一直都覺得瑪麗是一

個吃力不討好的負擔，能不見她就盡量不見她。除此之外，她喜歡瑪莎的媽媽。

「謝謝您，先生。」她說，「蘇珊·索維比以前是我的同學，她是難得通情達理、心腸好的女人。我自己沒有小孩，她卻生了十二個，而且他們比其他人家的小孩都還健康和善良，瑪麗小姐跟他們一起玩，不會有壞處的。我自己常常採納蘇珊·索維比有關教導小孩的意見。她可以說是個心智健全的女人——你明白我的意思嗎？」

「我知道。」克萊文先生回答，「把瑪麗小姐帶走，順便叫皮徹來。」

當梅拉克太太把她帶到走廊盡頭並離去時，瑪麗飛奔回自己的房間。她發現瑪莎在等她。事實上，瑪莎早在收拾完午餐後就匆匆趕回來了。

「我可以有自己的花園了！」瑪麗叫了起來，「我可以選自己喜歡的地方！要很久之後我才會有家庭教師。你媽媽會來看我，我也可以到你們家的小房子去！他說像我這樣的小女孩，不會做壞事，我可以做我喜歡的事——在任何地方！」

「啊！」瑪莎高興地說：「他真好，對不對？」

「瑪莎，」瑪麗嚴肅地說：「他真的是一個好人，只

是他的臉看起來很悲傷，肩膀都縮在一起。」

　　她迅速地跑到花園。她已經離開很久了，比她原本估計的還要久，她知道狄肯必須要很早起程走五英里的路回家。當她悄悄穿過長春藤底下的門時，她看到他已經不在原來的地方工作了。園藝工具都擺在樹下，她跑過去看，環顧四周，都沒有看到狄肯。他已經走了，秘密花園空蕩蕩的——除了知更鳥。牠剛剛飛過圍牆，現在正棲在一株園藝玫瑰叢上看著她。

　　「他走了，」瑪麗悲傷地說，「噢！真的——真的——他真的只是一個樹林中的小精靈？」

　　這時，她看園藝玫瑰叢上繫著一個白白的東西——那是一張白紙，是她替瑪莎用印刷體寫給狄肯的信。它被一根長長的棘刺固定在玫瑰樹叢上，頃刻之間她明白那是狄肯留下來的。信上草草寫著印刷體字跡，還有一個類似圖畫的東西。起初瑪麗不知道那是什麼，一會兒才看出是一個鳥巢，裡面棲著一隻小鳥，圖片底下寫著：「我還會回來。」

Chapter
13

「我是柯林。」

他看起來像生病的小孩，不過他的哭聲聽起來不像是因為生病，反而像是疲倦或在鬧脾氣。

瑪麗把畫帶回屋裡，並在晚餐的時候拿給瑪莎看。

「啊！」瑪莎非常驕傲地說：「我不知道我們家狄肯這麼聰明。他畫的是一隻在鳥巢裡的畫眉鳥，和真的鳥一樣大，比真的鳥更像鳥。」

瑪麗知道狄肯的畫是一個訊息，他的意思是要她相信他會保守秘密。她的花園就是她的巢，而她就是畫眉鳥。噢！她真的很喜歡那個奇怪的普通男孩！

她希望第二天他就會再回來。她睡著了，一心期待著早上的來臨。

然而，我們從來不知道約克郡的天氣會有什麼變化，特別是春天的時候。她在夜裡被雨聲吵醒，大雨正用力地拍打著窗戶，雨傾盆而下，風在每一個角落，以及這棟老舊的大房子的煙囪裡咆哮。瑪麗從床上坐了起來，覺得又難過又生氣。

「這雨和以前的我一樣彆扭，」她說：「它知道我不想要它，所以它來了。」

她重新躺回床上，把臉埋在枕頭裡。她沒有哭，只是躺著，她討厭大雨落下的聲音，也討厭風「咆哮」的聲音。她再也睡不著了，這些悲傷的聲音讓她一直醒著，讓她很難過。要是她心情愉快，這些聲音或許能哄她入睡，但是，風「咆哮」得多麼厲害，敲打窗戶的傾盆大雨

敲得多麼用力啊！

「聽起來就像是有人在荒野上迷失，四處遊蕩的哭聲。」她說。

她睜開眼睛躺著，翻來覆去了大概一個小時。突然有個聲音出現，讓她坐了起來，她的頭轉向門，聽了又聽。

「現在不是風聲了。」她大聲說：「這不是風聲，這個聲音和風聲不一樣。這是我以前聽到過的哭聲。」

她房間的門微微開著，微弱的哭聲是從走廊的另一端傳來的。她聽了好幾分鐘，每一分鐘都讓她更加確定。她一定要找出來是什麼聲音，這個聲音比秘密花園和被埋起來的鑰匙更奇怪。此時，或許是叛逆的心情讓她的膽子變大了，她把腳伸出床外，站在地板上。

「我要找出來，」她說：「每個人都在睡覺，我才不管梅拉克太太，我不管！」

她身旁有一盞蠟燭，她拿起它輕輕走出房間。走廊看起來又長又暗，但是她太興奮了，根本不在意。她覺得自己得記得要在哪些轉角轉彎，才可以找到通往覆蓋著掛毯的門的走廊——她迷路那天，梅拉克太太就是從那扇門走了出來。哭聲就是從那個走道傳來的。瑪麗拿著黯淡的蠟燭繼續走，幾乎是摸索著路，她的心跳得很

大聲，幾乎連自己都要聽見了。遠方模糊的哭聲引導著她前進。有時候哭聲會稍微停下來，接著又繼續哭了起來。是在這個轉角轉彎嗎？她停下來想了一下。沒錯，走過這段通道，向左轉，走上兩個大階梯，再向右轉，對，覆蓋掛毯的門就在那裡。

她輕輕地推開門，再把門關上。她站在走廊上，哭聲雖然不大，但聽得很清楚，那聲音就在她左邊那面牆的另一頭。她看到有一扇門在離她幾步遠的地方，門縫下透出微弱的光線。房間裡有人在哭，而且是個小孩。

她走向那扇門並把門推開，現在她站在房間裡了！

那是一間很大的房間，擺著典雅的古董家具，壁爐裡生著微弱的火，一張四腳雕刻床掛著織錦畫簾，床的旁邊有一盞夜燈，床上躺著一個小男孩，很不高興地哭著。

瑪麗懷疑自己是不是真的在另一個地方，還是又不小心睡著了，不知道自己在做夢。

這個小男孩有一張又尖又瘦的臉，臉色和象牙一樣白；眼睛似乎太大了，他的頭髮很濃密，散佈在他的額頭上，讓他瘦小的臉看起來更小了。他看起來像生病的小孩，不過他的哭聲聽起來不像是因為生病，反而像是疲倦或在鬧脾氣。

chapter 13
「我是柯林。」

　　瑪麗手拿著蠟燭站在門邊，屏住呼吸，悄悄走進房裡，當她越來越靠近時，小男孩注意到了燭光，他躺在枕頭上轉過頭，一雙灰色眼睛張得大大的盯著她看。

　　「你是誰？」他終於害怕地小聲問：「你是鬼嗎？」

　　「我不是。」瑪麗也很害怕地小聲回答：「你是嗎？」

　　他一直盯著瑪麗，瑪麗不得不注意到他奇怪的眼睛，他的眼睛像瑪瑙一樣灰，周圍長滿了黑色的睫毛，在他臉上看起來太大了。

　　「不是。」他等了一會才回答：「我是柯林。」

　　「柯林是誰？」她支支吾吾地問。

　　「我是柯林，克萊文。你又是誰？」

　　「我是瑪麗‧蘭諾克斯。克萊文先生是我的叔叔。」

　　「他是我爸爸。」男孩說。

　　「你的爸爸！」瑪麗倒抽了一口氣說：「沒有人跟我說過他有個小男孩，他們為什麼不告訴我？」

　　「過來這裡。」他說，奇怪的眼睛仍舊緊盯著瑪麗，一臉焦慮的樣子。

167

她走近床邊，他伸手摸她。

「你是真的人，對不對？」他說：「我常常做很真實的夢，也許我現在在夢裡。」

瑪麗在離開房間前披了一件寬鬆的羊毛長袍，於是她拉起長袍的一角，放在他手指之間。

「揉揉看它有多厚多暖和，」她說：「如果你不生氣的話，我可以捏捏你，讓你知道我是真的人。剛剛我也以為自己在做夢。」

「你是從哪裡來的？」他問。

「從我的房間來。風太大，我睡不著，又聽到好像有人在哭，我想找出是誰在哭。你為什麼哭呢？」

「因為我也睡不著，頭又很痛。再告訴我一次你叫什麼名字。」

「瑪麗·蘭諾克斯。沒有人告訴你我到這裡來住嗎？」

他的手指還在揉著她長袍的一角，不過已經開始相信她是真的人。

「沒有，」他說：「他們不敢。」

「為什麼？」

「如果他們向我提起你，我擔心你會看到我。我不想讓別人看到或談到我。」

「為什麼？」瑪麗又問，她覺得越來越困惑了。

「因為我總是像這樣病懨懨地躺著，我爸爸也不讓別人談論我，也不准僕人提起我。如果我活下來，可能就是一個駝背的人。不過我活不了的，爸爸討厭我變得跟他一樣。」

「噢，多奇怪的房子啊！」瑪麗說：「多奇怪的房子啊！每件事情都是秘密。房間都鎖起來了，花園也鎖起來了——還有你！你也被鎖起來了嗎？」

「沒有，我待在這個房間裡是因為我不想出去，出去讓我覺得很累。」

「你爸爸會來看你嗎？」瑪麗大膽地問。

「有時候，但通常都在我睡著的時候，他不想看到我。」

「為什麼？」瑪麗忍不住又問。

男孩的臉上掠過一絲類似憤怒的陰影。

「我媽媽在我出生時就死了，這是他討厭看到我的原因。他以為我不知道，可是我聽到了別人說的話。他幾

乎可以說是恨我。」

「他討厭那個花園，因為她死了。」瑪麗對著自己說。

「哪個花園？」男孩問。

「噢！就是──就是一個她喜歡的花園。」瑪麗結結巴巴地說：「你都待在這裡嗎？」

「幾乎是，有時候他們會把我帶到海邊，不過我不喜歡，因為那裡的人會盯著我看。我經常需要穿戴一件鐵製的東西來保持背部挺直，不過一位很有名的醫生從倫敦來看我，他覺得那很笨，他告訴他們要把它拆下來，也告訴他們要多帶我到戶外接觸新鮮的空氣。我不喜歡新鮮的空氣，所以我不喜歡出去。」

「我剛來這裡的時候也不喜歡。」瑪麗說：「你為什麼一直這樣看著我？」

「因為有些夢就像真的，」他煩躁地回答：「有時候我睜開眼睛，還不相信自己醒了。」

「我們兩個都很清醒。」瑪麗說，她看了一下四周的天花板、陰暗的角落和黯淡的燈火。「看起來很像一場夢，而且又是半夜，屋裡的每個人都還在睡覺──除了我們。我們很清醒。」

「我希望這不是一場夢。」男孩不安地說。

瑪麗立刻想到了一件事。

「既然你不喜歡人家看到你,」她開口說:「你要我離開嗎?」

他突然拉了一下他原先握著的她長袍一角。

「不要。」他說:「如果你離開,那我就確定這是一場夢了。如果你是一個真的人,就去坐在那張大腳凳上和我說話,我想聽你的事情。」

瑪麗將蠟燭放在床旁邊的桌子上,然後在凳子的椅墊上坐下。她一點都不想離開,她想待在這間被藏起來的秘密房間裡,跟這個神秘的小男孩說話。

「你要我告訴你什麼?」她說。

他想知道她到密蘇威特多久了、她的房間在哪個走廊上,他想知道她都做些什麼事、她是不是和他一樣不喜歡荒野,以及到約克郡之前她住在哪裡。她回答了所有問題,還有更多其他的問題,而他靠著枕頭傾聽,並要她說很多有關印度和越洋旅行的事。她發現因為他的身體有缺陷,因此不像其他小孩一樣懂得許多事情,不過在他還小的時候,有一個保母教過他讀書,所以他經常看書,也會欣賞美麗的書裡的圖畫。

他的爸爸雖然很少在他醒著的時候來看他，卻送了他很多新奇的東西，好讓他開心，不過他似乎從沒開心過。他可以得到他想要的一切，從沒有人要他做不喜歡做的事。

「每個人都必須讓我開心。」他冷淡地說：「生氣會讓我生病，沒有人相信我會活到長大。」

他說這句話時，好像已經很習慣這樣的想法，習慣到好像再也不會影響他。他似乎很喜歡瑪麗的聲音，當她繼續往下說時，他昏昏欲睡卻又興奮地聽著。有一、兩次她懷疑他是不是睡著了，但最後他又會問一個問題，開了另一個新的話題。

「你幾歲？」他問。

「我十歲，」瑪麗回答：「你也是。」

「你怎麼知道的？」他驚訝地問。

「你出生的時候花園的門就被鎖上了，鑰匙也被埋起來了。花園已經被鎖起來十年了。」

柯林用手肘撐著身體稍微坐了起來，並轉向她。

「哪一個花園的門被鎖起來了？是誰鎖的？鑰匙被埋在哪裡？」他叫了出來，似乎很有興趣。

「就是——就是克萊文先生討厭的那個花園！」瑪麗緊張地説：「他把門鎖上了，沒有人、沒有人知道他把鑰匙埋在哪裡。」

「那是一個怎樣的花園？」柯林急切地繼續問。

「十年了，沒有人可以進去那個花園。」瑪麗謹慎地回答。

但是現在小心謹慎已經太遲了。他太像瑪麗了——他也跟她一樣，沒有什麼事情可以想，而一座隱藏的花園的想法非常吸引他，就像當初吸引瑪麗那樣，他一再追問「花園在哪裡？」、「有沒有找過花園的門？」、「有沒有問過園丁們？」

「他們不會説的，」瑪麗説：「有人要他們不准回答這些問題。」

「我會讓他們説出來的。」柯林説。

「真的嗎？」瑪麗害怕了起來，支支吾吾地問。如果他讓他們説出來，誰知道會發生什麼事！

「我説過，每個人都必須讓我開心。」他説：「如果我活下來了，這個地方有一天會屬於我。他們都知道這一點，我會讓他們説出來的。」

瑪麗不知道自己也是個被寵壞的小孩，不過卻很清楚

地看出這個神秘的小孩被寵壞了。他認為整個世界都屬於他。他真是奇怪，說自己活不了時還這麼冷靜！

「你覺得自己活不了嗎？」她這樣問，一來是因為好奇，其次是希望他忘記花園的事。

「我想我不會活下來。」他像先前那樣冷淡地說：「我有記憶以來，就聽到別人這麼說了。一開始他們以為我太小，聽不懂他們說的話，而現在他們認為我沒聽到，但其實我都聽到了。我的醫生是我爸爸的表弟，他很窮，如果我死了，我爸爸去世後他就可以繼承整個密蘇威特莊園，我想他不會希望我活下來。」

「你希望活下來嗎？」瑪麗問。

「不希望。」他煩躁，疲倦地回答，「但是我不想死，我生病躺在這裡，只要想到這件事，就會一直哭。」

「我聽過三次你的哭聲。」瑪麗說，「但我不知道是誰在哭，你就是為了這件事在哭嗎？」她這樣問是想讓他忘記花園的事。

「大概吧。」他回答。「我們說點別的事情吧。談談那個花園吧！你不想看看嗎？」

「想。」瑪麗小聲回答。

　　「我想看。」他堅決地說：「我以前從來沒有特別想看什麼東西。可現在我希望把鑰匙挖出來，把門打開，我要他們用輪椅帶我到那裡，這樣就可以呼吸到新鮮的空氣了。我要叫他們把門打開。」

　　他變得相當興奮，奇怪的眼睛開始像星星一樣閃爍，看起來比之前更大了。

　　「他們必須讓我開心。」他說：「我要叫他們帶我到那裡，也帶你一起去。」

　　瑪麗的雙手緊緊握著。一切都完了——一切！狄肯再也不會回來了，她再也不覺得自己像畫眉鳥一樣，待在安全的巢裡。

　　「噢，不要！不要⋯不要⋯⋯不要那樣做！」她叫了出來。

　　他盯著她看，以為她快要發瘋了。

　　「為什麼？」他喊：「你說你想看看花園的。」

　　「我想看。」她幾乎哽咽地回答：「但是如果你讓他們把門打開，然後像你說的那樣帶你進去，那麼花園就再也不是一個秘密了。」

　　他往前靠近她。

　　「一個秘密，」他說：「什麼意思？快告訴我。」

瑪麗幾乎是語無倫次地接著說下去。

「你想想看⋯⋯你想想看，」她上氣不接下氣地說：「如果只有我們知道⋯⋯如果有一扇門，隱藏在長春藤底下的某個地方——如果有的話——我們可以找出來，如果可以一起偷偷進去花園，關上門，沒有人知道裡面有人，我們叫它我們的花園，然後假裝⋯⋯假裝我們是畫眉鳥，花園是我們的巢，如果我們天天到那裡玩、挖土、播種，讓花園活過來的話——」

「花園死了嗎？」他打斷她。

「如果沒有人照顧，很快就會死的。」她繼續說，「球莖會活下來，不過玫瑰——」

他再次打斷她，心情和瑪麗一樣興奮。

「球莖是什麼？」他很快地插嘴問。

「它們會長成水仙、百合和雪花，現在它們正在土壤裡活動，擠出了淺綠色芽點，因為春天已經來了。」

「春天來了？」他說：「春天像什麼呢？像我這樣整天躺在屋裡的病人是看不到春天的。」

「就像陽光照在雨水上，雨水落在樹枝上，植物都在地底下動來動去，搶著要長出來。」瑪麗說：「如果保守花園的秘密，我們就能進去，就可以每天看著植物成

長，看有多少玫瑰活著。你不懂嗎？噢！你不懂如果保守了花園的秘密，那會有多棒嗎？」

他躺回枕頭上，表情奇怪地躺在那裡。

「我從來沒有過秘密，」他說：「除了那個我活不了的想法之外。他們不知道我知道這件事，所以也算是一個秘密。不過我比較喜歡花園這個秘密。」

「如果你不讓他們帶你到花園，」瑪麗懇求：「或許有一天我會找到進去花園的方法。如果醫生要你坐著輪椅出去、如果你可以做你想做的事，或許……或許我們可以找一個男孩子幫你推輪椅，我們可以自己去，這樣那裡永遠會是秘密花園。」

「我會……喜歡的，」他睡眼惺忪，慢慢說道：「我會喜歡的，我不會介意秘密花園裡的新鮮空氣。」

瑪麗的呼吸漸漸恢復正常，也覺得比較安全了，因為保守花園秘密的想法似乎讓他很高興。她確定如果她繼續說下去、如果能讓他心裡也看到她所看到的花園，他一定會非常喜歡，也一定不能接受大家隨便進出。

「我跟你說我想像中的花園，如果我們能進去的話，」她說：「花園被鎖起來這麼久了，植物也許都結成一團了。」

他非常安靜地躺著聽，瑪麗說玫瑰可能會在樹叢間攀

爬、蔓延或垂掛，也說可能會有很多鳥在裡面築巢，因為那裡很安全。接著她又說了知更鳥和班・威瑟斯塔夫的事，她有太多關於知更鳥的事情可以說了，而且她現在覺得輕鬆又安全，不再擔心了。知更鳥的事讓他非常高興，所以一直微笑，他笑起來非常好看，一開始瑪麗還覺得他的大眼睛和濃密的頭髮看起來比她還不可愛。

「我不知道鳥兒是那樣的。」他說：「不過，要是你和我一樣都待在房子裡，你就什麼也看不到了。你知道好多事！讓我覺得你好像進去過那個花園似的。」

她不知道該說什麼，所以一句話也沒說。他顯然不期待她回答，但接下來卻讓她嚇了一跳。

「我要讓你看一個東西。」他說：「你看到掛在牆壁上蓋住畫像的玫瑰色絲綢簾幕了嗎？」

瑪麗之前都沒注意，現在她仰頭才看到。那是一簾柔軟的絲綢，似乎蓋住了一張畫像。

「看到了。」她回答。

「那上面掛著一條繩子，」柯林說：「你過去拉拉它。」

瑪麗非常疑惑地站起來，找到了那條繩子。她拉了拉，絲綢簾子便隨著套環退回去，接著出現了一幅畫像，那是一幅笑容滿面的女人畫像，她閃閃發亮的頭髮

繫著藍色蝴蝶結，美麗愉快的雙眼和柯林不快樂的雙眼
一樣是瑪瑙灰色的，因為濃黑的睫毛圍繞眼眶，雙眼看
起來大了一倍。

「她是我媽媽。」柯林抱怨：「我不知道為什麼她死
了，有時我很討厭她死了。」

「好奇怪！」瑪麗說。

「如果她還活著，我相信我就不會總是生病了。」他
喃喃自語道：「我也會活下去，爸爸也不會那麼討厭看到
我了，我的背也會很強壯。把簾子拉上吧！」

瑪麗照他的話做，回到她的凳子上。

「她比你漂亮多了。」她說：「不過，她的眼睛和你
的一樣，至少你們有相同的形狀和顏色。為什麼要用簾
子遮起來？」

他不舒服地動了一下。

「是我要他們這麼做的，」他說：「有時候我不喜歡
她看著我，我身體不舒服，她笑得太燦爛了。而且她是
我的，我不想讓每個人都看到她。」

沉默了幾分鐘之後，瑪麗繼續說：

「要是梅拉克太太知道我來過這裡，她會怎麼樣
呢？」她問。

　　「她會照著我的話去做。」他回答:「而且我會告訴她,我要你每天到這裡來陪我說話,我很高興你來這裡。」

　　「我也是。」瑪麗說:「我會盡可能常來,不過……」她猶豫了一下,接著說:「我必須每天去找花園的門。」

　　「對,你一定要去。」柯林說:「然後你可以把結果告訴我。」

　　他像剛才那樣躺著想了一會,又開口:

　　「我想你來這裡的事也要保密。」他說:「除非他們發現,要不然我不會讓他們知道。我會叫保母出去,說我想一個人待在房間。你認識瑪莎嗎?」

　　「認識,我和她很要好,」瑪麗說:「是她在服侍我的。」

　　他對著外面的走廊點點頭。

　　「她就在另一間房裡睡覺,保母昨天整晚待在她妹妹那裡,她有事外出時,都會交代瑪莎照顧我。瑪莎會告訴你什麼時候來這裡。」

　　瑪麗終於明白當她問瑪莎哭聲的事情時,為什麼她的臉上會露出不安的表情了。

「瑪莎一直都知道關於你的事嗎？」她問。

「對。她常常來服侍我，保母都躲著我，然後瑪莎會代替她來。」

「我已經待很久了，」瑪麗說：「我該走了，你看起來很想睡覺。」

「我希望我睡著後你再離開。」他羞怯地說。

「閉上眼睛，」瑪麗邊說邊把凳子拉近些：「我會像在印度的奶媽常常做的那樣，輕拍你的手、打著節拍，低聲唱歌讓你睡著。」

「也許我會喜歡。」他昏昏沉沉地說。

不知道為什麼，她為他感到難過，她不希望他躺著睡不著，所以她更靠近那張床，輕輕拍著他的手，低聲唱起一首印度小曲。

「好好聽。」他更加想睡了，瑪麗繼續哼唱、輕拍著，當她再看看他時，他的黑睫毛已經靠在一起，他睡著了。於是，她輕輕站起來、拿起蠟燭，偷偷地離開。

小王爺

他們談得很開心，都忘了圖畫書，甚至忘了時間。談到班·威瑟斯塔夫和知更鳥時，他們開懷大笑。

秘密花園

早晨來臨時，荒野已經籠罩在一片濛濛霧氣中，雨仍然傾盆而下，今天不能出去玩了。瑪莎一直很忙，瑪麗一直沒有機會跟她說話，到了下午，她把瑪莎叫進來，陪她坐在育兒室裡。她帶著正在織的襪子，那是她打發時間時會做的事。

她們一坐下，瑪莎就問：「你怎麼了？你看起來好像有話要說。」

「對，我已經找出那哭聲是什麼了。」瑪麗說。

瑪莎正在織的東西突然滑落到膝蓋上，她睜大眼睛，吃驚地瞪著瑪麗。

「不會吧！」她驚呼：「不可能！」

「我昨天晚上聽到的，」瑪麗繼續說：「我起床去找哭聲是從哪裡來的，那是柯林的哭聲，我找到他了。」

瑪莎嚇得臉都紅了。

「啊！瑪麗小姐！」她幾乎是哭著說：「你不應該這麼做……你不應該！你會為我帶來麻煩，他的事我什麼都沒告訴你……你卻給我帶來麻煩！我會丟掉工作，那我媽媽怎麼辦？」

「你不會丟掉工作的。」瑪麗說：「他很高興我去看他。我們一直在聊天，他很高興我去看他。」

184

「真的嗎？」瑪莎叫起來：「你確定嗎？你根本不知道他生氣起來是什麼樣子。他那麼大了，哭鬧起來卻像個嬰兒，只要一不高興，他還會大聲尖叫嚇我們。他知道我們不敢不聽從他。」

「他沒有生氣。」瑪麗說：「我和他說我該走了的時候，他把我留下來。他一直問我問題，所以我就坐在大腳凳上，告訴他關於印度、知更鳥和花園的事情。他不讓我走，還讓我看他媽媽的畫像，我離開前還哼歌哄他入睡。」

瑪沙一臉訝異。

「我不太相信你說的！」她反駁：「那就像直接走入老虎的洞穴一樣！依照他平時那樣，他一定會大發脾氣，驚醒全房子裡的人。他不喜歡讓陌生人看到他。」

「他讓我看到他了，我一直看著他，他也一直看著我，我們盯著彼此看！」瑪麗說。

「我不知道該怎麼辦才好！」瑪莎激動地叫著：「要是被梅拉克太太發現了，她會以為是我不守規矩告訴你的，那我就得打包行李回家了。」

「他還不打算告訴梅拉克太太這件事，一切都會像原來那樣。」瑪麗堅定地說：「他還說每個人都必須讓他開心。」

「是啊，這倒是真的，真是個壞男孩！」瑪莎嘆息著說，用圍裙擦拭她的額頭。

「他說梅拉克太太必須讓他開心，還要我天天去陪他說話。當他想要我去的時候，讓你來告訴我。」

「我！」瑪莎說，「我會丟掉工作的，一定會！」

「不會，只要照他說的去做就好了，每個人都必須服從他。」瑪麗爭辯。

「你的意思是，」瑪莎睜大眼睛叫著：「他對你很好！」

「我認為他應該很喜歡我。」瑪麗回答。

「你一定是對他施了什麼魔咒！」瑪莎深深地吸了口氣，堅決地說。

「你是指魔法嗎？」瑪麗問：「我在印度時聽過魔法的事，不過我不會。我只是走進他的房間，看到他時非常驚訝，我就站在那裡看著他，那時他也轉身看著我。他以為我是鬼或是夢裡的人，我也那樣以為，半夜兩個不認識的人單獨在一起很奇怪。後來我們開始問彼此問題，最後我問可不可以走的時候，他卻要我留下來。」

「世界末日要來了！」瑪莎倒抽一口氣說。

「他怎麼了？」瑪麗問。

「沒有人知道。」瑪莎說：「他出生時，克萊文先生像發瘋似的，醫生認為應該把他送進精神病院，因為克萊文太太去世了，像我之前告訴你的那樣。他一點都不想看這個嬰兒，他憤怒地說小孩會和他一樣變成駝背，最好死一死。」

「柯林是個駝背嗎？」瑪麗問：「他看起來不像是。」

「他還不是。」瑪莎說：「不過從一開始他就不太正常。媽媽說這棟房子裡發生了太多不幸的事，任何小孩住在這裡都會不正常。他們擔心他衰弱的背，所以總是加以照顧，總是讓他躺著，不讓他起來走路。有一次他們給他穿上支架，卻只讓他更加煩躁，還因此生了一場大病。然後來了一位名醫，看過他之後就將支架拆了下來。他非常坦白但很有禮貌地跟另一位醫生說話，他說他吃了太多藥，而且太讓他為所欲為了。」

「我覺得他是一個被寵壞的小孩。」瑪麗說。

「他是我見過最糟糕的孩子。」瑪莎說：「他已經有好長一段時間沒生大病了，以前得過兩、三次感冒，咳得很嚴重，幾乎快死了。有一次，他得了風濕熱，還有一次得了傷寒，當時梅拉克太太真的嚇壞了，他好像發瘋了，而梅拉克太太正在和保母說話，以為他什麼都不

知道，她説：『這次他一定會死，這樣對他和每個人來説都是件好事。』梅拉克太太看著他，而他眼睛睜得大大的瞪著她，神智和她一樣清楚。她不知道發生了什麼事，他只是瞪著她看，然後説：『你去給我倒杯水，不要説話了。』」

「你覺得他會死嗎？」瑪麗問。

「媽媽説像他那樣呼吸不到新鮮空氣、不做任何事情，只能躺著看圖畫書或吃藥的小孩很難活下去。他的身體很虛弱，又不喜歡到戶外，這樣很容易感冒，會使他生重病。」

瑪麗坐下來看著爐火。

「我在想，」她緩緩地説：「如果把他帶出去，到花園裡觀看植物生長，不知道對他好不好？對我來説很有幫助。」

「他病得最嚴重的一次，」瑪莎説：「是他們把他帶到噴泉旁的玫瑰花叢，他曾經在報紙上看到有人得了一種叫玫瑰花粉熱的病，於是開始打噴嚏，説他也得了。一個新來的園丁不知道這裡的規矩，好奇地看著他，他就發了很大的脾氣，説園丁那樣看他是因為他就要變成駝背了，他激動得大哭起來，病了一整晚。」

「如果他對我發脾氣，我就再也不去看他。」瑪麗

說。

「要是他要你去，就一定要去。」瑪莎說：「你最好一開始就知道這一點。」

不久之後，鈴聲響了起來，瑪莎收拾她的編織品。

「我想一定是保母要我去陪他一會，」她說：「我希望他現在沒在發脾氣。」

她出去大概十分鐘後，就帶著疑惑的表情回來了。

「嗯！你真的對他施了魔咒。」她說，「他現在坐在沙發上看圖畫書，叫保母六點鐘再回來，我就在隔壁房等著。保母一離開，他就把我叫過去說：『我要瑪麗來陪我說話，記住，不准告訴任何人。』你最好現在趕快去。」

瑪麗很樂意馬上過去看他，雖然她不像想看到狄肯那樣急切地想看到柯林，不過，她還是想看到他。

當她踏進他的房間時，壁爐裡的火非常明亮，在白天的光線之下，她看出這的確是一間漂亮的房間。儘管外面的天空灰濛濛的，還下著雨，但色彩斑斕的地毯、懸掛物、圖畫和牆壁上擺的書，使房間看起來明亮舒適。柯林看起來就像一幅畫像，他穿著一件天鵝絨晨袍，靠著一個大織錦墊坐著，雙頰紅通通的。

「進來。」他說:「整個早上我都在想著妳。」

「我也是,」瑪麗回答:「你不知道瑪莎有多害怕,她說梅拉克太太會認為是她把你的事告訴我的,那她就會丟掉工作。」

他皺了皺眉頭。

「去叫她來這裡。」他說:「她就在隔壁的房間。」

瑪麗將她帶了過來。可憐的瑪莎嚇得不斷發抖,柯林一直皺著眉頭。

「你是不是應該做能讓我高興的事?」他用命令的口氣問。

「是的,小主人。」瑪莎紅著臉,結結巴巴地說。

「梅拉克太太是不是也應該做能讓我高興的事?」

「每個人都是!小主人。」瑪莎說。

「是我命令你把瑪麗帶來的,就算梅拉克發現了,她怎麼可能要你打包行李離開呢?」

「請不要讓她這麼做,小主人。」瑪莎央求道。

「如果她敢把這件事說出去,我就讓她打包行李離開。」克萊文小主人威風地說,「她一定不希望那樣。」

「謝謝您，小主人，」她迅速屈膝鞠躬，説道：「我會盡我的職責，小主人。」

「我要的就是盡責，」柯林威風地説：「我會承擔這個責任，你可以走了。」

當瑪莎走出去關上門後，柯林發現瑪麗正在盯著他看，好像很驚訝的樣子。

「你為什麼那樣盯著我看？你在想什麼？」他問。

「我正在想兩件事。」

「哪兩件事？坐下來告訴我。」

「第一件事是，」瑪麗坐在大凳子上説：「我曾經在印度看過一個小王爺，他全身都戴著紅寶石、翡翠和鑽石。他和他的臣子説話的方式，就像你跟瑪莎説話一樣，每個人都要立刻照他的話去做，我想如果他們不照他的話去做，一定會被砍頭。」

「我現在就想聽聽你説小王爺的故事，」他説：「但是你先告訴我第二件事。」

「我在想，」瑪麗説：「你和狄肯好不一樣。」

「狄肯是誰？」他説：「好奇怪的名字！」

瑪麗心想，她也可以跟他説狄肯的事情。她可以提

到狄肯，但不提到秘密花園，她一直都很喜歡瑪莎談到狄肯，而且，她也很想談談他，這樣似乎能將他拉得更近。

「他是瑪莎的弟弟，今年十二歲。」她解釋：「他和別的男孩不一樣，他會吸引狐狸、松鼠和鳥，就像印度玩蛇人一樣，他一拿起笛子吹起輕柔的音調，牠們就會跑出來聽。」

他身旁的桌上有一些厚重的書，他突然拿起其中一本。

「這本書裡面有一張玩蛇人的圖片。」他驚喜地叫了出來：「你過來看看。」

那是一本漂亮的書，彩色插圖畫得非常精緻，他翻到其中一張。

「他會這樣做嗎？」他急切地問。

「他吹笛子時，牠們就安靜地聽。」瑪麗解釋：「不過，他說那不叫魔法，是因為他住在荒野上很久，了解牠們生活習慣。他說有的時候他覺得自己就像一隻鳥兒或一隻兔子，他非常喜歡牠們。我想他會問知更鳥問題，就好像他們在互相輕輕地啁啾交談。」

柯林靠回墊子上，雙眼越睜越大，兩頰越來越紅。

「再多告訴我一些有關他的事。」他說。

「他知道所有鳥蛋和鳥巢的位置，」瑪麗繼續說：「他還知道狐狸、獾和水獺住的地方，他會保守這些洞穴的秘密，不讓別的小孩找到或打擾到牠們。他知道荒野上生長的、棲居的所有東西。」

「他喜歡荒野？」柯林說：「怎麼可能？荒野是一個廣大、荒涼、又可怕的地方。」

「荒野是世界上最美麗的地方。」瑪麗辯護著說：「好幾千種可愛的植物在上面生長，還有好幾千種小動物忙著築巢，挖土打洞，彼此啁啾唱歌、吱吱叫著，牠們在地底或樹上或石楠荒地上開心地忙著！那是牠們的世界。」

「你怎麼知道這些事情？」柯林一邊用手肘支撐著轉過來看她，一邊問。

「我還沒有真正去過那裡。」瑪麗突然想起來，然後說：「我只在晚上坐車經過那裡一次，我覺得那個地方很可怕。荒野的情景是瑪莎最先告訴我的，然後是狄肯。狄肯談到荒野時，就好像你真的看到了那些東西、聽到了那些聲音，好像你就站在陽光照耀下的石楠叢裡，聞著味道很像蜂蜜的荊豆，蜜蜂和蝴蝶在四周飛著。」

「像我這樣生病的人，什麼都看不到。」他焦躁不安

秘密花園

地説。他看起來就像一個聽著遠方新奇聲音，猜想那是什麼樣子的人。

「如果你待在房間裡，當然看不到。」瑪麗說。

「我不能去荒野。」他語帶憤怒。

瑪麗沉默了一會，然後大膽地說：「也許有一天你可以。」

他動了一下，似乎很吃驚。

「到荒野上！怎麼可能？我會死掉的。」

「你怎麼知道呢？」瑪麗沒有同情心地說。她不喜歡他談到要死的事，她一點都不同情，她覺得他似乎太誇張了。

「噢！從我有記憶以來就聽別人這麼說。」他要脾氣地說：「他們經常竊竊私語，以為我沒聽到。他們也希望我死掉。」

瑪麗小姐覺得很彆扭，把嘴巴抿得緊緊的。

「如果他們希望我死掉，我就不死。誰希望你死掉呢？」她問。

「僕人們。還有克萊文醫生，如果他得到密蘇威特莊園的遺產，就會變有錢，就不會那麼窮了。他不敢這樣

說，但是我病得很重的時候，他總是看起來很開心。我得傷寒發高燒的時候，他的臉就圓了一圈。我想我爸爸也希望我死掉。」

「我不相信他會這麼想。」瑪麗相當固執地說。

這話讓柯林又轉過來看她。

「你不相信嗎？」他說。

接著他又靠回他的墊子上默默不語，彷彿在想什麼事情。安靜了很長一段時間，也許他們都在想著一些一般小孩子不會想到的事，奇怪的事。

「我喜歡倫敦來的那位名醫，因為是他叫他們把支撐拆下來的，」瑪麗終於開口。「他說你會死嗎？」

「沒有。」

「他怎麼說的？」

「他沒有竊竊私語。」柯林回答：「也許他知道我討厭竊竊私語，我聽到他很大聲地說：『如果他下定決心想要活，他就會活下來，盡量讓他開心一點。』聽起來好像很不高興。」

「我可以告訴你誰會讓你開心。」瑪麗沉思，她在想要用什麼方法解決這件事情。「我相信狄肯可以，他總是

說些活潑有生命的東西，從來不會提起死掉的東西或不幸的事情，他總是仰望天空看著鳥兒飛翔、或看著土地上生長的植物。他圓圓的藍眼睛經常睜得大大的東張西望、他大大的嘴巴經常開懷大笑，而他的臉頰像櫻桃一樣紅。」

她把凳子拉得更靠近沙發，她的表情在回想起狄肯彎彎的大嘴巴和大大的眼睛時，顯得很不一樣。

「我們不要再談死的事情了，我不喜歡。我們來談談活的事情，我們可以一直談狄肯的事，然後再來看看你的圖畫書。」她說。

這是她說過最好的話。談到狄肯就等於談到荒野、小房子以及住在裡面那個一星期靠十六先令維生的十四口人家，還有像小野馬一樣吃荒野上的草長胖的小孩們，還有關於狄肯的媽媽，還有跳繩、還有陽光照耀下的荒野，以及從黑色土壤裡冒出來的淺綠色芽點，所有的事都是那麼有活力。瑪麗覺得自己以前從沒說過這麼多話，而柯林也聽著說著，似乎也從沒有這樣做過。他們開始沒來由地笑，就像小孩玩在一起感到快樂而單純地笑起來那樣，他們一直笑，最後發出了喧鬧聲，就像兩個十歲、健康的正常小孩，而不是一個彆扭的小女孩，以及相信自己會死掉、病懨懨的小男孩。

他們談得很開心，都忘了圖畫書，甚至忘了時間。談到班·威瑟斯塔夫和知更鳥時，他們開懷大笑。柯林還

突然想到一件事，一時忘了自己瘦弱的背，坐了起來。

「你知道嗎？有一件事我們都沒想到，」他說：「我們是表兄妹！」

這似乎有點奇怪，他們談這麼久，卻沒想到這件簡單的事，他們比之前笑得更大聲，因為任何事都可以讓他們開心大笑。就在歡笑聲中，門被打開了，克萊文醫生和梅拉克太太走了進來。

克萊文醫生嚇了一跳，梅拉克太太則往後倒退一步，因為他不小心撞到了她。

「天啊！天啊！」可憐的梅拉克太太驚叫起來，眼珠子幾乎要掉出來了。

「這是怎麼一回事？」克萊文醫生邊走向前邊說：「怎麼會這樣？」

接著瑪麗又想起那個小王爺。柯林回答時，似乎絲毫不為醫生的驚恐和梅拉克太太的害怕所影響，他只把他們當作是老貓和老狗走進房間，一點都不感到困擾或害怕。

「這是我的表妹，瑪麗・蘭諾克斯。」他說：「我叫她來陪我說話。我喜歡她，無論什麼時候我要她來陪我說話，她就要來。」

克萊文先生帶著責怪之意轉向梅拉克太太。

「噢！先生。」她上氣不接下氣地說：「我不知道這是怎麼一回事，這裡沒有僕人敢說出去——我吩咐過他們不能說的。」

「沒有人告訴她。」柯林說：「是她聽到我的哭聲，自己找到我的。我很高興她來了。別嚇呆了，梅拉克。」

瑪麗看得出克萊文醫生一臉很不悅的樣子，不過很明顯他並不敢得罪他的病人。他坐在柯林身旁，開始替他把脈。

「我擔心你太過興奮，情緒太激動對你不好，我的孩子。」他說。

「如果她走開，我的情緒會更激動。」柯林回答，眼睛閃著威脅的光芒。「我現在好多了，她讓我覺得好多了。保母以後端茶來時也要把她的端過來，我們要一起喝茶。」

梅拉克太太和克萊文醫生擔憂地看著彼此，顯然不知道該怎麼辦才好。

「他看起來的確好多了，先生，」梅拉克太太大膽地說。她仔細地想了想，又說：「不過，今天早上瑪麗進來之前，他的氣色看起來似乎更好。」

「她昨天晚上來我的房間待了很久，還唱了一首印度小曲給我聽，我很快就睡著了。」柯林說：「我醒來時覺得好多了。我現在要用餐了，還有我的茶點，去告訴保母，梅拉克。」

克萊文醫生並沒有待很久，保母進來後，他和她談了一會，並且要柯林小心，不可以說太多話、不要忘記自己生病，也不要忘了自己很容易累。瑪麗覺得他似乎必須記住很多討厭的事。

柯林看起來焦躁不安，用那雙奇怪、帶著黑睫毛的眼睛，盯著克萊文醫生的臉。

最後他說：「我要把這些事都忘記。瑪麗讓我把這些事都忘了，這就是為什麼我要她來。」

克萊文醫生離開時，看起來不太高興。

他用困惑的眼神看了坐在大凳子上的小女孩一眼。在他剛踏進房間時，她又變成一個沉默的小孩，他看不出她有什麼吸引人的地方。不過，男孩的確看起來比較開朗了，走下走廊時，他沉重地嘆了一大口氣。

「我不想吃飯的時候，他們總是要我吃。」柯林說。這時，保母把茶點端了進來，擺在沙發旁的桌子上。「如果你吃的話，我就吃，那些瑪芬看起來熱呼呼、很好吃的樣子。告訴我小王爺的事吧！」

Chapter
15

築巢

瑪麗完全不知道要如何像狄肯說的那樣，讓自己看起來像草、像樹，或像灌木叢。不過，他在說這件奇怪的事情時，似乎把這件事當成世界上最簡單、最自然的事。

雨又下了整整一個星期，高高拱起的藍天才再次露臉，陽光傾瀉而下，天氣非常熱。雖然沒有機會去秘密花園，也見不到狄肯，瑪麗仍然過得非常愉快。一個星期似乎不算太長，她每天都會花幾個鐘頭的時間待在柯林的房間裡，和他一起談論小王爺、花園、狄肯，以及荒野上小房子的事情。他們也會看那些令人嘆為觀止的書和圖畫，有時候，瑪麗會讀書中的故事給柯林聽，而柯林也會為她讀一點故事。當他心情愉悅、興致盎然的時候，瑪麗覺得他看起來一點都不像殘疾者，只是臉色太蒼白，而且老是坐臥在沙發上。

「你就像一個淘氣的小孩，聽到了聲音，就會下床試著找到什麼，就和那天晚上一樣。」有一次梅拉克太太這麼說。「還好沒有什麼不好的影響，他沒有不開心或生氣，因為你們變成好朋友了。保母原本對他感到非常厭煩，打算辭掉這份工作，不過她卻說現在可以留下來了，你解決了她的問題。」梅拉克太太稍微笑了起來。

和柯林說話時，只要提到有關秘密花園的事，瑪麗總是非常小心。她想要從他身上了解一些事，不過不能直接問他。首先，她已經開始喜歡和柯林相處了，所以她想要知道他是不是一個能夠保密的男孩，他一點都不像狄肯，他顯然很喜歡那個沒有人知道的花園，她想或許柯林是可以信任的，不過她和他相處得還不夠久，所以她還沒辦法確定。於是，她想知道他是不是可以信任——如果可以，有沒有辦法把他帶到花園去，又不被任何人

發現呢？那位有名的醫生說過他需要呼吸新鮮空氣，而柯林也說過他不介意到秘密花園裡呼吸新鮮空氣。如果他呼吸許多新鮮的空氣、認識了狄肯和知更鳥、看到植物生長，也許就不會想太多和死有關的事情了。

最近，瑪麗偶爾會照鏡子，她知道自己看起來和剛從印度來到這裡的那個小女孩很不一樣了，現在這個小女孩好看多了，甚至連瑪莎也發現她改變了。

瑪莎曾經說過：「從荒野上吹來的風對你的身體很好，你現在沒有那麼黃了，也不再瘦巴巴的，就連你的頭髮也不塌了，它們好像獲得了生命，長了很多頭髮。」

「就和我一樣。」瑪麗說：「我變強壯了，也變胖了。我確定它們會越長越多。」

「看起來的確是這樣。」瑪莎微微撥了她臉上的頭髮。「你沒有以前那麼難看了，而且兩頰也變得非常紅潤。」

如果花園和新鮮空氣對她有幫助，或許對柯林也有好處。可是，如果他討厭別人看到他，也許不會想要看到狄肯。

「為什麼別人看著你的時候，你會生氣呢？」有一天瑪麗問他。

　　「我一直都很討厭那樣。」他回答,「在我還很小的時候,他們帶我到海邊,我在輪椅上,每個人都盯著我看,女士們停下來和保母聊天,接著就會竊竊私語,我知道她們是在說我沒辦法活到長大。有的時候,她們還會撫摸我的臉頰說:『可憐的孩子!』有一次,有一個女士摸我臉頰的時候,我就尖叫,還咬她的手,把她嚇得拔腿就跑。」

　　「她大概覺得你像一條發瘋的狗。」瑪麗說,一點都不佩服他。

　　「我才不在乎她怎麼想。」柯林皺著眉頭說。

　　「那天晚上我走進你房間的時候,為什麼你沒尖叫,也沒咬我?」瑪麗問,然後慢慢微笑起來。

　　「我以為你是鬼,或者是我在做夢。」他說:「我不能咬一個鬼或是夢裡的人,就算我尖叫了,他們也不在乎。」

　　「你討不討厭讓、讓一個男孩看到你?」瑪麗不太確定地問。

　　他靠回墊子上沉思。

　　「有一個男孩子,」他說得很慢,彷彿在仔細推敲著每一個字:「只有一個男孩子,我相信我不會介意,就是知道狐狸住在哪裡的那個男孩——狄肯。」

204

「你一定不會介意讓他看到你的。」瑪麗說。

「鳥兒和其他的動物也不會。」他一邊說，一邊仔細思考。「也許那就是為什麼我不介意的原因，他像是施魔法吸引動物的人，而我就像一隻小動物。」

然後他笑了起來，瑪麗也跟著笑了，他們大笑的原因，是覺得「柯林像一隻藏在洞穴裡的小動物」這個想法實在太有趣了。

瑪麗覺得從今以後再也不需要擔心狄肯了。

天空再度變得蔚藍的那個早上，瑪麗很早就醒過來了。陽光透過百葉窗，傾灑一道一道斜斜的光線，她看到這個景象，覺得滿心歡喜雀躍，跳下了床跑到窗邊。她捲起百葉窗，打開窗戶，撲鼻而來的是一陣清新、芬芳的氣息。荒野上一片蔚藍，整個世界好像被施過魔法一樣。到處充滿了輕柔的小笛音，彷彿是許多鳥兒開始為演奏會調音。瑪麗將手伸出窗外，任其沐浴在陽光下。

「好溫暖——好溫暖！」她說，「這會幫助綠芽一直往上長，也會幫助地底的球莖和根努力地鑽出地面。」

瑪麗跪了下來，盡可能地傾身探出窗外，大口大口地呼吸，聞著空氣的味道，直到她笑了出來，她想起狄肯的媽媽說過他的鼻尖就跟顫動的兔鼻子一樣。

秘密花園

「現在一定還很早。」她說,「小朵的雲是粉紅色的,我從沒看過這樣的天空,大家都還沒起床,甚至沒聽到馬童的喊叫聲。」

瑪麗突然想到一件事,馬上跑了出去。

「我等不及了!我要去看秘密花園!」

她現在已經學會了自己穿衣服,五分鐘之後就穿戴整齊了,她穿好襪子就飛奔下樓,跑到大廳穿上鞋子。她知道有一扇側門可以拔下門閂開門,她解開門鍊,拔下門閂,打開鎖。她一打開門,就跳過階梯,站在草坪上。草似乎變綠了,陽光灑在她身上,清晨溫暖的風吹拂著,每一顆樹叢裡都傳來了笛聲、鳴叫聲和歌聲,她高興得握緊雙手,仰望著藍色交雜粉紅色和白色的天空,春光明媚,她覺得自己也要跟著吹起口哨唱起歌來了,她知道畫眉鳥、知更鳥和雲雀也會情不自禁地鳴叫和唱起歌來。她繞著灌木叢和通向秘密花園的小徑跑去。

「一切都不一樣了。」她說,「草更綠了,到處都有東西冒出來,嫩葉舒展著,綠芽也露出來了。今天下午狄肯一定會來。」

下了一陣子的暖雨,對矮牆旁步道周圍的草本植物花床做了神奇的事——樹叢的根部長出了芽,番紅花的葉柄中到處可以看到深紫色和黃色葉子舒展開來。瑪麗從

206

沒看過世界甦醒過來時的景象，於是現在她一樣也不想錯過。

　　當她跑到隱藏在長春藤底下的那扇門時，被一個奇怪的大叫聲嚇了一跳，原來是烏鴉的叫聲。這叫聲是從牆上傳來的，她抬頭一看，那裡棲著一隻羽毛光亮、深藍色的大鳥，正機靈地往下看著她。以前她不曾這麼近看過烏鴉，所以覺得有一點緊張，還好，只一會牠就展開翅膀，越過花園飛走了。她希望牠不會停留在花園，於是推開門想看看牠是不是在那裡。當她走進花園，卻發現牠並不打算走，因為牠正棲在一棵矮蘋果樹上，樹下躺著一隻尾巴毛茸茸的紅色小動物，兩隻小動物正看著彎著身子、紅褐色頭髮的狄肯，他正跪在草地上認真地工作著。

　　瑪麗穿過草坪，朝他飛奔而去。

　　「噢，狄肯！狄肯！」她大聲叫了出來：「你怎麼這麼早就來了？你怎麼辦到的？太陽才剛剛升起！」

　　他站了起來，容光煥發地笑著，他的頭髮亂蓬蓬的，眼睛藍得像天空一樣。

　　「太陽還沒出來我就起床了，我怎麼可能還在睡覺？這麼美好的一天，所有動物和植物都開始工作了，到處嗡嗡鳴叫、搔癢、舒展身體，也吹笛子和口哨、築巢、散發香氣，我一定要出來走走！我再也睡不著了！太陽

出來後，荒野高興得不得了，我站在石楠叢中，也高興地跑著、叫著、唱著，然後就直接往這裡來了。我不能不來，因為花園在這裡等著呢！」他說。

瑪麗將雙手放在胸前喘著氣，彷彿自己也跑過一樣。

「噢，狄肯！狄肯！」她說，「我高興得幾乎無法呼吸了！」

因為看到狄肯和陌生人說話，那隻尾巴毛茸茸的小動物從地原本在的樹底下靠近他，而那隻白嘴烏鴉叫了一聲，從樹枝上飛下來，靜靜地停在他的肩膀上。

「這是小狐狸。」他一邊說，一邊摸著紅色小狐狸的頭：「牠叫『隊長』，這隻叫『煤灰』。煤灰剛才跟著我飛過了荒野！隊長在我後面跑得就像獵狗在追牠時那麼快。牠們兩個的心情就和我一樣愉快。」

這兩隻小動物看起來好像一點都不怕瑪麗。狄肯四處走動時，煤灰就棲在他的肩上，隊長則靜靜地在跟他身旁，快步走著。

「啊！」狄肯說：「你看這些東西都長出來了，還有這些、這些。啊，你看這裡！」

他跪在地上，瑪麗也跟著跪在他身旁。他們發現土壤裡長出了一整叢番紅花，綻放出紫色、橘色和金色的花朵。瑪麗彎身親了親那些花。

「我從來不會這樣親吻人們。」她抬起頭說：「花朵是多麼特別啊！」

他看起來很困惑，不過仍保持微笑。

他說：「我常常那樣親吻我的媽媽，有時我在荒野上玩了一整天，回到家時，她就站在陽光下的門口，看起來是那麼令人高興和舒適。」

他們從花園的一處跑到另一處，發現了許多新奇的事物，他們一再提醒自己要輕聲說話。他指著原本似乎已經枯死的玫瑰枝上鼓鼓的葉苞給她看，又要她看從地底冒出成千上萬的嫩綠色芽點。他們熱切地將小小的鼻子湊近土壤，聞著春天溫暖的氣息，他們挖著、拔著，快樂地低聲笑著，直到瑪麗的頭髮也和狄肯一樣亂蓬蓬，雙頰也幾乎和他的一樣紅潤。

那天早上，秘密花園的每一塊土壤都散發著歡樂，其中還有一件更令人開心的好事——好像有什麼東西迅速地飛過圍牆和樹叢，一路飛到一個植物茂密的角落，原來是紅胸知更鳥，嘴裡還銜著某種東西。狄肯一動也不動地站著，將手放在瑪麗身上，就好像是他們突然發現了自己在教堂裡大笑那樣。

「不要亂動。」他用約克郡方言說，「屏住呼吸，我上次看到牠時，牠在求偶，那是班‧威瑟斯塔夫的知更鳥，他正在築巢。要是我們不嚇到牠，牠就會留下

來。」

　　他們輕輕地在草地上坐下，一動也不動。

　　「我們不可以坐得太近，牠會覺得我們在看牠。」狄肯說，「要是牠發現我們打擾到牠，為了安全，牠會飛走。等到牠的巢築好之後，牠會變得很不一樣。牠正忙著整理牠的巢，會變得比較羞怯，很容易不高興，也沒有時間拜訪朋友或是和朋友聊天。我們一定要保持安靜不動，讓牠覺得我們是草、是樹，或是灌木叢，一旦牠習慣了看到我們，我就輕聲唰啾，牠就會知道，我們不會打擾牠。」

　　瑪麗完全不知道要如何像狄肯說的那樣，讓自己看起來像草、像樹，或像灌木叢。不過，他在說這件奇怪的事情時，似乎把這件事當成世界上最簡單、最自然的事。瑪麗心想這對他來說一定非常容易，她仔細觀察他，想知道他會不會靜悄悄地變成綠色，還伸展出枝葉來。但是，他只是非常安靜地坐著。他降低聲音輕柔說話時，她還很好奇自己聽不聽得到，但是她真的聽到了。

　　「築巢是春天的事。」他說，「我敢保證自從有生命以來，每一年都是這樣。動物有自己的想法，也有自己做事的方法，人類最好不要打擾牠們。要是太好奇，春天會比任何季節更容易失去動物朋友。」

「如果我們一直提到牠，我就不得不看牠。」瑪麗盡可能輕柔地說，「我們說點別的好了，我有些事想告訴你。」

「牠會比較喜歡我們說別的事情的。」狄肯說，「你要告訴我什麼事？」

「嗯……你知道柯林嗎？」她小聲說。

他轉過來看著她。

「你知道關於他的什麼事呢？」

「我見過他，這一個星期我每天都去陪他說話。他要我去的，他說我讓他忘了生病和會死掉的事。」瑪麗回答。

狄肯聽到後鬆了一口氣，驚訝的表情從他圓圓的臉上消失了。

「我很開心聽到這樣的事。」狄肯叫了起來。「我真的很開心，我覺得放心多了。我知道不可以談起有關他的任何事，但是我不喜歡把事情藏在心裡。」

「你不喜歡把秘密花園的事藏在心裡嗎？」瑪麗問。

「我永遠不會說出去的。」他回答，「不過，我跟媽媽說：『媽媽，我有一個秘密不能說，不是不好的事

情，你知道的，就跟隱藏鳥巢差不多。你不會介意，對不對？』」

瑪麗總是想聽到和他的媽媽有關的事情。

「她怎麼說？」瑪麗問，一點也不擔心聽到結果。

狄肯溫和地露齒笑了。

「她說的話就像她的人一樣。」他回答。「她摸摸我的頭，笑著說：『孩子，你想要藏住什麼秘密都可以，我已經認識你十二年了。』」

「你怎麼會知道柯林？」瑪麗問。

「大家都知道克萊文主人有一個孩子，長大後可能會變成殘廢，克萊文主人不喜歡別人談起他。村民都替克萊文主人難過，因為克萊文太太在世時，是那麼年輕美麗，他們又是那麼恩愛。梅拉克太太到密蘇威特村莊時，都會順路到我們家的小房子作客，她不介意在孩子面前和媽媽聊到這件事，因為她知道我們值得信任。你怎麼發現他的？瑪莎上次回家時很煩惱，她說你聽到他鬧脾氣的哭聲，還問了她問題，她不知道怎麼回答。」

瑪麗將事情的經過告訴他。她說那天半夜咆哮的風聲把她吵醒，然後遠處傳來了模糊的哭鬧聲，讓她決定拿著蠟燭走在黑漆漆的走廊，最後打開門，發現一個燈光黯淡的房間，角落擺著一張四隻腳的雕刻床。當她在描

述柯林灰白的小臉和長著黑色睫毛的奇怪眼睛時，狄肯搖了搖頭。

「人們都説他的眼睛和他母親的一樣，只是他的媽媽總是笑臉迎人；還説克萊文先生沒辦法忍受在柯林小主人醒著的時候去看他，是因為他們的眼睛看起來太像了，但是長在那張不幸的小臉上，看起來卻那麼不一樣。」

「你認為他希望柯林死掉嗎？」瑪麗小聲地問。

「不希望。不過柯林他希望他自己從沒被生下來。媽媽告訴我，對一個小孩來說，那是世上最糟糕的事了。那些沒人照顧的小孩都不會健康地長大。克萊文主人會為這個可憐的孩子買任何東西，卻希望忘記他還活在世上。他最害怕的一件事就是有一天看到他也變成駝背。」

「柯林也很害怕自己會變成駝背，所以都不想坐起來。」瑪麗説，「他說他常常在想，如果他發現背上長出腫塊，他一定會發瘋，然後尖叫到死掉為止。」

「啊！他不應該一直躺著想那些事。」狄肯説，「要是他老是想著那些事，是不可能變健康的。」

小狐狸躺在靠近他身旁的草地上，不時抬頭要狄肯拍拍牠，於是狄肯彎身輕輕撫摸牠的身子，靜靜地想了一會。不久後他抬起頭來，看看花園四周。

「我們第一次進來這裡的時候，」他說：「這裡的一切似乎都死氣沉沉的。現在，你看看周圍是不是不一樣了。」

瑪麗環顧一下花園，微微屏住氣息。

「啊！」她喊了出來。「那道灰色的圍牆改變了，上面好像有綠色的霧氣瀰漫，就像罩著一層薄紗一樣。」

「對啊！」狄肯說。「而且會越來越綠，直到灰色都消失。你知道我正在想什麼嗎？」

「我猜一定是好事。」瑪麗急切地說：「我想一定和柯林有關。」

「我在想要是他能來這裡，就不會一直想著背上會長出腫塊。他可以看看花蕾在玫瑰灌木上長出來，應該會變得更健康一點。」狄肯解釋：「我在想我們可不可以讓他來這裡，坐著輪椅待在樹下。」

「我也這麼想，幾乎每次和他說話，我都會想到這件事。」瑪麗說：「我不知道他會不會保守秘密，也不知道我們能不能不讓任何人發現，將他帶出來，也許你可以幫他推輪椅。醫生說他必須呼吸新鮮的空氣，而且如果他要我們帶他出來，沒有人敢違背他。他不會為了別人而出去，如果他願意跟我們出來，也許他們會很高興，他可以叫園丁們走開，這樣他們就不會發現了。」

狄肯一邊搔著隊長的背，一邊認真地思考著。

「我敢保證這樣對他會有很大的幫助。」他說，「我們不認為他從沒被生下來會是最好的，我們只是兩個想看看花園生長的小孩，而他是另一個。兩個小男孩和一個小女孩，一起在春天觀看植物的變化，我保證這會比醫生的藥物治療更有效。」

「有好長的一段時間以來他都躺在房間裡，擔心自己的背，這使他變得很奇怪。」瑪麗說，「他從書上知道了好多事情，但是其他就什麼都不知道了。他說他太虛弱，所以沒辦法去注意別的事情。他討厭外出，討厭花園，也討厭園丁，不過他喜歡聽這個花園的事，因為是秘密，我不敢告訴他太多，但是他說他想看看花園。」

「總有一天我們一定要帶他來這裡。」狄肯說，「我可以幫他推輪椅。你有沒有注意到我們坐在這裡說話的時候，知更鳥和牠的伴侶一直在忙碌地工作著？牠正停在樹枝上，思考著要把嘴上銜著的枝葉放在哪裡最好。」

他發出低低的哨喚聲，知更鳥轉過頭，嘴裡仍銜著枝葉，質詢似的看著他。狄肯像班・威瑟斯塔夫那樣和牠說話，不過他的語氣就像對朋友的忠告。

「不管你把枝葉放在哪裡，」狄肯說：「都再適合不過了，你還沒孵出來之前，就已經知道如何築巢了。繼

續工作吧！小夥伴，時間很珍貴的。」

「噢！我好喜歡聽你和牠說話！」瑪麗開心地笑著說，「班・威瑟斯塔夫會罵牠，還會開牠玩笑，牠會在四周蹦蹦跳跳，好像聽得懂每一句話，我知道他喜歡牠。班・威瑟斯塔夫說牠很自大，寧可讓人丟石頭，也不願意沒人注意到牠。」

狄肯也笑了，繼續說：

「你知道我們不會打擾你。」他對知更鳥說：「我們也是野生動物，我們也在築巢。祝福你了。小心，不要把我們的秘密說出去。」

雖然知更鳥因為嘴上銜著東西沒空回答，但是瑪麗知道，當牠銜著枝葉，飛到牠自己的花園一角時，牠黑露珠般明亮的眼睛告訴了她，牠是不會將秘密說出去的。

chapter 15
築巢

Chapter
16

「我不會來！」瑪麗說。

他們生氣地瞪著對方時，就好像是天生一對。如果換成是兩個在大街上的孩子，也許會打架。現在這樣，就像剛打完架，接著彼此罵了起來。

那天早上，他們發現許多可以做的事情，瑪麗很晚才回到屋子裡，飯後又匆匆忙忙地回花園工作，最後才想到柯林。

「告訴柯林我還沒辦法去看他。」她對瑪莎說：「我在花園裡很忙。」

瑪莎看起來非常害怕。

「啊！瑪麗小姐，」她說：「要是我這麼告訴他，他一定會不高興。」

但是，瑪麗並不像其他人那樣害怕他，她不是一個會自我犧牲的人。

「我不能再待在這裡了，狄肯在等我。」她回答，說完就跑走了。

比起早上，下午的工作更加忙碌也更加愉快，花園裡的雜草幾乎全部都被拔光了，大部分的玫瑰和樹叢都修剪過或挖鬆過了。狄肯帶來了自己的鏟子，也教瑪麗使用她的園藝工具。現在，即使這個可愛的地方顯然不太可能變成「園丁的花園」，但是在春天結束之前，也會自然而然地長出許多植物來。

「到時候上面會開出蘋果花和櫻花，」狄肯一邊說，一邊用盡全力地工作。「靠牆的桃樹和李樹也會開花，草地也會像鋪上地毯一樣遍地開滿花。」

　　小狐狸和白嘴烏鴉和他們一樣，又忙碌又快樂，知更鳥和牠的伴侶飛來飛去，就好像掠過一道道小小的閃光。有時候，白嘴烏鴉會拍動牠的黑翅膀，在庭園的樹梢上飛翔，每次牠飛回來停在狄肯身旁，都會鳴叫幾聲，彷彿在敘述牠的冒險故事，狄肯像對知更鳥說話那樣對牠說話，有一次，因為狄肯太忙而沒有回答，牠還停在他的肩膀上，用牠的嘴拉扯他的耳朵。瑪麗想休息一下，狄肯便和她坐在樹下，從口袋裡拿出笛子，輕柔地吹奏起奇怪的小調，有兩隻松鼠出現在牆上看著他，傾聽笛音。

　　「你比以前強壯很多。」狄肯一邊看著正在挖土的瑪麗一邊說：「看起來也不一樣了，真的。」瑪麗因為運動，加上心情好的關係，顯得容光煥發。

　　「我每天都在變胖。」她開心地說：「梅拉克太太很快就要幫我買些比較大的衣服了。瑪莎也說我的頭髮變多了，不像以前那麼塌、那麼稀疏了。」

　　他們要離開時，太陽已經逐漸西下，在樹底投射出金色的光芒。

　　「明天會是好天氣。」狄肯說，「太陽一出來，我就來花園工作。」

　　「我也要。」瑪麗說。

　　瑪麗快速地跑回屋裡，她想要告訴柯林關於狄肯的小狐狸和白嘴烏鴉的事、還有春天對萬物所帶來的變化。她相信他會喜歡聽她說這些事。所以當她打開門，看到瑪莎帶著陰沉的表情等著她時，心裡並不太高興。

　　「怎麼了？你告訴柯林我不能去時，他說了什麼？」瑪麗問。

　　「啊！」瑪莎說：「我真希望你能去，他又鬧脾氣了，整個下午我們都在想辦法讓他安靜下來。他一直在看時鐘。」

　　瑪麗的雙唇抿得緊緊的。瑪麗和柯林一樣，她一向不懂得為別人著想，她不知道為什麼一個脾氣那麼壞的男孩，竟然要干涉她最喜歡的事情。她完全不懂得去同情生病又神經緊張的人，他們不知道要克制脾氣，好讓別人不會跟著生病又神經緊繃。當她在印度時，如果頭痛，她總是想盡辦法想像別人也在頭痛，或者非常不舒服。她以前覺得這樣想是非常正確的，不過，現在她覺得柯林不對。

　　當她走進他的房間時，他並沒有坐在沙發上，他平躺在床上，瑪麗進來時也不轉頭看她。這是很不好的開始，她態度很不自然地向他走去。

　　「你為什麼不起床？」她說。

「早上的時候,我以為你會來就起床了。」柯林看也不看她一眼。「下午我又叫他們將我放回床上,我的背好痛、頭也好痛,我很累。你為什麼沒來?」

「我和狄肯在花園裡工作。」瑪麗説。

柯林皺了皺眉頭,擺出架子看著她。

「如果你要和那個男孩子待在一起,不來陪我説話,我就不讓他來這裡。」他説。

瑪麗非常不開心,她生著悶氣,變得不高興又倔強,對什麼都不在乎。

「如果你不讓狄肯來,我就再也不踏進這間房間了!」她反駁説。

「如果我要你來,你就得來。」柯林説。

「我不會來!」瑪麗説。

「你一定要來。」柯林説,「他們會把你拖進來。」

「那就讓他們拖進來吧!小王爺!」瑪麗很兇地説:「他們可以把我拖進來,可是沒辦法讓我開口説話。我會坐在這裡把嘴巴閉得緊緊的,一句話也不跟你説,我甚至不會看你,我只會盯著地板!」

他們生氣地瞪著對方時,就好像是天生一對。如果換

成是兩個在大街上的孩子，也許會打架。現在這樣，就像剛打完架，接著彼此罵了起來。

「你是個自私鬼！」柯林吼道。

「那你呢？」瑪麗說：「自私的人總是說別人自私，要別人做不想做的事的人才自私。你比我還自私！你是我看過最自私的小男孩！」

「我才不是！」柯林高聲喊道：「我才不像你的狄肯那麼自私！他知道我一個人待在這裡，卻把你留在那裡玩泥土。如果你要說，他才真的自私！」

瑪麗的眼睛閃著火光。

「他比世界上任何一個男孩子都還要好！」她說：「他……他就像一個天使！」這樣說可能聽起來很笨，不過她不在乎。

「一個善良的天使！」柯林毫不留情地嘲笑：「他只不過是荒野上小屋子裡的一個普通男孩！」

「他比一個普通的小王爺還要好！」瑪麗反駁：「簡直好一千倍！」

由於瑪麗比較強硬，所以她開始佔了上風。事實上，柯林從來沒有和一個跟他一樣蠻橫的人吵過架，整體來說，這對他有非常大的好處，雖然他和瑪麗完全沒有察

chapter 16

「我不會來！」瑪麗說。

覺到這一點。他將臉轉向枕頭，閉上眼睛，眼眶裡一顆顆碩大的淚珠，流到臉頰上，他開始為自己——不是為別人——感到傷心難過。

「我沒有你自私，我一直生病，而且我相信我就要變成駝背了。」他說，「我快要死了。」

「你不會死的！」瑪麗反駁，一點也不同情他。

柯林憤怒地睜大眼睛，他以前從來沒聽過這種話。他很生氣，卻又有點高興——如果一個人可以同時有兩種情緒的話。

「我不會死？」他喊著，「我會死，你知道我會的！大家都這麼說。」

「我不相信！」瑪麗不高興地說：「你只是說出來讓人替你難過而已，我相信你說這些話時，心裡一定很驕傲。我不相信！如果你是個很好的小男孩，可能是真的——可是你太討人厭了！」

雖然柯林的背很虛弱，卻像正常人一樣氣得在床上坐了起來。

「給我出去！」他喊著，然後抓起枕頭向她丟過去。他的力氣不夠大，丟得不遠，枕頭落在瑪麗的腳邊，她的臉卻像胡桃鉗般繃得緊緊的。

「我要走了。」她説,「我以後再也不來了!」

她朝門的方向走去,走到門邊時她又轉過身開口説話。

「本來我想要告訴你好多有趣的事。」她説,「狄肯帶來了小狐狸和白嘴烏鴉,我打算全部説給你聽的,但現在我什麼也不想告訴你了!」

她走出房間,把門關上,非常驚訝地發現保母就站在門外,好像在偷聽,更令人驚訝的是──她竟然在笑。她是一個年輕好看的大個子女人,她應該不能算是一個正式的保母,她無法忍受照顧有缺陷的人,她經常找藉口離開,把柯林交給瑪莎或其他可以代替她的人。她用手帕掩住嘴咯咯笑,瑪麗一向不喜歡她,於是站在那,抬頭看著她。

「你在笑什麼?」瑪麗問她。

「笑你們兩個小孩啊!」她説,「對一個生病又嬌生慣養的小孩來説,有一個和他一樣被寵壞的小孩和他對抗,那是再好不過的事了。」她用手帕掩住嘴又咯咯笑了起來。「要是他有一個兇巴巴的姐妹可以和他吵架,那麼他就有救了。」

「他會死掉嗎?」

「我不知道,也不在乎。」保母説,「他的病有一半

是因為他的歇斯底里和亂發脾氣。」

「什麼是歇斯底里？」瑪麗問。

「像他這樣和你鬧完脾氣後，你就知道了——無論如何，你已經讓他歇斯底里了，我覺得很高興。」

瑪麗回到房間，心情一點都不像剛才從花園回來時那樣愉快，她既生氣又失望，但一點都不替柯林難過。她原本很期待告訴他許多事情，還考慮能不能安心地把這個大秘密告訴他。一開始她以為可以，現在卻完全改變心意，她永遠都不告訴他這個秘密，如果他喜歡，他可以待在房間裡，永遠不呼吸新鮮空氣，然後死掉！他活該！瑪麗很不高興，也不覺得憐憫，有好一會，她幾乎忘了狄肯，還有瀰漫在這個世界的綠色薄紗，以及從荒野上吹來的微風。

瑪莎正在等她，她臉上的苦惱暫時消失了，取而代之的是興致昂然以及好奇。她看到桌上擺著一個木盒子，盒蓋已經打開，裡面裝滿了一袋一袋包裝整齊的東西。

「這是克萊文先生寄給你的，」瑪莎說：「裡面好像有圖畫書。」

瑪麗想起她到他書房的那一天，他問過她要什麼。「你想要什麼東西——洋娃娃、玩具，還是書？」她拆開包裝紙，想看看是不是洋娃娃，她擔心克萊文先生真的

送她洋娃娃，她要洋娃娃做什麼？不過，他並沒有送洋娃娃，而是許多和柯林房裡一樣漂亮的書，其中有兩本是關於花園的，裡面全都是圖片。還有兩三套玩具，以及一個漂亮的小文具盒，上面印著一個她名字第一個字母的金色圖案，還有一枝金色的筆和一瓶墨水。每一樣東西都這麼好，她的開心慢慢取代了憤怒。她原本並不期待被記得，一顆小小、冷淡的心因此溫暖了起來。

「我的字寫得比印刷體字還要好。」她說，「我想做的第一件事，就是用這枝金色的筆寫一封感謝的信給他。」

如果她和柯林還是好朋友，她會立刻將禮物拿給他看，一起讀讀園藝書或玩遊戲，那麼他會玩得很開心，就不會再想起他會死掉，或者把手放在脊椎上看有沒有長出腫塊來了。她沒辦法忍受柯林這樣做，這讓她覺得不舒服又很害怕，因為柯林自己看起來也很害怕的樣子。他說如果有一天他發現長出小腫塊，就知道自己快要變成駝背了。梅拉克太太悄悄對保母說的話，讓他有了這樣的想法，他曾經偷偷地仔細思考過，而現在已經在他心底定了型。梅拉克太太說，他的爸爸的背也是小時候像這樣彎曲的。柯林只告訴過瑪麗，他們形容他的「大發脾氣」，大部分都是因為隱藏在心裡的害怕所爆發出來的歇斯底里。他這樣告訴瑪麗時，她為他感到很難過。

「當他煩躁或者很累的時候，他就會開始想著這些事。」瑪麗對自己說，「他今天又煩躁起來了，或許、或許整個下午他都在想這件事。」

她靜靜地站著，低頭看著地毯沉思。

「我說過我再也不去看他……」瑪麗皺皺眉頭猶豫著。「或許，或許我應該去看看他—— 如果他要我去的話—— 早上的時候。或許他又會對我丟枕頭，不過，我想……我還是會去。」

Chapter

17

鬧脾氣

現在這個生氣、毫無同情心的小女孩倔強又堅決地說他並不像自己所想的那樣，他覺得她說的也許是真的。

因為早上起得很早，又在花園裡認真工作，瑪麗覺得又累又睏，所以她一吃完瑪莎送來的晚餐後，就很高興地上床睡覺了。她枕著枕頭躺著，喃喃自語：「明天吃早餐前，我要出去和狄肯一起工作，之後……我想我會去看他。」

大概在半夜，她被一個可怕的聲音吵醒了。她立刻跳下了床，是什麼聲音？那是什麼聲音？接下來，她知道那是什麼了。門被打開又被關上，走廊裡響起匆忙的腳步聲，有人同時又哭又尖叫，聽起來非常可怕。

「是柯林。」她說，「他又開始大發脾氣了，這就是保母口中說的歇斯底里，聽起來真的好可怕！」

她聽著啜泣的尖叫聲，知道了大家為什麼害怕，寧可讓他為所欲為，也不想聽到這個聲音。她用手摀住耳朵，覺得很不舒服，她顫抖了起來。

「我不知道該怎麼辦，我不知道該怎麼辦。」她不停地說著：「我受不了了。」

她曾想過，如果她大膽地跑去看他，他會不會就停下來不哭了，但是她想起他曾經把她趕出房間，如果他看到她情況也許會更糟。即使她用手緊緊摀住耳朵，還是聽得到那可怕的聲音，她非常討厭那個聲音，而且她也被嚇到了，她覺得自己也想發脾氣嚇嚇柯林。她一向只習慣自己的壞脾氣，於是她把耳朵上的手放開，跳起來

直跺腳。

「他該停止了！應該有人讓他停下來！應該要有人去打他！」她叫了出來。

就在此時，她聽到走廊傳來了跑步聲，她的門打開了，保母走了進來，此刻保母完全笑不出來了，她的臉色看起來很蒼白。

「他又歇斯底里了。」她急急忙忙地說：「他會傷害他自己，我們都拿他沒辦法。你去試試看，乖孩子，他喜歡你。」

「他今天早上才把我趕出來。」瑪麗激動得直跺腳。

這跺腳使保母相當高興。事實上，她原本擔心瑪麗會把頭埋在被單下哭。

「這樣就對了！」她說，「你這樣的心情剛剛好，你可以去罵他，讓他想想別的事，快去，孩子，快點過去。」

後來瑪麗才發現這件事確實又好笑又可怕——好笑的是，所有的大人都很害怕，所以跑來找一個小女孩幫忙，就因為他們認為她的脾氣和柯林一樣壞。

她沿著走廊飛奔，越接近哭叫聲，她的怒氣就升得越高。到達門口時，她非常不高興，她啪的一聲推開門，

擅自跑到四腳床的旁邊。

「你不要哭了！」她大喊：「你不要哭了！我討厭你！大家都討厭你！我希望大家都離開這房子，讓你自己尖叫到死掉！我希望等一下你就會尖叫到死掉。」

一個善良且富有同情心的小孩，是不會想到並說出這種話的。可是，對這個歇斯底里的小男孩來說，這些話使他感到非常驚訝—— 這可能是再好不過的事情了，因為從來沒有人敢管教或反駁他。

柯林的臉朝下，手不斷打著枕頭，他一聽到這小小的怒罵聲，快速地躍起並翻過身來。他的臉看起來很可怕，哭得腫脹，一陣紅一陣白，他喘著氣，幾乎快要窒息。不過野蠻的小瑪麗一點都不在乎。

「如果你再尖叫一聲，」她說：「我也要大聲尖叫。我會叫得比你還大聲，我要嚇死你，我要嚇死你！」

他真的停止尖叫了，因為她嚇到他了。不斷的哭鬧幾乎讓他無法呼吸，眼淚從他臉上滑落，他全身顫抖著。

「我停不下來！」他一邊喘氣一邊嗚咽。「我停不下來—— 我停不下來！」

「你可以！」瑪麗說，「你生病的原因，有一半是因為歇斯底里和壞脾氣！你老是歇斯底里、歇斯底里——歇斯底里！」她每說一次就踩一次腳。

「我感覺到腫塊了——我感覺到了！」柯林哽咽地說，「我就知道我會、我會變成駝背然後死掉。」然後他又開始扭動身子，轉過臉嗚咽啜泣，但是沒有尖叫。

「你沒有什麼腫塊！」瑪麗兇巴巴地反駁他，「如果你覺得有腫塊，那也只是歇斯底里的腫塊，歇斯底里會長出腫塊來，那和你討厭的背沒有關係——都是歇斯底里的關係。你轉過來讓我看看！」

她喜歡「歇斯底里」這個詞，而且不知道為什麼，好像也對柯林起了作用。他或許和她一樣，以前從來沒聽過這個字。

「保母，」她命令著：「立刻過來這裡，讓我看看他的背！」

保母、梅拉克太太和瑪莎在門邊擠成一團，半張著嘴盯著她看，三個人都嚇得無法呼吸，保母有點害怕地往前走，柯林則嗚嗚咽咽喘不過氣來。

「或許他——他不肯。」保母猶豫地小聲說道。

柯林聽到了她說的話，斷斷續續啜泣著喘氣說：

「讓她看看！這樣她就會看到腫塊！」

他露出的背看起來瘦得可憐，他背上的每根肋骨和脊椎關節都數得出來，瑪麗並沒有真正去數它們，她彎

235

下身去，用她嚴肅、野蠻的小臉檢查，她看起來很不高興，像個小大人一樣，保母只好把頭轉過去，免得被發現她在偷笑。沉寂了一會，柯林屏著呼吸，讓瑪麗上上下下、來來回回專注地檢查他的脊椎，彷彿她是那位倫敦來的名醫。

最後她說：「連一個小腫塊也沒有！沒有比大頭針還大的腫塊——除了背脊的骨頭，你會感覺到它們，是因為你太瘦了。我的背也有過這樣的腫塊，它們就和你現在背上的一樣凸，直到我開始變胖就好多了，現在也還沒胖到可以把它們藏起來。你背上沒有比大頭針還大的腫塊！要是你再說，我就要笑你了！」

只有柯林自己知道，這些反駁他的童言童語對他產生的影響。如果他有任何人可以傾訴內心隱藏的害怕——如果他敢問一些問題——如果他有一個小孩玩伴，讓他可以不必躺在這間緊閉的大房子裡，呼吸著凝重的空氣，與這些忽視他、討厭他的人相處，他就會發現，大部分的害怕和病痛都是他自己製造出來的。然而，他卻經年累月、時時刻刻躺著，獨自想著自己的病痛和煩惱。現在這個生氣、毫無同情心的小女孩倔強又堅決地說他並不像自己所想的那樣，他覺得她說的也許是真的。

「我不知道，」保母大膽地說：「他想著脊椎上會長出腫塊，他的背很瘦弱，因為他不願意試著坐起來，

如果我知道他這麼想，我就會告訴他並沒有長什麼腫塊。」

柯林哽咽著，稍微轉過臉去看著保母。

「真的嗎？」柯林可憐地問。

「是啊！小主人。」

「你看吧！」瑪麗説。

柯林又將臉轉回枕頭，不過這回他斷斷續續地深呼吸，他激烈的啜泣已經慢慢停下來了，他靜靜躺了一會，大顆的淚珠從他臉頰上滑落，沾濕了枕頭。事實上，這些淚水表示他鬆了一口氣。不久之後，他又轉過去看著保母，奇怪的是，他對她説話已不再像小王爺那般了。

「你認為，我會……活到長大嗎？」他説。

保母一點也不機靈，也沒有慈悲的心腸，不過她會重複倫敦名醫説的話。

「也許會，只要你聽話，不亂發脾氣，而且常常到外面呼吸新鮮空氣。」

柯林已經鬧完脾氣了，他很虛弱，也哭累了，或許是因為這樣，他變得溫和多了。他微微向瑪麗伸出手，令

人高興的是，瑪麗的怒氣也消了，變得很溫柔，她也稍稍伸出手，所以他們算是握手言和了。

「我要、我要跟你出去，瑪麗。」他說，「我不討厭新鮮空氣了，如果我們能找到——」他及時打住原本想說的「如果我們能找到秘密花園」，又說：「如果狄肯可以來幫我推輪椅，我很想跟你們出去。我真的很想看看狄肯、小狐狸和白嘴烏鴉。」

保母重新整理弄皺的床舖，又抖一抖枕頭將它拉平，接著她給柯林和瑪麗各端來一杯茶。在激動過後能喝茶，瑪麗覺得很高興。梅拉克太太和瑪莎高興地悄悄離開了，等一切都回復平靜，安靜下來之後，保母看起來好像也希望能悄悄溜走。她是一個年輕且注重健康的女人，討厭被剝奪睡眠的時間，她看著瑪麗，毫無顧忌地打起呵欠來，瑪麗則將腳凳推近四腳床，握住柯林的手。

「你得回去睡覺了。」她對著保母說，「如果他不太心煩，等一下就會睡著了，他睡著後，我再回到隔壁房間睡。」

「你想要我唱印度奶媽教我的那首歌給你聽嗎？」瑪麗小聲地對柯林說。

他溫柔地拉住她的手，用疲倦、懇求的眼神看著她。

chapter 17
鬧脾氣

「噢，想。」他回答。「那首歌聽起來好輕柔，我馬上就會睡著的。」

「我會哄他入睡。」瑪麗對正在打哈欠的保母說，「你想走就走吧。」

「好吧！」保母有些勉強地說；「如果半小時後他還沒睡著，你就來叫我。」

「好。」瑪麗回答。

保母走出房間，等她一走，柯林又拉住瑪麗的手。

「我差一點說了出來。」他說，「還好我及時停下來。我不說了，我要睡了，不過你說你有好多好玩的事情要告訴我，你已經 —— 你已經找到進去秘密花園的方法了嗎？」

瑪麗看著他疲倦可憐的小臉和腫脹的雙眼，便起了憐憫之心。

「對、對啊！」她回答。「我覺得我已經找到了，如果你現在聽話睡覺，明天我會告訴你。」

他的手抖得相當厲害。

「噢！瑪麗！」他說，「噢！瑪麗！如果我能進去秘密花園，我就能活到長大了！可不可以不要唱那首印度

239

奶媽的歌，小聲地告訴我你想像中花園裡面的樣子，就像你第一天來的時候那樣。這樣我一定會睡著。」

「好。」瑪麗回答。「現在你把眼睛閉起來。」

他閉上了眼睛靜靜地躺著，她握著他的手，慢慢、輕聲地說。

「我想它已經荒廢好長一段時間了，所以植物都可愛地糾纏在一起。我想，玫瑰藤一定爬了又爬，已經從樹枝和牆上垂下來，爬了滿地—— 幾乎就像一層灰色的霧。有一些已經枯死了，不過大多數還活著，夏天時，玫瑰花會像簾幕和噴泉一樣盛開。而地底下一定滿是水仙花、雪花、百合花和鳶尾花的球莖，它們都想從黑暗的土壤中冒出來。現在已經是春天了，也許……也許……」

她輕柔低沉的聲音，使他越來越安靜，她看到了這樣的情景，繼續說下去。

「也許它們會從草地上長出來，也許現在已經長出幾叢紫色和金色的番紅花，也許葉子已經開始冒出來，並且舒展開來了，也許灰色一片已經改變了，換上一層綠色薄紗，有許多植物到處攀爬著。鳥兒們也都飛來看花園，因為它是這麼地安全和安靜。也許—— 也許—— 也許—— 」她輕柔緩慢地說：「知更鳥已經找到伴侶—— 正在築巢呢！」

chapter 17
鬧脾氣

柯林已經睡著了。

Chapter
18

「我們不要再浪費時間了。」

花園改變的時間來了，每一天每一夜，花園彷彿被魔法師的魔法棒掃過，從地底和樹枝裡長出了許多可愛的東西。

當然，第二天瑪麗並沒有很早起床，她睡到很晚，因為她很累。當瑪莎把早餐送來時，她告訴瑪麗柯林很安靜，不過生病發燒了，每次哭叫後，他都會像這樣把自己弄得筋疲力盡。瑪麗一邊吃早餐一邊聽著。

「他希望你可以盡快去看他。」瑪莎說：「他居然會喜歡你，真是奇怪。你昨天晚上狠狠地罵了他一頓，對不對？沒有人敢這麼做。啊，可憐的孩子！他真的是被寵壞了。媽媽說有兩件最糟糕的事情是小孩子最怕的：一件是不讓他隨心所欲，另一件是讓他為所欲為，不過她不知道哪一件事情比較糟糕。你也發了很大的脾氣，但我進去他的房間時，他對我說，『請你去問問瑪麗小姐願不願意過來陪我說話？』他居然說『請』耶！你會過去嗎，小姐？」

「我要先去找狄肯。」瑪麗說，「不，我要先去看柯林，我要告訴他——我知道我要跟他說什麼了。」她突然有了一個想法。

她戴上帽子出現在柯林的房間時，有一瞬間柯林看起來很失望。他躺在床上，臉色十分蒼白，眼睛周圍還浮現著黑眼圈。

「我很高興你來了。」他說，「我的頭好痛，全身都好痛，我好累。你要去別的地方嗎？」

瑪麗走過去靠在床邊。

「我不會待太久，」她説：「我要去找狄肯，不過我會再回來。柯林，那是——那是關於秘密花園的事。」

他整個臉都亮了起來，泛出微微的紅光。

「噢！真的嗎！」他叫了出來：「我一整晚都夢到那個花園，聽你説了關於灰色變為綠色的事，我夢到我站在一個地方，到處都是小小的綠色葉子搖曳著，到處都有鳥兒棲在巢裡，牠們看起來好溫馴、好安靜。我會躺著一直想，直到你回來。」

五分鐘後，瑪麗又和狄肯一起出現在他們的花園裡。小狐狸和白嘴烏鴉還是跟著他，這次他又帶來了兩隻松鼠。

「今天早上我是騎小野馬來的。」他説，「啊！牠的名字叫跳躍，是個強壯的小伙子。我還帶來了這兩隻，就在口袋裡，這一隻叫胡桃，另外這一隻叫果殼。」

當他叫胡桃時，一隻松鼠跳到他的右肩上，當他叫果殼時，另一隻則跳到他的左肩上。

當他們在草地上坐下時，隊長踡縮在他們腳邊，煤灰停在樹上安靜地傾聽著，胡桃和果殼則在他們旁邊嗅來嗅去，瑪麗覺得她無法忍受要離開這樣令人開心的事物。不過，不知道為什麼，當她開始告訴狄肯昨天晚上發生的事情時，狄肯臉上表情使她改變了心意。她發現

他比她更替柯林難過，他仰望著四周的天空。

「聽聽鳥兒們——牠們好像在世界的每一個角落，到處都有牠們的鳴叫聲和啁啾聲。」他說，「看牠們到處飛來飛去、聽牠們呼喊著彼此，春天一到，全世界好像都在呼喊著！你可以看到樹葉都舒展開來了。還有，天啊！到處都是好香的味道！」狄肯用他向上翹的鼻子高興地聞著。「那個可憐的孩子，關起門來躺在那裡，他認識的東西不多，所以才會胡思亂想，想到都尖叫了。哎呀！我們必須帶他出來，我們必須讓他看看花草、聽聽鳥鳴，聞聞空氣裡的芳香，沐浴在陽光底下。我們不要再浪費時間了。」

當他興致高昂時，常常會用約克郡方言說話，平常他會試著修飾他的發音，好讓瑪麗聽懂他說的話。不過，瑪麗很喜歡他的約克郡口音，也一直在學，現在她會說一點了。

「對，我們要快點。」她說。「我跟你說我們首先應該怎麼做。」她繼續說，狄肯露齒笑了，因為這個小女孩舌頭打結地說著約克郡方言，逗得他非常開心。「他很喜歡你，他想要看你，也想看煤灰和隊長。等我回去後，我會問他能不能讓你明天早上去看他——帶著你的小動物一起去——然後，等這裡長出更多葉子、冒出一些花苞後，我們就把他帶出來，你可以推著他的輪椅，把他舒舒服服地帶到這裡，讓他看看這一切。」

她說完後感到相當自豪。她從來沒有用約克郡方言說過這麼多話，而且還記得這麼清楚。

「你一定要和柯林小主人說一點約克郡方言，就像你現在這樣。」狄肯咯咯笑著說：「你讓他也笑一笑，對生病的人來說，笑是最好的事了。媽媽說她相信每天早上笑半個小時，可以治好得斑疹傷寒的人。」

「今天我就要和柯林用約克郡方言說話。」瑪麗說著，自己也咯咯笑了起來。

花園改變的時間來了，每一天每一夜，花園彷彿被魔法師的魔法棒掃過，從地底和樹枝裡長出了許多可愛的東西。對瑪麗來說，要離開這裡並不容易，特別是胡桃這個時候爬上了她的衣裙，果殼也從他們坐著的蘋果樹幹上爬下來，用好奇的眼睛看著她。不過，她還是跑回去大房子，到柯林的床邊坐了下來，柯林也像狄肯那樣嗅聞著，雖然他還沒有什麼經驗。

「你身上聞得到花香，還有、還有很新鮮的味道。」他開心地叫了出來：「那是什麼味道？聞起來好清新、好溫暖、好甜。」

「那是從荒野吹來的風。」瑪麗說，「是我和狄肯、隊長、煤灰、胡桃和果殼一起坐在樹下的草地染上的味道。春天已經來了，外面陽光普照，芳香滿溢。」

　　她盡可能用很重的口音説。沒有真正聽過約克郡方言，是無法了解那口音有多重的。柯林笑了出來。

　　「你在説什麼？」他説，「我以前從來沒有聽你這樣説話，聽起來好好笑。」

　　「我在説約克郡方言啊。」瑪麗得意地回答。「雖然我説得沒有狄肯和瑪莎那麼好，但是你看，我也會説一點。你完全聽不懂約克郡方言嗎？你自己也是土生土長的約克郡孩子啊！真丟臉！」

　　接著她也笑了起來，然後兩人克制不住地笑著，一直笑到房間充滿了歡笑聲，這時梅拉克太太打開門進來，又退回到走廊上，很驚訝地站著傾聽。

　　「我的天啊！」她很驚訝地用濃重的約克郡口音説：「誰聽過這聲音！誰想過事情會像現在這樣！」

　　他們有好多話可以説。柯林似乎聽不膩狄肯、隊長、煤灰、胡桃、果殼，以及那匹叫跳躍的小野馬的事。牠是荒野上一匹毛很粗的小馬，眼睛上端垂著幾束茂密的毛，牠有一張漂亮的臉，牠用牠天鵝絨般的鼻子嗅來嗅去，牠以吃荒野上的草維生，所以很瘦，不過還算結實，腿上的肌肉就像鋼絲彈簧做成的一樣。當牠看到狄肯時，牠仰起頭輕聲嘶鳴，然後向他小步快跑過去，把頭擱在他的肩膀上，狄肯在牠耳邊説話，跳躍會用低沉奇怪的嘶鳴聲、吐氣聲和噴鼻聲回話。狄肯叫牠向瑪麗

伸出小小的前蹄，並用天鵝絨般的鼻子親吻她的臉頰。

「牠真的聽得懂狄肯對牠說的每一句話嗎？」柯林問。

「好像都聽得懂。」瑪麗回答。「狄肯說如果你和牠成為好朋友，牠就能聽得懂你說的每一句話，不過你得先和牠成為真的好朋友才可以。」

柯林靜靜地躺了一會，他奇異的灰眼睛正盯著牆上看，瑪麗知道他在思考。

「我希望可以和別人做朋友。」最後他說，「不過我沒有朋友，沒有人願意和我做朋友，而且我受不了別人。」

「你受得了我嗎？」瑪麗問。

「可以啊！」他回答，「雖然聽起來很好笑，不過我真的喜歡你。」

「班・威瑟斯塔夫說我就像他一樣。」瑪麗說，「他說他敢保證我們有一樣的壞脾氣，我想你也跟他一樣，我們三個很像──你、我和班・威瑟斯塔夫。他說我和他都長得不好看，看起來都一臉不高興的樣子。不過我認識知更鳥和狄肯之後，就不再像以前那樣了。」

「你覺得你會討厭別人嗎？」

　　「會啊！」瑪麗毫不掩飾地回答。「如果是在認識知更鳥和狄肯之前讓我看到你，我覺得我會討厭你。」

　　柯林伸出瘦小的手碰了碰瑪麗。

　　「瑪麗，」他說，「我希望我從沒說過不讓狄肯來這句話。當時我很氣你說他是天使，還嘲笑你，可是……可是他或許是吧！」

　　「嗯，那樣說真的很好笑。」她坦承。「他的鼻子翹翹的，有一張大大的嘴巴，他的衣服全都是補丁，又說著約克郡方言，不過、不過如果真有一個天使來到了約克郡，並且住在荒野上——如果真的有一個約克郡天使——我相信他也能懂得綠色植物，也知道如何種植它們，他也會像狄肯那樣知道如何和野生動物溝通，而動物也認為他真的是一個好朋友。」

　　「我不會介意狄肯來看我。」柯林說，「我想要看看他。」

　　「我很高興你這麼說。」瑪麗回答，「因為——因為——」

　　突然間她想到這時候應該告訴他了。柯林知道新鮮的事情就要來臨了。

　　「因為什麼？」他急切地問。

瑪麗非常擔心，她從凳子站起來，走近他，握住他的雙手。

「我可以相信你嗎？我相信狄肯，因為鳥兒都相信他。我真的——真的可以相信你嗎？」瑪麗懇求地問。

她的表情嚴肅，所以他小小聲地回答。

「可以——可以！」

「嗯，明天早上狄肯會來看你，他會帶著他的小動物一起來。」

「噢！噢！」狄肯高興地叫了起來。

「不只這樣。」瑪麗繼續說，臉色幾乎因為認真和興奮而發白。「接下來我要說的更棒，我找到了花園的門，就在牆上的長春藤底下！」

如果柯林是個健康強壯的男孩子，他可能會大喊「萬歲！萬歲！萬歲！」，可是他又病弱又歇斯底里，他只能把眼睛越睜越大，喘著氣。

「噢，瑪麗！」他喊，幾乎快哭出來了。「我可以看看它嗎？我可以進去裡面嗎？我可以活著進去裡面嗎？」他抓住她的雙手，將她拉向他。

「你當然可以看到花園！」瑪麗憤怒地說：「你當然

251

可以活著進去！不要那麼笨！」

　　她是那麼地鎮定、自然又天真，讓他立刻安靜了下來，然後笑自己。過了一會，她又重新坐回凳子上，向他描述花園真正的樣子，而不是她想像中秘密花園的樣子，柯林忘了病痛和疲倦，陶醉地聽著。

　　「就和你以前想像的一樣。」最後他說，「聽起來好像你以前就看過了，我是說你最一開始告訴我的時候。」

　　瑪麗猶豫了一下，然後大膽地說出真相。

　　「我看過，而且還在裡面待過。」她說，「我找到了鑰匙，幾個星期以前進去過。不過我不敢告訴你——我不敢，因為我還不確定能不能相信你！」

chapter 18

「我們不要再浪費時間了。」

Chapter
19

「春天已經來了！」

柯林穿著晨袍，直挺地坐在沙發上，正在看一本園藝書上的圖畫，和那個不可愛的女孩說話，可是這個時候，實在不能說她不可愛，她的臉正因為喜悅而容光煥發。

當然，柯林鬧脾氣之後，克萊文醫生一大早就被請來了。每當發生了這種事，他總是立刻被請來，每次他一抵達，就會看到這個蒼白虛弱的男孩躺在床上，悶悶不樂。他是那麼地歇斯底里，隨時都會因為一句話再度啜泣起來。其實，克萊文醫生既害怕又討厭在這種麻煩的時候赴診，所以這次他一直到了下午才來到密蘇威特莊園。

「他的情況怎麼樣？」他抵達時，十分不耐煩地問梅拉克太太。「總有一天他的血管會在發脾氣時破裂的。這個孩子已經歇斯底里和任性到快瘋了。」

「先生，」梅拉克太太回答：「你看到他的時候，會無法相信自己的眼睛，那個幾乎和他一樣壞、長得不可愛又一臉不高興的小女孩已經迷住他了。沒有人知道她是怎麼辦到的。天曉得，她既沒什麼可以看的，也很少聽見她說話，可是她卻做了我們不敢做的事——昨天晚上她像一隻貓一樣奔向他，不斷跺腳命令他不要哭鬧。不知道為什麼，她確實嚇到他了，所以他真的停了下來，直到現在……先生，你得上來看看，這實在令人不敢相信。」

當克萊文醫生走進柯林的房間，裡面的景象確實令他大為震驚。梅拉克太太打開房門時，他聽到房裡傳來的談笑聲。柯林穿著晨袍，直挺地坐在沙發上，正在看一本園藝書上的圖畫，和那個不可愛的女孩說話，可是這

個時候，實在不能説她不可愛，她的臉正因為喜悦而容光煥發。

「我們要種好多這種長芽狀的藍色植物。」柯林説：「它們是——翠——雀——花。」

「狄肯説它們是又高又大的飛燕草！」瑪麗小姐喊道：「那邊已經有好幾叢了。」

他們看到克萊文醫生進來後就停了下來，瑪麗變得很安靜，柯林顯然生氣了。

「聽説你昨天晚上又發病了，我很難過，孩子。」克萊文醫生有點緊張地説，他是一個很容易緊張的人。

「我現在好多了——好多了。」柯林像印度小王爺那樣説話。「這一兩天如果天氣好的話，我想要坐輪椅出去，我想要呼吸新鮮的空氣。」

克萊文先生坐在他身旁測量脈搏，好奇地看著他。

「那天氣一定得非常好才行。」他説：「你一定要小心不要累壞了。」

「新鮮的空氣不會讓我累。」小王爺説。

以前這位小紳士總會憤怒地尖叫，堅持説新鮮的空氣會讓他感冒，讓他死掉，也難怪這時他的醫生會對他的

話感到相當驚訝。

「我以為你不喜歡新鮮空氣。」他說。

「要是我一個人，我就不喜歡。」小王爺回答：「不過我的表妹要和我一起出去。」

「當然還有保母也一起出去？」克萊文醫生建議。

「不要，我不要保母一起。」柯林說話的時候是那麼有威嚴，瑪麗不禁又想起那位印度小王爺——全身戴著鑽石、翡翠和珍珠，還有他揮舞著戴紅寶石的黝黑小手，命令他的僕人對他行額手禮，聽命於他。

「我的表妹知道如何照顧我，昨天晚上她讓我覺得好多了，有她陪著我，我覺得自己越來越好。有一位我認識的、非常強壯的男孩子會幫我推輪椅。」

克萊文醫生擔心極了，因為要是這個討人厭又歇斯底里的男孩身體好轉，他就會喪失繼承密蘇威特莊園財產的機會。然而，他個性軟弱，不是個不擇手段的人，因此他不會讓柯林有任何的危險。

「那他必須是一個強壯穩重的男孩才行。」他說，「我也必須了解他才行，他是誰？叫什麼名字？」

「他叫狄肯。」瑪麗突然開了口。不知道為什麼，瑪麗覺得知道荒野的人，一定也都知道狄肯。她果然猜對

258

了，因為過了一會，他看到克萊文醫生嚴肅的臉上露出了輕鬆的微笑。

「噢，是狄肯啊！」他說，「如果是狄肯，你們的安全絕對沒問題。他就跟荒野上的小野馬一樣強壯，狄肯就是那樣。」

「而且他是個可以相信的人，」瑪麗說，「他是約克郡最讓人信賴的孩子。」她剛剛用約克郡方言和柯林說過話，現在她又忘我地說了出口。

「狄肯教你說的嗎？」克萊文醫生問，坦率地笑了出來。

「我把它當作法文在學習。」瑪麗相當冷淡地說：「這就像印度當地的方言，聰明的人都會學，我很喜歡，柯林也是。」

「好吧！好吧！」他說：「如果你們高興，我想那不會有什麼壞處的。柯林，你昨天晚上有沒有吃鎮定劑？」

「沒有。」柯林回答。「我沒有吃，瑪麗讓我安靜了下來，然後輕聲告訴我春天已經悄悄爬進花園的事。」

「聽起來好像很安撫人心。」克萊文醫生說，但他更加困惑了，他斜眼看了瑪麗小姐一眼，她正坐在凳子上，靜靜地低頭看著地毯。「你好多了，不過，你必須記

259

秘密花園

得──」

「我不想記得。」他又像小王爺那樣打斷醫生的話。「當我一個人躺著，記得所有事情時，我就會開始覺得全身都痛，我會胡思亂想，想要尖叫，因為我真的好討厭那些事情。如果某個地方有一個醫生，能讓我忘記自己生病，而不是總要我記得那些事情，我會請他到這裡來。」他揮著細小的手，那手真該戴著紅寶石做的高貴圖章戒指。「我的表妹能讓我忘記自己生病，所以我覺得好多了。」

克萊文醫生從來沒有在柯林鬧脾氣之後，只待了這麼短的時間就離開。通常他都要待很長一段時間，處理許多事情。今天下午他沒有開任何藥，或留下任何新的囑咐，也沒有看到不愉快的場面。他走下樓時看起來若有所思，當他走到圖書室和梅拉克太太說話時，她覺得他好像很困惑。

「看吧，先生。」她大膽地說：「你能相信嗎？」

「這確實是新的狀況。」醫生說：「無庸置疑的，比以前好多了。」

「我相信蘇珊・索維比說得真的沒錯。」梅拉克太太說：「昨天我去密蘇威特村莊時，順道去她的小房子聊聊，她對我說：『莎拉啊！或許她不是一個乖小孩，也不是一個好看的小孩，不過小孩畢竟是小孩，都會需要玩

260

伴的。』蘇珊・索維比以前和我是同學。」

「她是個很好的護士。」克萊文醫生說：「我在小房子裡看病時，有她在旁邊，我就知道病人有救了。」

梅拉克太太微笑了起來，她很喜歡蘇珊・索維比。

「蘇珊有她自己的一套方法。」她淘淘不絕地說下去：「昨天整個早上，我都在想著她曾說過的一件事。她說：『有一次孩子們打完架之後，我對他們說教了一番。我說「我以前上地理課時，老師告訴我地球的形狀就像一顆橘子，而我在不到十歲就發現了整顆橘子並不是屬於哪一個人的，每個人只能擁有自己的一小部分，有時候所擁有的部分還不夠轉身呢！可是你們不能、不能認為你們擁有整顆橘子，否則你們會發現你們都錯了，而為了找到正確的答案，你們將要付出辛苦的代價。」小孩子可以從小孩子身上學到的，就是爭奪整顆橘子是沒意義的，包括橘子皮在內，因為如果這麼做了，你可能連一粒種籽也吃不到，就算搶到了，吃起來也非常苦澀。』」

「她真是個明智的女人。」克萊文醫生一邊說著，一邊穿上外套。

「是啊！她真是能言善道。」梅拉克太太非常高興地說，「有時我會跟她說，『蘇珊啊！要是你的約克郡口音不要那麼重，有時我還真要誇獎你聰明呢！』」

　　當天晚上柯林睡得很熟，一覺到天亮。早上醒來時，他靜靜地躺著，臉上掛著微笑──這微笑是因為他感到無比舒適。醒來的感覺真的非常好，他舒暢地翻身伸展四肢，覺得綁緊他的繩子好像都鬆解開了，他獲得了自由。克萊文醫生若知道這件事，會對他說這是因為他的精神已經舒緩，獲得了休息的原因。這一次他並沒有躺著盯著牆看，希望自己不要醒過來，相反的，他的心裡充滿了昨天他和瑪麗想好的計畫、秘密花園的景象，還有狄肯和他的野生小動物……有好多事情可以想是多麼美好的事！他醒來不到十分鐘，就聽到走廊傳來的跑步聲，瑪麗已經站在門口了，接下來她走進房間，跑到他的床邊，帶來一股滿是早晨芬芳的新鮮空氣。

　　「你出去過了！你出去過了！你聞起來有葉子的香味！」他喊道。

　　她剛剛奔跑過，她的頭髮被風吹得亂蓬蓬的，臉上泛著光，雙頰紅潤，然而她自己並不知道這件事。

　　「花園好漂亮！」她說，因為跑來的關係，有點喘不過氣。「你一定從來沒看過那麼漂亮的景象！春天已經來了！我以為前幾天早上春天就來了，可是現在才來。春天現在已經來了，春天已經來了！狄肯也這麼說！」

　　「真的嗎？」柯林說。雖然他對春天一無所知，卻感覺得到心在撲通撲通地跳，他從床上坐了起來。

「把窗戶打開！」他笑著説，一半來自喜悦的激動，一半來自一時興起。「説不定我們可以聽到風鈴木的聲音！」

他笑著，瑪麗立刻跑到窗邊，一會就把窗戶都打開了，讓新鮮的空氣、花香和鳥聲全部湧進來。

「那是新鮮的空氣。」她説，「快躺著，然後深深吸一大口氣，狄肯躺在荒野上時，都是這樣做的。他説他感覺得到空氣在他的血管裡，使他變得更強壯，使他可以活到永遠，一口接一口呼吸。」

她只是重複狄肯告訴過她的話，不過這些話卻引起了柯林的注意。

「『永遠』！他真的這麼覺得嗎？」他問，然後照著她告訴他的，一次又一次呼吸，直到感覺有什麼新鮮喜悦的事，在他身上發生了。

瑪麗又走回了他旁邊。

「植物都從地底鑽出來了。」她繼續急切地説下去：「花兒都舒展開來了，每棵植物都長出花苞，綠色薄紗層幾乎要蓋過一片灰沉沉；小鳥們匆匆忙忙地築巢，就怕太晚了，有些甚至還為了在秘密花園裡搶地盤而打起架來；玫瑰叢看起來頑皮極了，小徑和林子裡都是報春花，我們播植的種子都長出來了，狄肯也帶來了小狐狸、白嘴

烏鴉、松鼠和剛出生的小羊。」

　　接著她停下來喘口氣。那隻剛出生的小羊是狄肯三天前發現的，當時牠正躺在荒野的荊豆叢裡死去的母羊身旁。牠並不是他發現的第一隻孤兒小羊，他知道怎麼照顧牠，他將牠裹在夾克外套裡帶回家，讓牠躺在火爐邊，用溫牛奶餵牠。牠像一團軟綿綿的東西，有一張可愛、傻呼呼的嬰兒臉，腿對牠的身體來說看起來有一點太長了。狄肯抱著牠走過荒野，他把奶瓶和松鼠一起放在口袋裡。當瑪麗坐在樹下，腿上躺著蜷曲著身體、暖呼呼的小羊時，她覺得內心充滿了奇異的喜悅而說不出話來，小羊──小羊！一隻活生生的小羊，像嬰兒一樣躺在腿上！

　　她非常快樂地描述著。柯林一邊聽，一邊大口呼吸著空氣。這時保母走了進來，她看到窗戶開著，感到有點驚訝。有好幾個暖和的日子，她都得坐在這個悶不通風的房間裡，因為柯林認為打開窗戶會讓他著涼。

　　「柯林小主人，你不覺得冷嗎？」她問。

　　「不覺得。」柯林回答，「我正在大口呼吸新鮮空氣，這讓我覺得強壯，我要起來，到沙發上吃早餐，我的表妹要和我一起吃早餐。」

　　保母掩住笑意離開，她吩咐廚房準備兩份早餐送來。她發現僕人大廳比病人的房間有趣多了，此刻大家

都知道樓上的消息。他們開了這個不受歡迎的小隱士的玩笑，廚師説：「他終於碰到他的『主人』，算他運氣好。」僕人們原本就對他愛鬧脾氣感到非常厭煩，而管家是個有家室的人，他不只一次表達了對這個病童的看法，他認為應該好好教訓他一頓才對。

柯林坐在沙發上，兩份早餐擺好之後，他又用最有小王爺威嚴的姿態跟保母説話。

「今天早上會有一個男孩、一隻小狐狸、一隻白嘴烏鴉、兩隻松鼠和一隻剛出生的小羊要來看我。他們一到就馬上帶他們到樓上來。」他説，「你們不可以留他們在僕人大廳裡玩，我要他們到這裡來。」

保母試著用咳嗽掩飾她微微的喘氣。

「好的，小主人。」她回答。

「我告訴你該怎麼做。」柯林揮揮手補充説道：「你可以叫瑪莎帶他們來這裡，那個男孩子是瑪莎的弟弟，他的名字叫狄肯，他是一個會施魔法吸引動物的人。」

「我希望動物不會咬人，柯林小主人。」保母説。

「我告訴過你他會施魔法。」柯林一絲不苟地説：「被他迷住的動物是不會咬人的。」

「印度也有玩蛇人。」瑪麗説，「他們能把蛇的頭放

進嘴巴裡。」

「天啊！」保母說，全身發抖。

他們在早晨的空氣中吃著早餐。柯林的早餐非常營養且豐富，瑪麗興致高昂地看著他。

「你會像我一樣越來越胖。」她說，「在印度時，我從來不吃早餐，現在卻天天都想吃。」

「今天早上我也想要吃早餐。」柯林說：「或許是因為新鮮空氣的關係。你知道狄肯什麼時候會來嗎？」

他就要來了。大約十分鐘後，瑪麗舉起了她的手。

「你聽！」她說：「你聽到烏鴉的叫聲了嗎？」

柯林仔細聽。真的聽到了，在屋內聽到這樣的叫聲，還真是全世界最奇怪的聲音。

「聽到了。」他回答。

「那是煤灰。」瑪麗說，「你再聽聽看，有沒有聽到很小聲的羊叫聲？」

「有！」柯林興奮地叫了起來。

「是那隻剛出生的小羊。」瑪麗說，「狄肯來了。」

狄肯穿的荒野靴子又厚實又笨重，他試著輕輕走過長

長的走廊，但還是發出了笨重的腳步聲。瑪麗和柯林聽到他漸漸走近了——他走近了，經過了織錦畫覆蓋著的門，走到柯林房前通道的柔軟地毯上。

「小主人。」瑪莎稟報，然後打開門。「小主人，狄肯帶著他的小動物來了。」

狄肯帶著開朗燦爛的笑容走了進來。剛出生的小羊被他抱在懷裡，小紅狐狸在他身旁快步小跑；胡桃坐在他的左肩上，煤灰棲在他的右肩上，而果殼的頭和爪子則從外套口袋裡探了出來。

柯林慢慢坐了起來，一直盯著他看——就像當初他第一次看到瑪麗時那樣一直盯著他看，不過，這次是帶著驚奇和喜悅的凝視。其實，雖然柯林聽過許多關於他的事，卻完全不知道他長什麼樣子，現在他的小狐狸、白嘴烏鴉、松鼠和小羊，都這麼靠近他，還有他友善的態度，這些幾乎都成了狄肯的一部分。柯林出生以來，從來沒有跟男孩子說過話，他是那麼沉醉於自己的喜悅和好奇，幾乎忘了開口說話。

可是狄肯一點都不覺得害羞或顯得笨拙。他第一次遇到白嘴烏鴉時，也沒有因為牠聽不懂他的語言、一聲不響地看著他而覺得不安——小動物在認識人之前都是這樣子的。他走向柯林的沙發，輕輕地將剛出生的小羊放在他的腿上，這隻小動物立即轉向暖和的天鵝絨晨袍，然後開始用鼻子在皺摺裡鑽來鑽去，並且用牠茂密的捲

毛頭，有一點不耐煩地頂著柯林的側腹。當然，不管是誰這個時候都會忍不住想問問題。

「牠在做什麼？」柯林叫道：「牠想做什麼？」

「牠想喝母奶。」狄肯笑著說：「我讓牠餓著肚子，帶牠來這裡，因為我知道你會喜歡看我餵牠喝奶。」

他在沙發旁跪了下來，然後從口袋裡掏出奶瓶。

「來吧！小夥伴。」他一邊說，一邊用曬成褐色的手溫柔地將牠毛茸茸的白色小頭轉過來。「這才是你要找的，吸吸這個吧！天鵝絨外袍上是吸不出什麼的。你看。」他把奶瓶的橡皮奶嘴拉出來，塞到牠的嘴巴裡，小羊就開始貪心陶醉地吸了起來。

之後他們變得無所不談。小羊睡著的時候，柯林和瑪麗問了很多問題，狄肯一個一個回答了。他告訴他們他是怎麼在三天前的早上、太陽才剛升起的時候發現小羊的。當時他正站在荒野上聆聽雲雀歌唱，看著牠往上飛向天空，直到變成藍天中的一小點。

「要不是聽到了牠的歌聲，我絕對找不到牠，牠似乎一下子就飛到別的世界了，我正想知道要如何才能再聽見牠的歌聲。就在這個時候，我聽到遠遠的荊豆叢裡傳來了別的聲音——那是微弱的羊叫聲，我知道那是一隻剛出生的小羊肚子餓的聲音，而且要不是牠失去了媽

媽，牠也不會餓得如此虛弱，所以我就開始尋找牠。我真的找了又找。我在荊豆叢裡裡外外地找，繞了又繞，總是轉錯彎。最後，我在荒野上一塊石頭旁，看見一團小小的白色物體，我爬了上去，終於找到了這隻又凍又餓、快要死掉的小羊。」

他說話時，煤灰認真地從打開的窗戶飛進飛出；胡桃和果殼跑到外面的大樹，在樹幹上爬上爬下，探究著樹枝；隊長蜷曲著身子趴在狄肯身旁，狄肯則坐在壁爐前的地毯上。

他們一起看園藝書裡的圖畫，狄肯知道所有花的俗名，還知道哪些花在秘密花園裡已經長出來了。

「我不知道要怎麼唸那個名字。」狄肯說，指著寫著「耬斗菜」的植物。「不過我們都叫它夢幻草。那邊的是金魚草，這兩種都可以在野外長成樹籬，不過有些種類是種在花園裡的，比較高大。花園裡也有些比較大株的夢幻草，開花時整個花床看起來就像一大群藍色和白色的蝴蝶在翩翩飛舞。」

「我想要去看看它們！」柯林叫道，「我想要去看看它們！」

「你一定要去看。」瑪麗相當嚴肅地說，「而且一點時間都不能浪費。」

「我會活下去──永遠！」

圍牆上、地上、樹上、搖曳的小樹枝上和捲鬚上，都爬滿了一層美麗綠薄紗般的嫩葉，樹下的草地還有亭子的灰甕，到處都抹上了一層金色、紫色和白色。

不過，他們還得再等一個星期，因為這幾天起了大風，柯林好像又要感冒了。這兩件事情接連發生，難怪他的心情不好。不過，他們還是有許多小心謹慎的秘密計畫要實行，那怕只能待幾分鐘。狄肯幾乎每天都來，他會說關於荒野上、林徑中、樹籬中還有小溪邊發生的事情。狄肯所說的關於水獺、獾，以及河鼠洞穴的事，就足以讓聽的人興奮得直發抖，更別說是鳥巢、田鼠和牠們的地洞了。當你從一個會能迷住小動物的人那裡，聽到這些小細節時，就會發現整個忙碌的地底世界正熱烈地活動著。

「牠們和我們一樣。」狄肯說：「只是牠們每年都要蓋新的家，整天忙碌地工作，直到蓋好為止。」

然而，最讓人全心全意投入的事情，就是悄悄地將柯林帶到秘密花園的準備工作。當坐著輪椅的柯林、狄肯和瑪麗轉過灌木叢的一角，踏上長春藤牆外的步道時，絕對不能讓任何人看到他們。

日子一天一天地過去，柯林越來越能感受到那股籠罩著花園神秘的氣氛，正是最吸引人的魔法，誰都不能破壞那樣神秘的氣氛，所以不能讓任何人懷疑他們有秘密。大家會以為他跟瑪麗以及狄肯出去，只是因為他喜歡他們，不會拒絕讓他們在戶外看著他。他們花很長的時間開心地討論去花園的必經之路——他們要從這條小徑走過去，再從那條小徑走回來，越過另外一條後，再

繞著噴泉旁的花床走，就像觀賞園丁領班羅奇先生種植在花床裡的植物那樣。這似乎是再合理不過的事了，沒有人會對他們有絲毫的懷疑。然後他們會轉進灌木叢步道，假裝迷路，直到來到長牆邊。他們精心想出來的路線，就好像戰爭時期偉大的將軍所設計出來的行軍路線。

當然，在這間病童房裡所發生的新鮮事，已經從僕人大廳傳到了馬房，也在園丁當中傳開來了。儘管如此，當有一天羅奇先生收到柯林小主人的命令，要他到他房間報到時，他還是感到很驚訝，因為這個病童要親自跟他說話。

「嗯。」他匆匆換上外套時，喃喃自語：「會是什麼事？小主人一向不喜歡別人看到他，現在卻要見一個他從來沒見過的人。」

羅奇先生非常好奇，他從未見過這個小男孩，卻聽說過他奇怪的外貌和行為舉止，還有他瘋狂的脾氣。他最常聽到的就是柯林隨時都可能死去的事情，還有許多對他的駝背和無力的四肢等奇怪的描述──而說這些事情的人從來就沒見過柯林。

「這棟房子的一切開始在改變了，羅奇先生。」梅拉克太太一邊說，一邊帶他走上通往走廊的樓梯，來到了這個神秘的房間。

「希望都是好的改變，梅拉克太太。」他回答。

「不會變得更糟的。」她繼續說：「奇怪的是，所有的僕人都發現他們的工作變輕鬆了。等一下要是你發現自己身處於一群動物當中，不要覺得太驚訝，羅奇先生！瑪莎‧索維比的弟弟狄肯比你和我還要自在、還要無拘無束呢！」狄肯確實具有一種類似魔法的能力，就像瑪麗相信的那樣。當羅奇先生聽到他的名字時，便慈祥地微笑了起來。

「不管是在白金漢宮或礦坑底下，他都能感到無拘無束。」他說，「而且他不是個不懂事的孩子，他是個好孩子。」

幸好他早有心理準備，不然此刻一定會被嚇到無話可說。當房門打開時，一隻大烏鴉似乎很自在地棲在高高的雕刻椅背上鳴叫，好像在報告有客人進來了。雖然梅拉克太太已經提醒過他了，羅奇先生還是有失體面地往後退了一步。

小王爺沒躺在床上，也沒坐在沙發上，他坐在一張扶手椅裡。一隻小羊站在他旁邊，搖著尾巴好像要人餵奶的樣子，而狄肯則跪下來拿著奶瓶餵牠；一隻松鼠站在狄肯彎下來的背上，專注地輕輕咬著堅果；那個印度來的小女孩則坐在一張大腳凳上看著。

「柯林小主人，羅奇先生來了。」梅拉克太太說。

小王爺轉過來仔細看著他的僕人──至少那是園丁領班當時的感覺。

「噢！你就是羅奇嗎？」他說，「我叫你來是有重要的事情要吩咐你。」

「小主人，請說。」羅奇一邊回答，一邊在想會不會是要他將庭園裡所有的橡樹砍下來，或者是把果菜園變成水上花園。

「我今天下午要坐輪椅出去。」柯林說，「如果我能適應新鮮空氣，我可能會天天出去。我出去時，不可以有任何園丁在花園圍牆旁的長步道附近，任何人都不准到那裡。我大約兩點鐘左右會出去，大家都要走開，等我說他們可以回到工作崗位上時，才可以讓他們回去。」

「是的，小主人。」羅奇先生回答，橡樹能夠被保留下來，果菜園也安全，讓他鬆了一口氣。

「瑪麗，」柯林轉向她，問：「在印度，若是吩咐完了要僕人離開，你都怎麼說？」

「我都說：『你可以下去了。』」瑪麗回答。

小王爺揮了揮他的手。

「你可以下去了，羅奇。」他說，「不過切記，這是

275

很重要的事。」

白嘴烏鴉粗嘎卻有禮貌地叫著。

「是的，小主人，謝謝，小主人。」羅奇說完，梅拉克太太將他帶出房間。

走廊外面，一向好脾氣的他微笑著，幾乎要笑了出來。

「天啊！」他說。「他的言行舉止還真像個君王！簡直集所有皇宮貴族的尊貴於一身！」

「唉！」梅拉克太太辯駁：「他一向都將我們踩在腳底下，好像大家生來就是為了讓他踩的。」

「如果他活下來，也許會改變吧！」羅奇先生暗示道。

「嗯，有件事倒是非常肯定。」梅拉克太太說，「如果他活了下來，而那個印度來的女孩也留在這裡，我保證，她會讓他明白其實整顆橘子並不是他一個人的，就像蘇珊·索維比說的那樣。他可能也會明白屬於他的那一部分有多少。」

房間裡，柯林正靠著墊子坐著。

「現在一切都安全了。」他說，「今天下午我就可以

看到花園了—— 今天下午我就可以進去裡面了！」

狄肯帶著他的動物回到了花園，瑪麗留下來陪柯林。她覺得他看起來並不累，不過午餐前卻很安靜，吃午餐時也都不說話，瑪麗覺得很奇怪，於是開口問他怎麼了。

「柯林，你的眼睛睜得好大。」她說，「你在想事情的時候，眼睛大得像盤子一樣，你在想什麼？」

「我忍不住就會想，它究竟是什麼樣子？」他回答。

「花園嗎？」瑪麗問。

「是春天。」他說，「我在想以前我從沒有真正看過春天呢！我幾乎不出門，就算出去了也從來都不看，我甚至連想都沒想過。」

「在印度時我從沒有看過春天，因為印度沒有春天。」瑪麗說。

雖然柯林一直都過著幽閉病態的生活，但他比瑪麗更有想像力，至少長期以來他看過許多精美的書和圖畫。

「那天早上，當你跑進來說『春天來了！春天已經來了！』的時候，我覺得非常奇怪，因為聽起來就像是遊行的隊伍，帶著響亮的歡呼聲，還有一陣陣的音樂聲走來一樣。我的某一本書裡有一張像這樣的圖畫—— 一群

可愛的人們和小孩子們戴著花環，拿著開花的樹枝，手足舞蹈地唱著歌，還推來推去、吹著笛子。那就是為什麼我說『或許我們可以聽到風鈴木的聲音』，然後要你打開窗戶的原因。」

「好有趣！」瑪麗說，「春天的感覺真的就像那樣，如果所有的花草、樹木、鳥兒和動物們一起跳舞經過，那會是多麼可愛的景象啊！所有的東西一定會手足舞蹈、唱歌、吹笛子，還會傳來一陣陣的音樂聲！」

他們倆都笑了，不過並不是因為這個想法好笑，而是因為他們都喜歡這樣的想法。

才一會，保母就將柯林打理妥當。她發現柯林不再像以前那樣躺著一動也不動，讓別人幫他穿衣服，而是坐起來試著自己穿，還一直和瑪麗聊天說笑。

「這幾天他的情況都很好，先生。」克萊文醫生順路來看柯林時，保母對他說：「他的精神很好，所以看起來強壯多了。」

「下午他回到房子時我再來看他。」克萊文醫生說，「我得看看外出是否適合他。我希望，」他低聲說，「他會讓你陪他一起出去。」

「我寧願現在就辭掉這個工作，也不願像你建議的留在這裡陪他出去。」保母突然很堅定地回答。

「我還沒決定要那麼做。」醫生有點緊張地說：「我們可以做個實驗，看看狄肯這個未經世故的孩子，是不是值得信任。」

房子裡最強壯的一個僕役將柯林抱下樓，把他放在屋外的輪椅上，狄肯站在旁邊等候著。男僕整理好柯林的毯子和墊子後，小王爺便對他和保母揮了揮手。

「你們可以下去了。」話說完後，他和狄肯很快就消失了，當僕人們安全回到屋裡時，他們一定還在咯咯笑。

狄肯開始慢慢地、穩定地推著輪椅，瑪麗走在旁邊。柯林向後靠，抬頭仰望天空，穹頂看起來非常的高，雪白的雲朵就像白鳥展開羽翼般飄浮在一片蔚藍之中。荒野上吹來一陣輕柔的風，帶來一股清新甜蜜的奇妙香味。柯林挺起單薄的胸膛呼吸，他的大眼睛彷彿在代替耳朵不斷傾聽著。

「有好多鳴叫聲、嗡嗡聲，還有呼喚的聲音。」他說：「風帶來的香氣是什麼？」

「那是荒野上荊豆花開的香氣。」狄肯回答，「啊！今天蜜蜂也飛來了，真是太棒了！」

他們走的路上一個人也沒有，園丁和小園丁全都被支開了。他們在灌木叢裡穿進又穿出，然後繞著噴水池旁

的花床走，懷著僅僅為了獲得神秘樂趣的心情，小心翼翼地沿著他們計畫的路線走。最後轉到長春藤牆旁的長步道時，一種近乎冒險般刺激的興奮感，讓他們不知不覺輕聲低語。

「到了。」瑪麗吸了一口氣說：「這裡就是我經常來回走著，覺得很奇怪的地方。」

「就是這裡嗎？」柯林說，一邊用好奇的大眼睛熱切地尋找著長春藤。「可是我什麼也沒看到。」他小聲地說：「沒看到門啊。」

「我當初也這麼想。」瑪麗說。

接下來是一陣令人屏息的靜默，輪椅繼續向前移動。

「這裡是班·威瑟斯塔夫工作的花園。」瑪麗說。

「是嗎？」柯林說。

又走了幾碼遠之後，瑪麗又小聲開口。

「這裡就是知更鳥飛過牆來的地方。」她說。

「是嗎？」柯林說：「噢！我真希望牠再飛過來！」

「那裡，」瑪麗一邊說，一邊認真開心地指著一大叢紫丁香花底下。「牠就停在那個小土堆上，就是在那裡牠把鑰匙指給我看。」

柯林坐直了身子。

「在哪裡？在哪裡？在那裡嗎？」他叫道，眼睛睜得大大的，就像《小紅帽》裡，想要引起小紅帽注意、大野狼驚訝的眼睛一樣。狄肯靜靜地讓輪椅停下來。

「還有這裡，」瑪麗一邊說，一邊走向靠近長春藤的花床。「就是牠從牆的頂端對我喞啾，我和牠說話的地方。這就是當時被風吹開的長春藤。」她順手握住垂下來的綠色簾幕。

「噢，就是這裡——就是這裡！」柯林上氣不接下氣地說。

「這是門把，門在這裡，狄肯，把他推進去——快把他推進去！」

狄肯強而有力、穩健巧妙地一把將柯林推了進去。

柯林躺回靠墊上，他因為開心而喘著氣，他用手遮住雙眼不看任何東西。他們進到花園裡，輪椅彷彿被施了魔法似的停了下來，門也關上了，直到這時柯林才把手放開，像狄肯和瑪麗那樣環顧四周，看了又看。圍牆上、地上、樹上、搖曳的小樹枝上和捲鬚上，都爬滿了一層美麗綠薄紗般的嫩葉，樹下的草地還有亭子的灰甕，到處都抹上了一層金色、紫色和白色，柯林頭上的樹也開滿了粉紅色和粉白的花，枝枒迎風搖曳，到處都

聽得到美妙的鳴叫聲和嗡嗡聲，花香滿溢。溫暖的陽光照著他的臉，就好像被溫柔的手觸摸一樣。瑪麗和狄肯驚奇地站著看他，他看起來是如此特別，一道淡粉色的光彩緩緩從他身上浮現──在他象牙般蒼白的臉、脖子和雙手。

　　「我會好起來！我會好起來！」他大叫：「瑪麗！狄肯！我會好起來！我會活下去──永遠──永遠！」

chapter 20

「我會活下去──永遠！」

Chapter
21

班・威瑟斯塔夫

這就是讓班·威瑟斯塔夫看得啞口無言的情景。一輛鋪著豪華墊子，像是皇族馬車一樣的輪椅朝他而來，一個小王爺蓋著長袍靠坐在裡面。

秘密花園

活在這世界上最奇怪的一件事，就是一個人在某些時刻會非常確定自己可以永遠活下去。當一個人在莊嚴柔和的破曉時分醒來，獨自走出去，將頭往後仰，仰望著蒼白的天空慢慢轉紅，令人驚訝的未知事物慢慢地發生，直到東邊的天空幾乎讓人發出一聲驚嘆，看著神奇又美妙的日出，心跳也跟著停止了。幾千年以來，太陽每天都會升起，在那一瞬間，一個人就知道自己會永遠活下去；有的時候，則是在黃昏來臨，獨自待在森林中，看著神秘沉靜的金色夕陽穿過樹枝斜斜灑落在樹下，似乎不曾間斷地訴說著人們無論如何都無法理解的事物時知道的；甚至有的時候，人是在無限寂靜、數百萬顆星星守候的湛藍色夜空下確定的；有時是遠方傳來的聲音，使其成為真實；有時則是一個人的眼神。

當柯林在四周都是高牆的秘密花園裡，第一次看到、聽到、感覺到春天時，他的感覺就是那樣。那天下午，似乎全世界都全心全意想要變得完美、燦爛、美麗，並親切地善待一個男孩。或許是因為上天純粹的善良，才讓春天降臨，並聚集了許多美妙的事物在這個地方。狄肯不只一次停下來，眼睛充滿驚奇的靜靜佇立著，然後輕輕地搖頭。

「啊，真的好美。」他說，「我快要十三歲了，十三年中我度過了無數個下午，從沒有看過像今天這麼美麗的花園。」

chapter 21
班‧威瑟斯塔夫

「對啊，真的好美。」瑪麗一邊說，一邊開心地讚嘆。「我敢保證這是全世界最漂亮的花園。」

「你們覺得，」柯林懵懵懂懂、小心翼翼地問：「這一切都是為了我才改變的嗎？」

「天啊！」瑪麗佩服地說：「你的約克郡方言說得滿好的耶！是數一數二的好，真的。」

接著花園裡充滿了歡樂的氣氛。

他們將輪椅推到李樹下，樹上一片雪白的李花，整棵樹就像童話故事裡國王頭頂上的冠冕一樣。櫻花到處盛開，蘋果樹也綻放出粉紅色和粉白色的花蕾。在那花朵盛開、華蓋似的樹枝之間，蜜蜂正嗡嗡叫著，藍天像一雙奇妙的眼睛俯視著。

瑪麗和狄肯東一點、西一點地工作著，柯林在旁邊看著他們。他們拿了許多東西給他看——有綻放的花蕾、緊閉的花苞、幾枝剛剛變綠的小樹枝、啄木鳥掉落在草地上的羽毛，還有太早孵出的空鳥殼。狄肯推著輪椅緩緩繞著花園走，每隔一會就停下來，讓柯林看看從地底蹦出來或從樹上垂下來的奇妙事物。柯林就像被帶到一個魔法國度裡，國王和王后正將所有神祕豐富的事物拿給他看。

「不知道能不能看到知更鳥？」柯林問。

287

「等一下就可以看到了。」狄肯回答，「當雛鳥孵出來之後，牠會忙得一塌糊塗。你會看到牠銜著幾乎和牠一樣大的蟲子飛來飛去，牠飛回來時，鳥巢裡會亂成一團，牠會一時慌亂，不知該把蟲子先送入哪張嘴巴裡，因為四處都是張大的嘴巴和鳴叫聲。媽媽說當她看到知更鳥不斷地餵雛鳥時，她覺得自己就像清閒的貴夫人一樣。她說鳥兒們一定忙得滿頭汗水，雖然人們看不到這些。」

他們開心得咯咯笑了出來，他們不得不用手摀住嘴巴，因為不可以被別人聽到。幾天前，他們就告訴過柯林，在這裡要輕聲說話。他非常喜歡這種神秘感，也盡量小聲說話，可是在太高興太雀躍的時候，實在很難不大聲笑出來。

下午的每一分每一秒都充滿了新鮮事，陽光也變得越來越燦爛。狄肯將輪椅推回華蓋似的樹枝下。他坐在草地上，正要拿出笛子的時候，柯林發現了他剛剛沒注意到的一件事。

「那邊那棵樹很老了吧？」他說。

狄肯越過草地看著那棵樹，瑪麗也看著，然後他們靜默了一陣子。

「對。」狄肯用非常溫和低沉的聲音回答。

瑪麗凝視著那棵樹沉思。

「枝椏灰灰的，一片葉子也沒有，」柯林接著說：「大概死了吧？」

「對。」狄肯同意，「不過，當爬在上面的玫瑰藤長滿了葉子和開滿了花的時候，看起來就不會死氣沉沉的了，它會變成花園裡最漂亮的樹。」

瑪麗仍然凝視著那棵樹沉思。

「有一根很大的樹枝看起來好像折斷了。」柯林說，「不知道為什麼會這樣。」

「很多年以前就這樣了。」狄肯回答。「啊！」他把手搭在柯林身上，突然鬆了一口氣說：「你看知更鳥！牠飛來了！牠在找食物給牠的伴侶。」

柯林差點就錯過了，這隻紅胸鳥嘴裡銜著東西，疾速掠過綠色植物，飛入植物茂密生長的一角，然後就消失不見了。柯林再次靠回墊子上，輕輕笑了起來。

「牠在端茶給牠喝。大概五點了，我也想喝下午茶了。」

他們安然地度過一天。

「是魔法把知更鳥送來的。」事後，瑪麗悄悄地跟狄

肯說：「我知道那就是魔法。」因為當時她和狄肯都擔心柯林會問起十年前折斷的那棵樹的事，於是他們一起討論這件事。狄肯站著，有點煩惱地抓了抓頭。

狄肯說過：「我們一定要把那棵樹看成一般的樹，不能讓他知道樹枝是怎麼斷的。可憐的孩子，要是他提起那棵樹，我們一定要……我們一定要裝出高興的樣子。」

「對，我們一定要這麼做。」當時瑪麗這樣回答。

不過，當瑪麗凝視著那棵樹時，她似乎無法表現出高興的樣子。那時她一直在想，狄肯所說的另一件事情是不是真的。他一直困惑地抓著紅棕色頭髮，不過，他的藍眼睛漸漸露出非常安慰的表情。

「克萊文太太是一個年輕漂亮的女士。」他吞吞吐吐地繼續說：「媽媽還說或許克萊文太太為了照顧柯林小主人，曾經回到密蘇威特莊園很多次，就和所有已經離開這個世界的媽媽一樣。她們一定會回來，可能就在花園裡，可能就是她讓我們開始整理花園，然後要我們把柯林帶來的。」

瑪麗認為他所說的就是魔法，她是一個深信魔法的人。私底下她非常相信狄肯會對他身旁的東西施魔法，當然是指好的魔法，那就是為什麼大家都這麼喜歡他，小動物也把他當作朋友的原因。她確實想知道，是不是

因為他的天賦，才在柯林問起那個危險的問題時，把知更鳥引了過來。她覺得一整個下午都是他的魔法起了作用，才使柯林看起來判若兩人，幾乎完全沒辦法相信他曾經是個會尖叫、會對枕頭又搥又咬的小瘋子，甚至連他象牙般蒼白的皮膚也改變了。他剛進花園時臉上、脖子上和雙手浮現的淡粉色光彩還沒有完全消退，那個時候的他看起來就像有血肉的小孩，不像象牙或者蠟那麼蒼白。他們看到知更鳥替伴侶送了兩、三次食物，讓柯林想到了下午茶，他覺得他們該喝下午茶了。

「等一下我會吩咐僕人，用籃子把茶點送到杜鵑花道上，」他說：「然後你和狄肯再拿來這裡。」

這個主意大家都同意，而且很容易實行。他們將白色餐巾鋪在草地上，上面擺著熱茶、奶油吐司和鬆脆的奶油圓餅，然後開始愉快地享用。有幾隻忙著做家事的小鳥停下來看看他們在做什麼，然後活蹦亂跳地忙著啄食麵包屑。胡桃和果殼抓著糕餅，匆匆地爬到樹上，煤灰銜住奶油圓餅，飛進一個角落，用嘴翻啄檢視，並且對它呱呱叫，直到最後才決定高高興興地一口吞下去。

歡樂的下午時光慢慢過去了。金色的太陽漸漸往西，蜜蜂回家了，飛翔的燕子也越來越少了。狄肯和瑪麗坐在草地上，收拾好東西進籃子裡，準備要帶回大房子，柯林靠著椅墊，將前額茂密的髮束撥向兩旁，臉色看起來非常自然、健康。

「我真不想讓今天下午就這麼溜走。」他說:「我明天還要再來,還有後天、大後天、大大後天都要再來。」

「那麼你就會呼吸許多新鮮的空氣,對不對?」瑪麗問。

「我不想要別的東西。」他回答,「我現在已經看到春天了,我也想要看到夏天,我要看到所有的植物都長出來,我也要在這裡種東西。」

「好啊。」狄肯說。「我們還會幫助你學習走路。不久之後,你就可以和其他人一樣挖土了。」

柯林的臉泛起紅光。

「走路!」他說:「挖土!我真的可以嗎?」

狄肯微妙地看了柯林一下。他和瑪麗從來沒有問過他關於那雙腿的事。

「你一定可以的。」他堅決地說:「你——你可以用自己的雙腿走路,就和其他人一樣!」

瑪麗很害怕,但是聽了柯林的回答之後安心多了。

「我的腿沒有問題。」他說:「只是太瘦弱了,他們抖得很厲害,所以我不敢站起來。」

　　瑪麗和狄肯都鬆了一口氣。

　　「如果你不再害怕，你就可以站起來。」狄肯高興地說：「很快你就不會害怕了。」

　　「真的嗎？」柯林說，然後靜靜地躺著，似乎在想些什麼。

　　他們沉默了一陣子。太陽漸漸西沉，此時萬籟俱寂，他們度過了一個又忙碌又興奮的下午。柯林看起來很安逸地休息著，狄肯的小動物也不再到處亂跑，靜靜地在他們旁邊休息，煤灰棲息在一根低低的樹枝上，縮起一隻腳，垂下灰色的眼瞼，昏昏欲睡的樣子。瑪麗心想牠大概快要打鼾了。突然，這片寂靜騷動了起來，因為柯林抬起了他的頭，震驚地低聲說：

　　「那個人是誰？」

　　狄肯和瑪麗連忙起身。

　　「有人！」他們疾速低聲地說。

　　柯林指著高牆。

　　「你們看！」他興奮地小聲說：「你們看！」

　　瑪麗和狄肯推著輪椅到處東張西望。原來是班 · 威瑟斯塔夫越過了高牆，站在梯子上，氣呼呼地看著他們！

他對瑪麗揮舞著拳頭。

「要是你是我的女兒，」他喊：「我一定會痛打你一頓！」

他語帶威脅，又再爬上一階，氣得好像想從牆上跳下來打她。不過瑪麗卻走向他，於是他改變心意，停在他站立的梯子上，對著下面的瑪麗揮舞拳頭。

「我從來就不喜歡你！」他長篇大論地攻擊著：「我第一眼看到你的時候，就對你沒有好印象！你這個臉蛋黃兮兮、瘦巴巴的小掃帚，一直問問題，還跑到不該去的地方偷看，我不知道你為什麼可以和我這麼親近，要不是因為知更鳥的關係——這畜生——」

「班·威瑟斯塔夫。」瑪麗的呼吸恢復過來後叫了出來，她站在底下，氣喘吁吁地朝上面喊道：「班·威瑟斯塔夫，是知更鳥指引我的！」

聽到這句話，班·威瑟斯塔夫似乎差一點就要爬過牆來，他真的很生氣。

「你這個壞小孩！」他朝下對著她大吼：「還把你做的壞事賴到知更鳥身上——雖然牠常常因為懂得太多而粗心大意。牠指引你！牠會！哎呀，你這個小孩。」她知道他接下來會說什麼話，因為他的心裡充滿了好奇——「你到底是怎麼進來的？」

「是知更鳥指引我的。」她固執地反駁：「牠不知道自己做了這件事，如果你一直對我揮舞拳頭，我就沒辦法告訴你這是怎麼回事。」

就在此時，他突然停止揮舞拳頭，他的嘴巴張得大大的，因為他從她的頭頂望過去，看到草地那裡有東西朝這裡靠近。一開始，班‧威瑟斯塔夫滔滔不絕地破口大罵讓柯林非常驚訝，他只是坐直身體一直聽著，彷彿被迷住了一樣。不過，等他清醒過來，便蠻橫地對狄肯揮手示意。

「推我過去！」他命令：「讓我靠近一點，就在他的前面停下來！」

這就是讓班‧威瑟斯塔夫看得啞口無言的情景。一輛鋪著豪華墊子，像是皇族馬車一樣的輪椅朝他而來，一個小王爺蓋著長袍靠坐在裡面。他長滿黑色睫毛的大眼睛，流露出尊貴的威嚴，伸出一隻蒼白細瘦的手，傲慢輕蔑地指著班‧威瑟斯塔夫。輪椅停在班‧威瑟斯塔夫的鼻子底下，難怪他的嘴巴會張得大大的。

「你知道我是誰嗎？」小王爺問。

班‧威瑟斯塔夫看得目瞪口呆！他的紅眼睛直直盯著眼前的這個人，彷彿看到鬼一樣。他一直看，然後吞了一口口水，一句話也說不出來。

「你知道我是誰嗎？」柯林更加專橫地問：「回答我！」

班・威瑟斯塔夫舉起他長滿繭的手，掠過了眼睛，摸了摸額頭，然後用奇怪、顫抖地聲音回答。

「你是誰？」他說，「對，我知道你是誰──那雙在你臉上、跟你媽媽一樣的眼睛，正在瞪著我。天知道你是怎麼來這裡的，你就是那個可憐的殘廢。」

柯林忘了自己是個背部有問題的人，他滿臉漲紅，突然挺直地坐起來。

「我不是殘廢！」他生氣地叫了出來。「我不是殘廢！」

「他才不是！」瑪麗幾乎是憤怒地往牆上大喊：「他背上的腫塊還沒大頭針大呢！我親眼看過，他背上連一小塊腫塊也沒有！」

班・威瑟斯塔夫又用手摸摸他的額頭，然後一直看著他，彷彿還沒看夠一樣。他的手在抖，他的嘴也在抖，連他的聲音也在抖。他是一個無知又不聰明的老人，他只記得他聽到的就是那樣。

「你……你不是駝背嗎？」他粗聲粗氣地說。

「不是！」柯林叫道。

「你……你的腿不是畸形嗎？」班‧威瑟斯塔夫說，顫抖的聲音變得更加粗啞。

那真的太過分了。柯林以前用來鬧脾氣的力氣，現在用一種新的方式爆發了。從沒有人說過他的腿畸形──甚至是竊竊私語也沒有人說過──現在，這個單純美好的信念，卻被班‧威瑟斯塔夫的話揭露出來，那是身為小王爺所無法容忍的，他的怒氣和受辱的驕傲使他把一切都忘了，此時此刻他心裡充滿了一股從沒有過的力量，一股非比尋常的力量。

「過來這裡！」他對狄肯大叫，一邊開始自己掀開覆蓋在他腿上的毯子。「過來這裡！過來這裡！馬上過來！」

狄肯立刻走到他旁邊。瑪麗屏住呼吸，覺得自己的臉色在發白。

「他辦得到！他辦得到！他辦得到！他可以！」她呼吸急促地自言自語。

柯林用力抓起毯子，把它扔到地上，狄肯抓住柯林的手臂，他伸出細瘦的腿，用瘦小的腳站立在草地上。柯林筆直地站著──直得和箭一樣，而且看起來高得奇怪──他的頭往後仰，奇怪的眼睛閃著光芒。

「看著我！」他對著班‧威瑟斯塔夫說：「看著我

——就是你！看著我！」

「他站得和我一樣直。」狄肯喊道：「跟約克郡任何孩子一樣直！」

此時班・威瑟斯塔夫的反應讓瑪麗覺得非常奇怪——他忍不住哽咽，剎那間眼淚從他飽經風霜的臉頰流下來，蒼老的雙手緊握在一起。

「啊！」他突然開口：「他們都胡說八道！你雖然骨瘦如柴，蒼白得和鬼一樣，不過身上一塊腫塊也沒有。你會長成一個男子漢的，上帝保佑你！」

狄肯用力地抓住柯林的手臂，不過柯林並沒有動搖。他越站越直，看著班・威瑟斯塔夫的臉。

「我是你的主人。」他說：「若是我爸爸去世，你就得服從我的命令。這是我的花園，不准你洩漏出去一個字！你快點從梯子上下來，到長步道去，瑪麗小姐會去那裡將你帶來。我有話要跟你說。我們原本不想讓你知道的，不過現在你也必須負責保守秘密。快一點！」

班・威瑟斯塔夫的老臉還因為剛才莫名流淚而濕濕的，似乎還無法去看仰頭站立、身子又瘦又直的柯林。

「啊，孩子。」他幾乎是低語著。「啊！我的孩子！」然後突然想起什麼似的，摸摸他的園丁帽說：「是的，小主人！是的，小主人！」接著就聽命走下了梯子。

298

chapter 21

班 · 威瑟斯塔夫

Chapter
22

太陽西下時

這魔法──不管我們稱它為什麼──帶給他如此大的力量,當太陽落到天邊,結束了這個既神奇又美麗的下午時,柯林真的用他的雙腳站在那裡,笑著。

等到看不到班·威瑟斯塔夫的頭時,柯林轉向瑪麗。「去帶他過來。」他說。瑪麗跑過草地,穿過長春藤底下的門。

狄肯用銳利的眼光看著柯林。他的雙頰紅通通的,看起來很令人驚喜,他絲毫沒有要跌倒的跡象。

「我站起來了。」他說,頭仍然抬得高高的,語氣很有威嚴。

「我告訴過你,只要你不再害怕,就可以站起來。」狄肯說,「現在你已經不再害怕了。」

「對,我已經不害怕了。」柯林說。

然後他想起瑪麗曾經說過的話。

「是你在施魔法嗎?」他突然問。

狄肯彎彎的嘴巴高興地笑了開來。

「是你自己在施魔法。」他說,「就和能讓土裡長出植物的魔法一樣。」說完他用笨重的靴子,碰了一下草地上的一叢番紅花。

柯林向下看著它們。

「對啊。」他緩緩地說:「不可能有比這個更神奇的魔法了——不可能。」

他站得比任何時候都還要挺直。

「我要走到那棵樹那裡。」他一邊說,一邊指著離他幾步遠的地方。

「班‧威瑟斯塔夫來的時候我要站著,累了就靠著樹休息,想坐下來時我會坐下來,不過現在我不想坐下,把椅子上的毯子拿給我。」

狄肯扶著他的手臂,走向那棵樹。他看起來相當穩健,當他靠著樹幹時,看起來並不太需要依賴樹來支撐,他站得很直,看起來很高。

班‧威瑟斯塔夫穿過牆上的門走進來時,他看到柯林站在那,接著聽到瑪麗低聲喃喃自語著。

「你在說些什麼?」他不高興地問,因為他不想分心,將注意力從那個瘦長、直挺的男孩身上,還有他驕傲的臉上移開。

瑪麗沒有回答他。其實她是在說:「你辦得到!你辦得到!我說過你一定辦得到!你辦得到!你辦得到!你可以!」

她是在對柯林說話,她想施魔法讓他保持那樣站立,要是他在班‧威瑟斯塔夫面前放棄了,她會受不了的。可是,他並沒有放棄。瑪麗突然覺得柯林雖然瘦巴巴的,看起來卻非常俊美。他的眼睛牢牢地盯著班‧威瑟

斯塔夫，態度顯得又蠻橫又好笑。

「看著我！」他命令：「全身上下都看清楚！我是個駝背嗎？我的腳是畸形嗎？」

班・威瑟斯塔夫的情緒還沒完全恢復過來，不過他稍微穩定一點了，然後就像平常那樣回答。

「不是。」他說：「一點也不是。你為什麼要那樣對待自己呢——把自己藏起來，讓別人以為你是個殘廢，也是個笨蛋呢？」

「笨蛋？」柯林生氣地說：「誰說的？」

「很多蠢蛋說的。」班・威瑟斯塔夫說。「這個世界上到處都是說傻話的蠢蛋，他們只知道胡說八道。你為什麼要把自己關起來呢？」

「大家都以為我會死。」柯林簡短地說：「我才不會死！」

他的語氣非常堅決，使得班・威瑟斯塔夫上上下下打量著他。

「你會死？」他語氣冷淡卻有點高興地說：「才沒那種事！你的勇氣令人佩服，當我看到你這麼快就站在草地上時，我就知道你很健康。小主人，現在你快坐在毯子上吩咐我事情吧！」

班・威瑟斯塔夫奇怪的態度，摻雜著一種暴躁的溫柔和老練的諒解。剛才瑪麗和他一起走在長步道時，瑪麗要他記住一件重要的事，那就是柯林已經好起來了——好起來了，是花園讓他好起來的。不可以讓他再想起駝背和快要死掉的事情。

小王爺尊貴地在樹底下的毯子上坐下來。

「班・威瑟斯塔夫，你都在花園裡都做些什麼工作？」他問。

「吩咐我做什麼事，我就做什麼事。」班・威瑟斯塔夫回答，「我留在這裡是因為有人對我特別好——因為她喜歡我。」

「她？」柯林說。

「就是你的媽媽。」班・威瑟斯塔夫回答。

「我的媽媽？」柯林說著，靜靜地看著四周。「這是她生前的花園，對不對？」

「對，以前是的。」班・威瑟斯塔夫也看了看周圍。「她很喜歡這個花園。」

「現在是我的花園了，我非常喜歡這個花園，我要每天來這裡。」柯林宣布，「不過，這是個秘密。我的命令就是不准讓任何人知道我們來這裡。狄肯和我的表妹會

努力讓它醒過來，有時候我會要你也過來幫忙——不過你來的時候，不能讓別人看到。」

班‧威瑟斯塔夫冷淡蒼老的臉因為微笑而有點扭曲。

「以前我也曾經偷偷進來過這裡。」他說。

「什麼？」柯林驚呼：「什麼時候？」

「最後一次來這裡，」他揉揉下巴，看看四周：「大概是在兩年前。」

「可是已經十年沒有人來過這裡了！」柯林說：「而且沒有門可以進來！」

「我就是那個『沒有人』。」班‧威瑟斯塔夫淡淡地說：「我不是從門進來的，我是爬牆過來的，這兩年我得了風濕病，就沒有再來了。」

「你來過，還修剪了一些枝葉，對吧！」狄肯說：「我一直很疑惑，為什麼樹枝看起來好像被修剪過。」

「她是那麼喜歡這個花園！」班‧威瑟斯塔夫慢慢地說：「她是個那麼年輕貌美的夫人，有一次她笑著對我說：『班，如果我生病了，或者離開人世，你一定要替我照顧這些玫瑰花。』她過世後，主人吩咐不准任何人進來這裡，不過我還是照常進來。」他固執地說：「我是爬牆進來的，直到後來我得了風濕病，我每年都會來稍微

修整一下。是她吩咐我這麼做的！」

「如果你沒有這麼做，花園就不會這麼活潑有生氣了。」狄肯說。

「我很高興你修整了花園，班‧威瑟斯塔夫。」柯林說：「你應該知道如何保守秘密。」

「我知道的，小主人。」班‧威瑟斯塔夫回答，「而且對得了風濕病的人來說，從門進來比爬牆好多了。」

瑪麗的鏟子掉落在樹旁的草地上，柯林伸手將它撿起來。他的臉上露出很奇怪的表情，然後開始挖土，他細瘦的手看起來實在太虛弱了，可是不到一會，他們都看到柯林——瑪麗更是興奮得屏住呼吸——他把鏟子尖端插入土壤裡，翻攪起一些泥土。

「你辦得到！你辦得到！」瑪麗自言自語，「我跟你說過，你可以的！」

狄肯熱切的圓眼睛充滿了驚奇，不過他一句話也沒說。班‧威瑟斯塔夫很有興趣地看著。

柯林繼續挖，他挖了幾鏟子的土之後，欣喜若狂地用最標準的約克郡方言對狄肯說話：

「你說要幫我，讓我在這裡學會像其他人一樣走路，還要教我挖土，我以為你只是想讓我開心才這麼說的。

可是才第一天,我已經會走路了。還有你看,我已經在挖土了。」

班‧威瑟斯塔夫聽到柯林的話,嘴巴又張得大大的,不過接著又咯咯笑起來。

「啊!」他説,「看起來你相當聰明,你是個道地的約克郡孩子。你還會挖土呢!你想自己種一點東西嗎?我可以帶一盆玫瑰花給你。」

「去拿過來。」柯林一邊説,一邊高興地挖著土。「快點!快點!」

班‧威瑟斯塔夫很快就去拿花了,他已經忘了他的風濕病。狄肯用他的鏟子,將柯林剛剛用他瘦白的手挖出來的洞,挖得更深更寬一點;瑪麗悄悄跑出去,帶回一個澆花的水壺;狄肯把洞挖得更深時,柯林則繼續翻鬆柔軟的泥土。他仰望天空,這個新奇的活動是如此輕鬆,但還是把他臉變得紅通通的,泛著光彩。

「我想在太陽下山之前把花種好。」他説。

瑪麗心想或許太陽會故意多逗留一會。班‧威瑟斯塔夫從溫室裡拿了一盆玫瑰花過來,他用蹣跚的步伐盡自己所能地快穿過草坪,他也變得相當興奮,跪在坑洞旁把花盆敲破。

「拿去吧!孩子。」他一邊説,一邊把花株遞給柯

林。「你自己把它種在土裡，就像國王每到一個新的地方都會做的那樣。」

柯林細瘦蒼白的手微微顫抖，當他要把花放入土裡，握著花株時，他的臉頰變得越來越通紅，班・威瑟斯塔夫則在一旁固定住根部的泥土，然後他將洞填滿，壓得平平的，再拍得緊實。瑪麗用雙手和膝蓋趴在地上靠向前。煤灰飛了下來，跳向前去看看他們在做什麼，胡桃和果殼則棲在櫻桃樹上，喋喋不休地談論著他們。

「我把花種好了！」柯林最後說：「太陽才剛剛落到天邊。狄肯，扶我起來。我要站著看夕陽西下，那也是魔法的一部分。」

狄肯扶他起來，這魔法——不管我們稱它為什麼——帶給他如此大的力量，當太陽落到天邊，結束了這個既神奇又美麗的下午時，柯林真的用他的雙腳站在那裡，笑著。

Chapter
23

魔法

它們每天每夜、時時刻刻都在甦醒。新鮮的葉子和花蕾，起初還小小的，慢慢膨脹，經過了魔法綻放成芬芳的花朵，香氣四散，充滿了整個花園。

他們回到屋裡時，克萊文醫生已經等了好一陣子。原先他還想要不要派人到花園的小徑上看看。他們將柯林帶回他的房間後，可憐的醫生用嚴肅的表情觀察他。

「你不應該在外面待這麼久。」他說，「你不應該讓自己太累。」

「我一點都不累。」柯林說，「出去外面讓我好多了，明天早上我也要出去，下午也要。」

「我不確定我能不能答應讓你出去。」克萊文醫生回答。「恐怕這不是一個很聰明的做法。」

「不讓我出去才是不聰明的做法。」柯林很嚴肅地說：「我要出去。」

瑪麗早就發現柯林有一個明顯的特點──就是他完全沒有意識到自己在命令別人，完全像是一個沒禮貌又野蠻的小孩。一直以來，他都住在一個類似荒島的地方，自己就是國王，只照自己的行為態度行事，沒有人可以和他相比。瑪麗本來也和他很像，但自從她來到密蘇威特，她漸漸發現自己的行為態度和普通人不一樣，而且很不受歡迎。她很樂意和柯林分享她的發現，所以，當克萊文醫生一離開，瑪麗坐下來，好奇地盯著柯林看了一會。她想要柯林問她為什麼那樣看他，當然她辦到了。

「你為什麼這樣看我？」他問。

「我想我替克萊文醫生感到難過。」

「我也是。」柯林平靜地説，一臉得意的樣子。「他得不到密蘇威特了，因為我不會死。」

「當然，我也因為這個替他難過。」瑪麗説：「不過我在想，十年來必須一直那麼恭敬地對待一個粗魯的男孩子，一定是一件很可怕的事。要是我一定做不到。」

「我很沒禮貌嗎？」柯林不為所動地問。

「如果你是他的兒子，而他又是會打人的那種人的話，」瑪麗説：「他一定會賞你巴掌的。」

「可是他不敢。」柯林説。

「他是不敢。」瑪麗小姐毫無偏見地思考著，然後回答：「沒有人敢做出你不喜歡的事，因為大家都覺得你快要死了，或者類似的事。以前的你真是一個可憐的小東西。」

「不過，」柯林很倔強地説：「我不再是可憐的小東西了，我不准別人繼續這麼想。今天下午我已經自己站起來了。」

「你老是照你自己的意思做事，這讓你變得很奇

秘密花園

怪。」瑪麗一邊想著，一邊說了出來。

柯林轉過頭去，皺著眉頭。

「我很奇怪嗎？」他問。

「對。」瑪麗回答。「很奇怪，不過你不用生氣。」她不帶偏見地說：「因為我也很奇怪，班‧威瑟斯塔夫也是。但是我開始喜歡別人了，而且，發現秘密花園之後，我就不再像以前那麼奇怪了。」

「我不想變奇怪。」柯林說。「我不會的。」他再次堅決地皺著眉說。

他曾經是個很驕傲的男孩。他躺著，想了一會，瑪麗看到他美麗的笑容漸漸舒展開來，改變了他臉上的表情。

「我不會再這麼奇怪了。」他說：「我會天天去秘密花園。那裡面有魔法——好的魔法，你知道的，瑪麗。我相信那裡面有魔法。」

「我也是。」瑪麗說。

「即使不是真的魔法，」柯林說：「我們也可以假裝是真的。那裡一定有某個東西存在——某個東西！」

「那就是魔法，」瑪麗說：「不過不是黑魔法，而是

和白雪一樣純潔的魔法。」

　　他們老是稱它為魔法，在接下來的幾個月裡——奇妙的幾個月裡、燦爛的幾個月裡——這些令人驚奇的日子裡，的確就好像被施了魔法一樣。噢！那些在秘密花園裡發生的神奇的事情！從沒去過花園的人是無法了解的，如果你曾經去過花園就會知道，想要仔細描述花園裡發生的事情，需要一整本書的篇幅才說得完。首先，綠色的植物不斷地從土壤、草坪、花床，甚至是牆的隙縫中爭先恐後地冒出來。然後這些綠色的植物會開始長出花苞，再開出五彩繽紛的花朵，有各種顏色的花朵，藍色、紫色，以及深紅色。這些花兒每天快樂地從地上、洞裡和角落綻放。班‧威瑟斯塔夫看到這樣的情景，便將磚牆之間的灰泥刮出來，清理出幾個地方，好讓可愛的爬藤植物可以在上面生長。鳶尾花和白百合，一株株的從草坪上長出來，綠色小亭子裡滿是一簇簇高大的飛燕草、夢幻草或風鈴草藍白相間的花葉。

　　「她非常喜歡這些花草。」班‧威瑟斯塔夫說：「她經常說她喜歡向著藍天生長的植物，不過她並不是看不起土地，她很喜歡土地，只是她覺得藍天看起來是那麼地令人愉快。」

　　狄肯和瑪麗種下的種子，已經像是被小仙子照顧過似的長出來了。許多如絲綢般五彩繽紛的罌粟花在風中飛舞，愉快地招惹著已經種在花園裡很多年的花兒們，

那些花兒們可能會承認它們真的很好奇這些新人們是怎麼進來這裡的。還有玫瑰花，那些玫瑰花！它們從草地上長了出來，糾纏著日晷，盤繞著樹幹，從樹枝上往下垂，接著爬上圍牆，佈滿整個牆面，形成長長的花圈，就像瀑布般傾瀉而下——它們每天每夜、時時刻刻都在甦醒。新鮮的葉子和花蕾，起初還小小的，慢慢膨脹，經過了魔法綻放成芬芳的花朵，香氣四散，充滿了整個花園。

　　柯林看到了這一切，他觀察著每一個變化。他每天都會出門，只要是沒下雨的日子，他就會一直待在花園裡，就算是陰天他也很高興。他會躺在草地上說要「看植物長出來」，還說如果看得久一點，就可以看到花蕾綻放開來。他說他也慢慢熟悉昆蟲各種奇妙的舉動，牠們為了不知道是什麼，但是看起來很重要的事到處奔波，有時候是搬運一小根乾草、羽毛、食物，或是沿著葉緣像爬樹那樣爬行，彷彿在那上面可以看到整個區域一樣。一隻鼴鼠從牠的洞穴底端堆起一個小土堆，然後用牠指甲很長的爪子，就好像是森林中小精靈的手一樣，挖出了一個洞口，這讓他專注地看了一整個早上。螞蟻、甲蟲、蜜蜂、青蛙、鳥兒和植物的特性，為柯林開啟了一個等待探索的新世界。當狄肯一一為他說明，又告訴他狐狸、水獺、白鼬、松鼠、鱒魚、河鼠和獾的習性後，他們有了聊不完、想不盡的話題。

　　然而這還只是魔法的一小部分。自己真的站了起來的

事讓柯林想了很多，瑪麗告訴柯林她所施展的魔法時，他覺得很興奮，也非常同意。他常常談起這件事情。

「當然，這個世界真的有很多魔法。不過，人們並不知道它像什麼，也不知道怎麼施展。或許一開始只要說好的事情就要發生了，然後真的就可以讓它發生。我要做實驗試試看。」有一天他很有智慧地說。

第二天早上他們到秘密花園時，他把班・威瑟斯塔夫叫了過來。班・威瑟斯塔夫迅速趕來，發現小王爺站在樹下，看起來很有威嚴，臉上卻帶著迷人的微笑。

「早安，班・威瑟斯塔夫。」他說，「我要你、狄肯和瑪麗小姐站成一排聽著，因為我有很重要的事要告訴你們。」

「是，是，小主人！」班・威瑟斯塔夫一邊回答，一邊把手舉到額頭敬禮。這麼久以來，班・威瑟斯塔夫隱藏的迷人之處，就是他年輕時曾經離家到海上旅行，所以他能像水手一樣回答。

「我要做一項科學試驗。」小王爺說，「等我長大以後，我要從事偉大的科學發明。而我現在就要開始這項實驗。」

「是，是，小主人！」班・威瑟斯塔夫立刻回答，雖然這是他第一次聽到「偉大的科學發明」這個單詞。

　　瑪麗也是第一次聽到這個名詞。不過，這時她才發現，柯林雖然奇怪，卻從書上知道了許多特別的事物，還是一個非常能夠說服人的男孩。因此，儘管他不到十一歲，但當他仰頭用奇怪的眼睛盯著你看時，你會不由自主地相信他。此刻，他看起來特別有說服力，因為他正像一個大人一樣發表演說，並為此感到著迷。

　　「我打算要做的偉大科學發明，」他繼續說：「是關於魔法的。魔法是特別的東西，除了古書裡的少數人之外，幾乎沒有人知道——瑪麗知道一點，因為她在印度出生，那裡有托缽僧。我相信狄肯也懂一點魔法，不過或許他不知道自己懂得魔法，他能夠迷住動物和人類，要不是他是一個能夠迷住小動物的人——而且還有個男孩，因為男孩也是小動物——我想我不會讓他來看我。我相信魔法存在於一切事物，只是我們不夠敏銳，無法掌握它，讓它為我們做事——就像電力、馬力和蒸氣那樣。」

　　他的話聽起來是那麼地令人印象深刻，使班・威瑟斯塔夫相當興奮，無法保持安靜。

　　「是，是，小主人。」他回答，站得十分筆直。

　　「瑪麗發現秘密花園的時候，它看起來死氣沉沉的，」演說家繼續說：「然後，好像有什麼東西開始將植物從土裡推擠出來，使這一切無中生有。這些植物原本並不在那裡，之後卻長出來了。我以前從沒看過植物

生長，所以非常好奇。科學家都是很好奇的，我也要成為科學家，於是我常常問自己『它是什麼？它是什麼？』一定存在著什麼東西，一定！我不知道它是什麼，所以稱它為魔法。我從沒看過日出，可是狄肯和瑪麗看過，從他們的描述中，我覺得那一定也是魔法，一定有什麼東西將太陽推了出來。有時候我在花園裡，我會穿過樹叢仰望天空，那時我總能感覺到一股奇妙的快樂，好像有什麼東西在我胸腔裡推擠，讓我呼吸加快。魔法總是能無中生有，一切都是魔法變出來的——葉子、樹、花兒、鳥兒、獾、狐狸、松鼠和人都是。所以它一定就在我們周圍，在花園裡、在所有地方。秘密花園裡的魔法讓我站了起來，讓我知道我會長大。我要將它放在自己身上，進行這項科學試驗，讓它推擠我，使我強壯起來。我不知道要如何做，不過我在想，如果一直想著它，呼喚它，或許它就會來。或許這是獲得魔法最幼稚的方法，我第一次試著站起來的時候，瑪麗一直對我說：『你辦得到！你辦得到！』，而我真的辦到了。當然那時我也努力了，不過瑪麗的魔法幫助了我——還有狄肯。每天早上和黃昏，還有任何時候，只要我記得，我都要說：『我身上有魔法！魔法讓我好起來了！我會和狄肯一樣強壯，和狄肯一樣強壯！』你們也都必須跟著做。這是我的實驗。班・威瑟斯塔夫，你會幫助我嗎？」

「會，會，小主人！」班・威瑟斯塔夫說：「會的，會！」

319

　　「如果你們每天像軍人一樣規律地練習，我們就可以從即將發生的事情，看看實驗有沒有成功。人們都是靠一再地談論和思考來學習，直到永遠記在心裡，我想學習魔法也是一樣。如果你經常呼喚它幫忙，它將會成為你的一部分，留在你的心裡起作用。」

　　「我在印度時，曾經聽過一位軍官和我媽媽說起托缽僧的事，說他們會把字句重複唸好幾千次。」瑪麗說。

　　「我聽過傑姆・菲特爾沃思的太太說過好幾千遍一樣的話——她說傑姆是個酒鬼。」班・威瑟斯塔夫冷淡地說：「結果傑姆就毒打她一頓，然後到『藍獅』喝個爛醉如泥。」

　　柯林皺著眉頭想了一會，然後又提起興致。

　　「你看吧。」他說，「魔法發生了，她用錯了魔法才會被他毒打一頓。如果她用對魔法，對他說些好話，或許他就不會去喝得爛醉如泥，或許、或許他還會買頂新的帽子給她呢。」

　　班・威瑟斯塔夫咯咯笑了起來，蒼老的小眼睛流露出犀利的讚賞。

　　「你是一個聰明的孩子，就和你的腿站得那麼直一樣，柯林小主人。」他說，「下次我見到貝絲，會給她一點提醒，讓她知道魔法可以幫助她。要是你的科學實驗

有效，她一定會感到又稀奇又高興。傑姆也是。」

　　狄肯站著聽他的演說，圓圓的眼睛閃耀著奇異的喜悅。胡桃和果殼棲在他的肩膀上，他懷裡還抱著一隻長耳朵的白兔子，他輕輕地撫摸牠，牠把耳朵垂貼在背上，玩得很開心。

　　「你認為實驗會產生效果嗎？」柯林問狄肯，想知道他的想法。當柯林看到狄肯帶著快樂的笑容，凝視著他和小動物時，他很想知道狄肯在想什麼。

　　他笑著，笑容比平常更燦爛。

　　「會。」狄肯説，「我相信一定會的，就像太陽照在種子上會使它長出來一樣。實驗一定會成功，我們可不可以現在就開始呢？」

　　柯林和瑪麗都很高興。柯林受到圖畫裡的托缽僧和皈依者的啟發，建議大家盤腿坐在樹下，把樹當成頭頂上的華蓋。

　　「這就像坐在寺廟裡一樣。」柯林説，「我很累了，想坐下來。」

　　「啊，」狄肯説：「你不可以一開始就説你累了，這會毀了魔法的。」

　　柯林轉過來看著他單純的圓眼睛。

「你說得對。」他緩緩地說,「我必須只想著魔法。」

當他們圍成一圈坐著,一切看起來既莊嚴又神祕。班‧威瑟斯塔夫覺得自己像是被某個人帶到了禱告會,通常他對自己所稱的「禱告會的代禱人」存有偏見,不過這是和小王爺有關的事,所以他不討厭,反而很感激被叫來協助;瑪麗則感到一股莊嚴的喜悅;狄肯抱著白兔子,也許他發出了人們聽不見,卻能吸引動物的信號,因為當他像其他人一樣盤腿坐下時,白嘴烏鴉、小狐狸、松鼠和小羊也慢慢靠近,加入了他們的圈圈,一一坐進其他的位子,彷彿是出於自己的意願似的。

「小動物都來了,」狄肯嚴肅地說:「牠們想幫忙。」

瑪麗認為柯林真的非常迷人。他將頭高高抬起,彷彿是個祭司,他奇怪的雙眼對他們投注了奇異的眼神,陽光穿過華蓋似的樹葉,灑在他身上。

「現在我們開始吧!」他說:「瑪麗,我們是不是要前後擺動身體,像回教的苦行僧那樣呢?」

「我不能做前後擺動的動作。」班‧威瑟斯塔夫說:「我有風濕病。」

「魔法會消除你的風濕病的。」柯林說,語氣像是一

個高等祭司。「不過等你風濕病好了，我們再來做吧！我們先來唱誦。」

「我不會唱誦。」班・威瑟斯塔夫有點羞赧，「我唯一一次想在教堂裡唱詩歌，就被他們趕出來了。」

沒有人在笑，大家都非常認真嚴肅。柯林臉上絲毫沒有憂慮的樣子，他只想著魔法。

「那我來唱。」他說，然後開始像一個奇特的小精靈般唱了起來。「太陽照耀著——太陽照耀著，這就是魔法。花兒開了——根活動了，這就是魔法。活著就是魔法——身體強壯就是魔法。魔法在我的身體裡面——魔法在我的身體裡面。它在我心中——它在我心中。它在我們每個人心中。它在班・威瑟斯塔夫的背裡面。魔法！魔法！來幫助我們吧！」

他說了很多遍——或許不到一千遍，不過確實說了很多遍。瑪麗聽得癡迷，她覺得又奇特又迷人，她希望他可以繼續說下去。班・威瑟斯塔夫開始覺得自己好像置身在一個舒適的夢中，疼痛舒緩了下來。

蜜蜂在花叢裡的嗡嗡聲混著唱誦聲，令人昏昏沉沉想打瞌睡。狄肯手裡抱著熟睡的兔子盤腿而坐，將另一隻手放在小羊上。煤灰推開一隻松鼠，自己縮著停在狄肯肩膀上，灰色的眼瞼蓋著眼睛。柯林終於停止唱誦了。

秘密花園

「我現在要繞著花園走走。」他宣佈。

班‧威瑟斯塔夫的頭原先向前低著，這時猛然抬起來。

「你睡著啦！」柯林問。

「沒這回事。」班‧威瑟斯塔夫喃喃說道：「你講道講得很好，不過在捐獻之前，我要趕快出去。」

他還沒完全清醒過來。

「你並不是在教堂裡！」柯林說。

「我當然不是在教堂裡。」班‧威瑟斯塔夫挺直身子說：「誰說我在教堂裡？你的講道我每個字都聽進去了，你說魔法在我的背裡，醫生卻說那是風濕病。」

小王爺揮了揮他的手。

「你說的是錯的魔法。」他說，「你會好轉的，現在你可以回去工作了。不過，明天還要再來。」

「我想看你繞著花園走。」班‧威瑟斯塔夫抱怨。

他的抱怨並非不友善，但畢竟還是抱怨。事實上，他是個固執的老人，對魔法沒有信心，因此他決定要是被趕走，他就要爬上梯子，從牆上觀察他們，如此一來，萬一柯林小主人不小心跌倒，他就可以隨時蹣跚地趕回

324

來幫他。

　　小王爺不反對班‧威瑟斯塔夫留下來，所以他們排成一排，看起來真的就像在遊行的隊伍。柯林走在最前面，狄肯和瑪麗站在他的左右，班‧威瑟斯塔夫走在他們後面，小動物們跟隨在他身後。小羊和小狐狸緊緊靠著狄肯，白兔沿路蹦蹦跳跳，或是停下來咬東西，煤灰則像負責人一樣嚴肅地跟著他們。

　　這支隊伍緩緩移動，看起來很氣派。他們每走幾步就停下來休息一下。柯林靠著狄肯的手臂，班‧威瑟斯塔夫一直悄悄地看著他，不過現在柯林偶爾會把手拿開，自己走幾步路。他的頭一直都抬得高高的，看起來非常有威嚴。

　　「魔法在我裡面！」他一直說：「魔法讓我變強壯了！我可以感覺到！我可以感覺到！」

　　可以肯定的是，似乎有什麼力量在支撐著他。他在小亭子的椅子上坐下，還有一、兩次他在草地上坐下，還有好幾次是停在路上、靠著狄肯休息，不過他沒有放棄，一直到繞完整個花園。當他回到樹下時，已經滿臉通紅，露出勝利歸來的樣子。

　　「我辦到了！魔法產生效果了！」他喊道：「這是我第一次的科學發明。」

「不知道克萊文醫生會怎麼說。」瑪麗突然說。

「他什麼都不會說的。」柯林說:「因為他不會知道。這是我們之間最大的秘密。等到我強壯到像其他小孩一樣可以走可以跑的時候,才可以讓別人知道這件事。我會每天坐輪椅來這裡,再坐著被帶回去。我不要讓別人竊竊私語、東問西問,也不想讓我的爸爸知道這件事,直到我的實驗成功。當他回到密蘇威特時,我要走進他的書房裡跟他說:『你看,我和其他小孩一樣,我很健康,我會長大,這都是科學實驗所成就的。』」

「他一定會以為自己是在夢裡,」瑪麗說:「他一定不相信自己的眼睛。」

柯林滿臉通紅,感到得意洋洋,他相信自己會健康起來 —— 如果他能意識到這點,就知道自己已經得到成功的機會了。

另一個更激勵他的想法是,他正想像著當自己的爸爸看到這個兒子,就跟其他爸爸的兒子一樣挺直強壯時,會有什麼表情。在他生病的那段日子裡,令他最黑暗、最傷心的,就是他恨自己是連自己的爸爸都害怕見到的、一個背部生病的小孩。

「他一定要相信。」他說,「魔法產生效果後,在我進行科學實驗之前,我要做的一件事就是成為運動員。」

chapter 23
魔法

　　「一個星期之後，我們就可以送你去參加拳擊賽
了。」班‧威瑟斯塔夫說，「你一定會贏，成為全英國
拳擊比賽的冠軍。」

　　柯林嚴肅地盯著他看。

　　「威瑟斯塔夫，」他說，「你太無禮了，你不可以因
為知道秘密，就變得放肆隨便。無論魔法多成功，我也
不會成為拳擊手，我要成為科學發明家。」

　　「啊，對不起。對不起，小主人。」班‧威瑟斯塔夫
舉手敬禮回答，「我不應該拿這件事開玩笑。」不過他的
眼睛露出光芒，看起來非常高興的樣子。他並不在乎被
責罵，因為柯林能罵人表示他的身心已經很強壯了。

Chapter
24

「就讓他們歡笑吧。」

以前她是一個悶悶不樂且脾氣古怪的小女孩，現在卻和柯林小主人一起，兩人像一對小瘋子似的一起笑著。或許他們是因為這樣才變胖的吧。

秘密花園

狄肯不只在秘密花園工作。荒野上的小房子周圍，有一塊用粗石矮牆圍起來的地，大清早和黃昏時刻、還有柯林和瑪麗沒看到他時，狄肯都會在那裡照顧媽媽的馬鈴薯、甘藍、蕪菁、紅蘿蔔和香草。有小動物陪他在那裡製造驚喜，他似乎從來都不覺得厭煩，他一邊挖土和拔草，一邊哼著約克郡荒野的小曲，或者和煤灰、隊長或是來幫忙的弟弟妹妹們說話。

「若不是有狄肯在照顧園圃，我們也不會過得這樣舒適。」索維比太太曾說，「只要是他種的東西都會長出來，他種的馬鈴薯和甘藍比別人種的大了兩倍，嚐起來也和別人的不一樣。」

她只要一有空，就喜歡出去和他說話。晚餐過後，屋子內的光線還很亮，那是她休息的時間，她會坐在矮牆上看著狄肯，聽他說一整天所發生的事情，她很喜歡這個時刻。這個園圃不只種蔬菜，狄肯偶爾也會買一些花卉種子，將豔麗、芳香的植物種在醋栗、甚至是甘藍中，他還種了一些木犀草、石竹花和三色紫羅蘭，他可以將這些花的種子年復一年保存起來，每年春天它們都會開花，適時地盛放成花叢。那道矮牆是約克郡最美麗的景色之一，狄肯在每個裂隙種滿了荒野上的毛地黃、楠花芥和蕨類植物，它們長得非常茂密，只能偶爾瞥見露出縫隙的矮牆。

「媽媽，要讓它們長得茂盛，我們要做的，」狄肯

說：「就是和它們成為朋友。它們就像那些小動物，要是它們渴了，就給它們水喝；要是它們餓了，就給它們一點食物。它們要和我們一樣活著，要是它們死了，我會覺得自己好像是一個壞孩子，無情地對待它們。」

正是在這個薄暮時刻，索維比太太知道了在密蘇威特莊園發生的所有事。起初她只聽到「柯林小主人」很喜歡和瑪麗到庭園裡，因為那對他有好處。不過不久之後，他們都同意也讓狄肯的媽媽知道他們的秘密——不知道為什麼，他們都確定可以相信她。

所以，在一個美麗且寧靜的傍晚，狄肯說出了所有的故事，包括驚險刺激的細節，譬如被埋起來的鑰匙、知更鳥、似乎死寂一片的灰色霧氣，還有瑪麗小姐不打算透露秘密的事情；狄肯出現之後，瑪麗是怎麼將秘密告訴他，然後是柯林小主人的疑慮，最後他被帶進秘密花園後發生的戲劇化故事；還有班‧威瑟斯塔夫憤怒的臉出現在圍牆上窺看的意外，以及柯林小主人突然發怒、力量大增等等，索維比太太聽著故事，那張好看的臉變了好幾次。

「天啊！」她說：「那個小姑娘來到莊園的確是一件好事。她自己成長了，也改變了柯林。他居然自己站了起來！我們還以為他是個可憐的笨蛋，身體裡沒有一根骨頭是直的。」

她問了許多問題，一雙藍色的眼睛充滿了疑問。

「他們到底在莊園裡做了些什麼，讓他變得這麼健康、這麼活潑、這麼快樂，也不再抱怨了？」她問。

「他們也不知道是怎麼回事。」狄肯回答，「他的臉每天看起來都不一樣，他的臉越來越圓，看起來不再又尖又瘦，蠟白的臉色也消失了。不過，他偶爾還是會抱怨一下。」狄肯露齒笑著說。

「天啊！為什麼呢？」索維比太太問。

狄肯咯咯笑了起來。

「他是為了避免大家猜想的事發生才這麼做的。要是醫生發現柯林可以自己站起來了，他可能會寫信告訴克萊文主人。柯林小主人故意保守這個秘密，想要自己告訴他。柯林想要每天在他的腿上練習魔法，等到他的爸爸回來，他要自己走到他的房間，讓他看看他就跟其他小孩一樣。柯林和瑪麗認為最好的方法就是偶爾抱怨或不高興一下，讓大家不起疑心。」

柯林還沒說完，索維比太太便很安慰地低聲笑了起來。

「啊！」她說，「我保證他們一定玩得很開心。他們一定演了很多戲，小孩最喜歡的就是演戲了。快告訴我他們演了些什麼，狄肯。」

狄肯停下除草的工作，坐下後繼續說著。他的眼睛閃

耀著玩鬧的快樂。

「柯林小主人每天出去時，都會被背到樓下的輪椅上。」他解釋說：「他會故意對男僕約翰發脾氣，責怪他在背他時不夠小心謹慎。他會盡量裝作沒力氣的樣子，直到我們看不到房子了，才抬起他的頭。當他被放在輪椅上時，都在抱怨、生氣。柯林和瑪麗兩人都玩得很開心，他在呻吟抱怨時，瑪麗總會說：『可憐的柯林，你真的那麼痛嗎？可憐的柯林，你真的那麼虛弱嗎？』不過麻煩的是，有時候他們實在忍不住了，就會笑出來。等到我們安全抵達花園後，他們就會一直笑，笑到喘不過氣來，還把他們的臉埋在柯林的墊子裡，以免被附近的園丁聽見。」

「他們笑得越開心，對他們越好！」索維比太太說著，自己也笑了。「健康小孩的笑聲，比任何的藥物治療都好。他們一定會變胖的。」

「他們真的變胖了。」狄肯說，「他們常常餓死了，卻不知道要怎麼樣吃飽，又不會讓別人懷疑。柯林小主人說要是他一直叫他們送更多的餐點來，他們就再也不會相信他了。瑪麗小姐說她可以把自己的分給他吃，但是柯林說若是她餓著肚子，她會變瘦，他們必須快點一起變胖。」

索維比太太聽了這個問題後，開懷地笑了起來，她穿著藍色斗篷的身子前後搖擺著，狄肯也和她一起笑了。

　　「孩子，我告訴你，」索維比太太笑完，接著開口：「我想到了一個可以幫助他們的方法。早上你要去他們那裡時，帶一桶新鮮的牛奶過去，我會烘焙一條香脆的家常麵包，或者一些小圓麵包，裡面塞些葡萄乾，和你們愛吃的一樣，你也一起帶去。沒有什麼東西比新鮮的牛奶和麵包更棒了。這樣他們在花園玩的時候就不會那麼餓，等回到屋裡吃那些好食物時，也不會餓得全都吃光光。」

　　「媽媽！」狄肯佩服地說：「你太神奇了！總是可以想出方法解決問題。昨天他們快玩瘋了，卻不知道該怎麼辦，因為他們肚子很餓。」

　　「這兩個小孩正在快速長大，很快就會健康起來。這樣的小孩看到食物，就像小狼看到肉一樣。」索維比太太說，接著她朝嘴巴笑得彎彎的狄肯微笑，說道：「不過他們一定玩得很開心！」

　　這個令人感到安心的媽媽說得很對──她說「演戲」會讓他們很開心，說得對極了。柯林和瑪麗的確覺得那是一件最令人興奮的遊戲。然而，對一切感到疑惑的保母，以及克萊文醫生的話，讓他們不得不開始小心謹慎，不讓人起疑心。

　　「柯林小主人，你的胃口好多了。」有一天保母這樣說：「你以前都不吃東西，什麼食物都不合你的胃口。」

「現在沒什麼東西不合我的胃口。」柯林回答，然後他看見保母正疑惑地看著他，他才突然想起來，或許還不應該表現出健康的樣子。「至少，許多東西已經不像以前那樣，老是不合我的胃口了，這都是新鮮空氣帶給我的好處。」

「或許吧。」保母回應，臉上仍然帶著困惑的表情看著他。「不過我必須告訴克萊文醫生這件事。」

「她很專注地看著你耶！」她走了之後瑪麗便說，「好像在想一定有什麼秘密。」

「我不會讓她發現任何秘密的。」柯林說，「還沒有人可以這麼做。」

那天早上克萊文醫生來的時候，似乎也感到很困惑。他問了許多問題，讓柯林非常苦惱。

「你常常待在外面花園裡。」他問：「你都去了哪些地方？」

對於他的問題，柯林用又威嚴又冷淡的態度回應。

「我不會讓任何人知道我去哪裡。」他回答。「我去一個我很喜歡的地方，每個人都必須聽從命令，不准出現在附近，你知道我不喜歡別人盯著我看！」

「你似乎整天都待在外面，不過看來好像對你沒有

壞處——我想應該是這樣。保母說你吃得比以前多很多。」

「大概是，」柯林突然靈機一動：「大概是不正常的食慾吧！」

「我不認為，食物似乎很合你的胃口，」克萊文醫生說：「所以你變胖得很快，氣色也比以前好。」

「大概是——大概是我發燒變胖，」柯林一邊說，一邊裝出氣餒、不快樂的樣子。「快要死掉的人常常都是——和正常人不一樣。」

克萊文醫生搖搖頭。他握住柯林的手腕，把袖子往上推，然後摸摸他的手臂。

「你並沒有發燒。」他若有所思地說：「你這種胖是健康的，如果你繼續保持下去，孩子，你就不必再喊著自己會死掉了。你爸爸一定會很高興聽到你的健康大有進展。」

「不准你們告訴他！」柯林突然大聲地說：「萬一我的健康再度變壞，只會讓他感到更失望。我很可能今晚就會病發，也許會發高燒，我現在就覺得好像又要發燒了。不准寫信給我爸爸——我不准——我不准！你讓我很生氣，你知道那對我不好。我覺得我現在已經開始全身發燙了。我討厭被寫信談論，就跟我討厭被盯著看一

樣！」

「噓，安靜點！孩子。」克萊文醫生安慰他，「沒有你的允許，沒有人會寫信的。你太敏感了，你千萬不可以讓目前的好轉前功盡棄。」

於是他再也沒有提起要寫信給克萊文先生的事，當他見到保母時，也私下提醒她不可以再和病人提起這件事。

「這孩子的健康已經好轉很多了。」他說：「他的進步似乎有點不正常，不過，以前我們沒辦法讓他做的事，現在他自己願意去做了。但他還是很容易激動，不可以說話激怒他。」

柯林和瑪麗相當驚慌，焦急地一起討論。這個時候，他們開始計畫「演戲」。

「我可能得再大發脾氣一次。」柯林遺憾地說：「可是我並不想要再發脾氣，現在我覺得自己也沒悲慘到想要再一次大發脾氣，或許我再也不可能發脾氣了。現在我也不難過了，我想到的都是好事，而不是可怕的事。不過如果他們要寫信給我爸爸，我就必須採取行動。」

他決定吃少一點，但很可惜這個聰明的主意沒辦法實現，因為他每天早上醒來後胃口都非常好，而且沙發旁的餐桌上總是擺好了豐盛的早餐，包括自製麵包、新鮮

奶油、雪白的雞蛋、覆盆子果醬，還有凝脂奶油。瑪麗
總是和他一起吃早餐，當他們坐在餐桌前——特別是，
如果從溫熱的銀色罩子底下，有滋滋作響的美味火腿片
散發出誘人的香味時，他們總會絕望地看著彼此。

「瑪麗，我覺得今天我們要把早餐全吃光光。」最後
柯林總是會說：「午餐可以少吃一些，晚餐只吃一點點就
好。」

但是他們從未把食物剩下來。每當他們吃得乾乾淨淨
的盤子被送回餐具室時，總是會引起一陣議論紛紛。

「我好希望，」柯林有時也會說：「我真希望火腿厚
一點，一人一個馬芬根本不夠。」

瑪麗第一次聽到他這麼說的時候，她回答：「對一個
快要死掉的人來說已經足夠了，不過，對想要活下去的
人來說是不夠的。有時候，如果有清新好聞的石楠花和
荊豆花香從荒野上吹來，飄進這一個敞開的窗戶，我覺
得自己可以吃三個馬芬。」

有一天早上，他們在花園裡盡情地玩了約兩個小時
後，狄肯走到一大叢玫瑰後面，拿出兩個錫桶。其中一
桶裝著滿滿的鮮奶，上面還浮著一層鮮奶油，另一桶則
裝著用乾淨、藍白相間的餐巾裹住的家常小圓葡萄乾麵
包。由於裹得很小心翼翼，小圓麵包還是溫熱的，柯林
和瑪麗又驚訝又高興得吵吵鬧鬧。索維比太太想到的主

意太棒了！她真是一個又好心又聰明的女人！小圓麵包
是如此好吃！新鮮的牛奶是如此好喝！

「魔法在她身體裡面，就像在狄肯身體裡面一樣。」
柯林說：「魔法總是讓她想到好主意，她是一個有魔法的
人。告訴她我們很感激她，狄肯。我們真的非常、非常
感激。」

有時候他會說些像是大人才會說的話，他很喜歡也很
高興能說出這樣的話，也想將這些話修飾得更好。

「請告訴她，她實在是太慷慨了，我們真的感激不
盡。」

接著他忘了自己的威嚴，開始將小圓麵包往嘴裡塞，
大口喝著桶子裡的牛奶，就像雖然兩個小時多以前才吃
過早餐，但在呼吸了荒野上的新鮮空氣、做完了大量運
動後，柯林又跟肚子餓了的普通小孩一樣。

經過這件事後，發生了很多皆大歡喜的事。其實，他
們發現索維比太太每天都要準備一家十四口人的三餐，
可能沒辦法再多餵飽另外兩個人，所以他們要求她讓他
們送一點錢過去，用來買食物。

狄肯也告訴他們一項令人興奮的發現。那就是在秘密
花園外庭園的林子裡——也就是瑪麗最初看到他對小動
物們吹笛子的地方——有一個又小又深的洞，可以用石

頭堆起一座小烤爐，他們可以在裡面烤馬鈴薯和雞蛋。他們以前不知道烤雞蛋有多麼奢侈，而在熱騰騰的馬鈴薯上灑些鹽，塗些鮮奶油，簡直是森林裡國王的餐點，又好吃又令人滿足。他們可以買馬鈴薯和雞蛋，想吃多少就吃多少，也不用覺得好像是從十四口人的嘴裡拿來的。

每一個美麗的早上，他們都會在李樹下圍成一個神秘的圈圈，然後開始施展魔法，這棵李樹短暫的花期過後，為他們的圈圈提供了一個綠葉繁茂的華蓋。儀式之後，柯林總會練習走路，有時候也會練習他新發現的力量。

他一天比一天變得更強壯，也走得更穩健、更遠了。他對魔法的信念一天一天增強。柯林覺得自己的身體變強壯之後，就開始一個接著一個的實驗，最好的一個是狄肯告訴他的。

「昨天，」有一天狄肯沒來，但隔天早上他來的時候說：「我替媽媽到密蘇威特村莊辦事，在『藍牛旅館』附近碰到了鮑伯‧哈沃斯，他是荒野上最強壯的男人。他是摔角比賽的冠軍，他跳得比其他人高，鐵鎚丟得比誰都遠。有好幾年，他還跑到蘇格蘭參加運動比賽。我小的時候，他就認識我了，他對人很友善，所以我問了他一些問題。村裡有名聲的人都稱他為運動家，然後我就想到你，柯林小主人。我問他：『鮑伯，你是怎麼把

肌肉練得這麼結實的？是不是有什麼特別的方法，才讓你練得這麼強壯的？』他回答說：『沒錯，孩子，我的確有方法。曾經有一位來密蘇威特村莊表演的大力士，他教我怎麼鍛鍊手臂、腿和身體的肌肉。』於是我問他：『鮑伯，身體虛弱的小孩那樣子鍛鍊，也會變得更強壯嗎？』他笑著說：『你就是那個身體虛弱的小孩嗎？』我說：『不是我，不過我認識一位小紳士，他因為長期生病，正在康復中，我希望知道一點秘訣來幫助他。』我沒有說出名字，他也沒有問，他就和我說的一樣友善，他站起來，很親切地做給我看，我模仿著，直到牢牢記在心裡。」

柯林聽完，興奮得不得了。

「你可以做給我看嗎？」他叫道：「可以嗎？」

「沒問題。」狄肯回答。他站起身來，接著說：「不過他說一開始要慢慢來，不可以累壞自己。練一練就要休息一下再繼續，而且要深呼吸，不可以做太多。」

「我會小心的。」柯林說。「做給我看！做給我看！狄肯，你真的是這個世界上最懂得魔法的男孩！」

於是狄肯站在草坪上，慢慢地做完一連串簡單明確的肌肉運動。柯林瞪大雙眼看著他做運動。他也能坐著練習一點，不久之後，他已經能用腳相當穩健地站著，慢慢一點一點練習，瑪麗也開始跟著練習。煤灰看著他們

的練習，感到有點不耐煩，就飛離樹枝，到處不停地蹦蹦跳跳，因為牠也想跟著做。

　　從那個時候開始，練習運動和施展魔法一樣，變成他們每天的功課。柯林和瑪麗兩個人的練習一點一點增加，他們的胃口也越來越好，要不是狄肯每天早上放在灌木叢後的那一籃食物，他們一定餓壞了。林子裡的小烤爐烤出來的馬鈴薯和雞蛋，還有索維比太太的慷慨，讓他們感到如此滿足，所以梅拉克太太、保母和克萊文醫生又開始感到疑惑。他們屋子裡的早餐和晚餐幾乎動也沒動過，因為他們的肚子早就被烤雞蛋、烤馬鈴薯、新鮮營養的牛奶、燕麥餅、小圓麵包、石楠蜂蜜和凝脂奶油給餵飽了。

　　「他們幾乎什麼都不吃。」保母說：「他們要是再不聽話，吃點營養的食物，一定會餓死的。可是看起來又不像。」

　　「看起來！」梅拉克太太生氣地大吼：「我簡直傷透腦筋了！他們像一對小魔鬼一樣，今天他們吃到快撐破肚皮，明天卻又對廚師想要特別激發他們胃口的美食嗤之以鼻。昨天那隻美味的嫩雞和果醬麵包他們一口也沒吃，那個可憐的女廚師還特地為他們做新的布丁，結果全被送回來了，廚師都快要哭了。她擔心萬一他們餓死，她會受到責罰。」

　　克萊文醫生來了，他仔細地看了柯林好一陣子。剛剛

保母和他談話，給他看了她特地留下來、幾乎沒被碰過的早餐碗盤，他露出了很擔心的臉。不過，當他坐在柯林的沙發旁，替他檢查時，卻更擔心了。他被請到倫敦去看診，已經將近兩個星期沒來看柯林了。通常小孩子一開始好轉，很快就會完全健康起來。柯林蠟白的膚色已經消失了，取而代之的是白裡透紅的健康膚色；他漂亮的雙眼非常清澈，眼睛下方、臉頰和太陽穴的凹陷處都變豐滿了；他一度暗沉濃厚的髮絲，現在看起來似乎充滿柔軟溫熱的生命力，在他的額頭上健康地擺動著；他的嘴唇比較豐滿了，帶著正常的顏色。事實上，他現在這樣的情況，要說他自己是個有殘疾的男孩，實在是一種恥辱。克萊文醫生用手抬起他的下巴，沉思著。

「聽說你都不吃東西，我覺得很難過。」他說，「不可以這樣，否則你會前功盡棄。你原本已經有驚人的進步了，不久之前，你的三餐都很正常。」

「我說過那是不正常的食慾。」柯林回答。

瑪麗坐在旁邊的凳子上，突然發出非常奇怪的聲音，她正努力壓抑它，最後差點嗆到。

「怎麼了？」克萊文醫生一邊說，一邊轉過去看她。

瑪麗的樣子變得相當嚴肅。

「我想要打噴嚏，又想要咳嗽，」她帶著責怪自己的

語氣，認真地回答：「結果就嗆到了。」

「沒辦法，」事後她對柯林說：「我忍不住，於是笑了出來。我不知不覺想起你吃著最後那一大塊馬鈴薯，還有當你想要咬下那一大片塗著果醬和凝脂奶油、香脆可口的麵包時、張大嘴巴的樣子。」

「那些孩子有沒有辦法可以偷偷取得食物呢？」克萊文醫生詢問梅拉克太太。

「沒有，除非他們從地底挖出來，或者從樹上摘下來。」梅拉克太太回答。「他們整天都待在外面的庭園，誰也不見。而且如果他們想要吃點不一樣的食物，只要一聲吩咐，僕人就會送過去。」

「好吧！」克萊文醫生說，「只要沒有什麼太嚴重的問題，我們不用擔心，這個孩子已經和以前很不一樣了。」

「那個小女孩也是。」梅拉克太太說，「自從她變胖，不再看起來一臉不高興的樣子之後，真的漂亮多了。她的頭髮也長得更密了，整個人看起來很健康、容光煥發的樣子。以前她是一個悶悶不樂且脾氣古怪的小女孩，現在卻和柯林小主人一起，兩人像一對小瘋子似的一起笑著。或許他們是因為這樣才變胖的吧。」

「也許是吧。」克萊文醫生說，「就讓他們歡笑

chapter 24
「就讓他們歡笑吧。」

吧 。 」

Chapter
25

簾幕

瑪麗發現柯林的房間裡有新的改變。昨天她就注意到了，不過她沒說出來，因為她認為改變可能是偶然發生的。今天她什麼也沒說，只是坐著，牢牢地盯著壁爐架上的畫像看。

秘密花園裡的花朵不斷地盛開，每天早上都有新奇的事發生。知更鳥的鳥巢裡，牠的伴侶正棲在裡面孵蛋，用牠柔軟的小胸部和翅膀，小心翼翼地保暖。起初牠看起來非常緊張，知更鳥自己也警戒著。那些日子就連狄肯都不敢走近那個枝葉茂密的角落，他只是安靜地施展著神秘的魔法，向這一對小鳥傳達一個訊息，就是花園裡的一切都和牠們一樣，都知道發生在牠們身上神奇的事情是如此美好、溫柔、可怕且莊嚴。花園裡所有生物都明白，如果有一顆鳥蛋被拿走或被傷害，整個世界將會整個翻轉過來，在宇宙中撞毀，然後結束。如果有人無法感受到這點，依照規矩行事，即使在那樣滿是金色陽光的春日，也無法獲得快樂。然而，所有的生物都知道，也能感受到這一點，知更鳥和牠的伴侶也知道大家都明白這一點。

起初，知更鳥極為焦慮地防備著瑪麗和柯林，而因為某種神秘的理由，牠知道牠並不需要警戒狄肯。當牠第一次用那黑露般明亮的眼珠看著狄肯時，就知道他不是陌生人，而是另一種沒有嘴巴或羽毛的知更鳥。他能說知更鳥的語言——那是相當特殊的語言，不可能被誤認為其他語言——用知更鳥的語言和知更鳥溝通，就像用法語和法國人溝通一樣。狄肯總是用那樣的語言和牠們鳥說話，所以他嘰哩呱啦和人類說的奇怪語言，對牠來說就一點也不重要了。知更鳥認為狄肯嘰哩呱啦地跟他們說著奇怪的話，是因為他們還沒有聰明到可以聽懂鳥

chapter 25
簾幕

類的語言。狄肯的一舉一動也和知更鳥一樣,從來不會驚嚇牠,也不會讓牠覺得危險或受到威脅。所有知更鳥都了解狄肯,所以當他出現時,牠們都不會覺得受到打擾。

但是一開始,知更鳥似乎覺得需要對其他兩個人加以戒備。首先,那個男孩並不是用腳走進花園,而是坐在椅子上被推進來,身上還穿著獸皮衣服,光是這樣就很可疑了。接著,當他站起來繞著花園走時,樣子很奇怪,其他人似乎還得扶著他。知更鳥習慣悄悄躲在灌木叢裡,不安地觀察他們,牠的頭先偏向一邊,又偏向另一邊。牠認為這樣緩緩擺動,表示牠已經準備好要像貓一樣撲上前去了——當貓準備撲上前去時,總是會先在地上慢慢爬行。知更鳥和牠的伴侶常常談起這件事,談了好多天,後來知更鳥決定不再對伴侶提起這件事,因為牠的伴侶非常害怕,知更鳥擔心這可能會對牠們的孩子有不好的影響。

當那個男孩子開始自己走路,甚至走得更快時,牠鬆了一口氣。不過有很長一段時間——或者對知更鳥來說,這是一段很長的時間——柯林是牠焦慮的原因。他的行為動作和其他人類不一樣,他似乎很喜歡走路,不過很特別的是,他會坐下或躺一會再站起來,繼續不安地走著。

有一天,知更鳥想起自己被迫學飛的時候也是這樣。

牠先學飛短短幾碼遠，然後停下來休息，所以牠覺得這個男孩子正在學飛，或者是在學走路。牠對伴侶提起這件事，說牠們的蛋孵了出來，鳥兒們長出羽毛後，可能也會像柯林那樣，牠的伴侶聽到之後感到很安慰，於是很感興趣地在鳥巢旁邊觀察柯林，並且得到了很大的樂趣——牠覺得牠們的蛋會更聰明、學得更快，牠驕傲地說，人類比牠們的蛋還要笨拙和遲鈍，他們大多從來沒有真的學會飛，也從來沒有在空中或樹梢上遇見過他們。

過沒多久，男孩子開始像其他人那樣走動了。可是這三個小孩有時也會做些奇怪的事情，他們會站在樹下，擺動手臂、腿部和頭部，動作既不像走路，也不像跑步或坐下。他們每天斷斷續續地練習這些動作，知更鳥沒辦法對牠的伴侶解釋他們到底在做什麼或想要做什麼，牠只能確定，牠們的蛋一定不會這樣拍動翅膀。不過，那個會說流利的知更鳥語的男孩也跟著他們一起練習，所以可以確定，他們的動作絕對不會對牠們有害。當然，知更鳥和牠的伴侶都沒聽過摔角冠軍鮑伯·哈沃斯，還有關於把肌肉練結實的運動。知更鳥不像人類，牠們在學飛的時候就開始鍛鍊肌肉了，所以很自然地健康了起來。牠們每天都得飛出去尋找三餐，所以肌肉不會退化。

當那個男孩子像其他人一樣到處走動跑步，又挖土又拔草時，角落的鳥巢也籠罩在一片平靜滿足的氣氛裡。

為牠們的蛋擔心害怕的時期已過去了，牠們知道牠們的蛋就像鎖在銀行保險庫裡一樣安全。而觀看這麼多稀奇古怪的事在進行，實在是一件很有趣的事。遇到下雨天，鳥媽媽甚至還會覺得有點沉悶，因為小孩子都沒來花園。

不過即使在下雨的日子，瑪麗和柯林也不再覺得煩悶了。有一天早上，雨下不停，柯林開始有點浮躁不安，因為他必須待在沙發上，不能無憂無慮地站起來走動，因為他擔心會被發現。這時瑪麗突然有了一個靈感。

「我現在是個真正的男孩了。」柯林說：「我的腿、手臂和全身上下都充滿了魔法，我不能讓它們都不動，因為它們隨時都想做點事情。瑪麗，你知道嗎？每天早上我醒過來時，時間還很早，鳥兒剛在外面啁啾鳴叫，一切似乎都在歡呼──甚至是樹和一些我們聽不到的東西，我覺得自己也很想跳下床，大聲歡呼。如果我真的歡呼起來，你猜猜會發生什麼事！」

瑪麗肆無忌憚地咯咯笑了起來。

「我想保母和梅拉克太太都會跑過來，他們一定會認為你瘋了，然後馬上請醫生過來。」她說。

柯林自己也咯咯笑了起來。他會看到所有人的樣子──被他的大叫聲嚇到，又看到他直挺挺地站著，一定會非常驚訝。

「我真希望爸爸快點回來。」他說,「我要親口告訴他。我一直在想這件事,我們不能再繼續這樣下去了。我沒辦法忍受再躺在床上裝病了,而且我看起來已經不一樣了,真希望今天沒下雨。」

就在這個時候,瑪麗有了靈感。

「柯林,」她神秘兮兮地說:「你知道這棟房子裡有多少間房間嗎?」

「我猜大概有一千多間吧!」他回答。

「其中大概有一百間都沒有人進去過。」瑪麗說:「某一個下雨天,我進去了好多房間,沒有人知道這件事,只是差一點被梅拉克太太發現。我在回房間的時候迷路了,剛好停在這條走廊的另一端,那個時候是我第二次聽見你的哭聲。」

柯林從沙發上跳了起來。

「一百間房間都沒人進去過!」他說,「聽起來就像秘密花園一樣,我們去看看吧!你可以推著我去,沒有人會知道我們去哪裡。」

「我也這麼想。」瑪麗說,「沒有人敢跟著我們。那裡有很多很大的房間,你可以跑來跑去,我們也可以運動。還有一間有印度擺飾的小房間,裡面有一個擺滿象牙雕刻的櫥櫃,還有其他各式各樣的房間。」

「幫我按鈴。」柯林說。

保母進來後，他下了命令。

「把輪椅推過來。」他說，「瑪麗小姐和我要去看看房子裡其他的空房間，約翰可以把我推到畫廊走道那裡，然後請他離開，我們自己看，直到我再叫他時，他才可以過來。」

那天早上雖然下著雨，卻不再令人覺得煩悶無聊了。僕役將他推到畫廊走道後，服從地離開。只剩下他們兩個人了，柯林和瑪麗高興地看著彼此。

瑪麗一確定約翰已經回到樓下的僕人廳，柯林就從輪椅上站起來。

「我要從畫廊走道的這一邊跑到另一邊。」他說，「然後我要跳一跳，接著再練習鮑伯·哈沃斯的運動。」

他們除了做這些事情，還做了許多其他的事。他們到處看畫，找到了那個穿著綠色織錦洋裝，手指上停著一隻鸚鵡，長得不漂亮的小女孩。

柯林說：「這些人一定是我的親戚，很久以前他們住在這裡，我相信那個鸚鵡女孩，一定是我的一位曾曾曾曾姑媽。她長得很像你，瑪麗——不過不像你現在的樣子，比較像剛來這裡的你。你現在看起來胖多了，也好看多了。」

「你也是。」瑪麗說,然後他們兩人都笑了起來。

　　他們走到有印度擺飾的房間,開心地和那些象牙雕刻的大象玩。他們也找到玫瑰色織錦裝潢的夫人客廳,還有坐墊上老鼠留下的洞,不過老鼠們已經長大跑掉了,洞裡空空的。他們比瑪麗第一次來這裡時看了更多間房間、發現更多事,他們發現新的走廊、轉角、樓梯,以及他們喜歡的古董畫,還有許多不明用途的怪東西。那真的是一個奇妙的早上,跟某些人一起在同樣的房子裡,卻又覺得離他們非常遙遠的感覺,令他們十分著迷。

　　「我很高興我們來了這裡。」柯林說,「我從來不知道自己住在這麼奇怪老舊的大房子裡。我喜歡這間房子,以後每個下雨天,我們都來這裡逛逛,應該會發現新的轉角和很多新奇的東西。」

　　那天早上,他們發現了許多其他事物,胃口也大開,所以當他們回到柯林的房間吃午餐時,幾乎沒辦法什麼都不吃就把餐點送回去。

　　當保母把碗盤端下樓,用力地將碗盤放在廚房烹調台上時,廚師露米斯太太看到了吃得乾乾淨淨的碗盤。

　　「看!」她說:「這房子真是神秘,而這兩位小孩是裡面最神秘的。」

「要是他們每天繼續這樣下去，」強壯的年輕僕役約翰說：「我想他的體重會比現在還要重一倍，和一個月前到現在增加的一樣多。我得趕快辭掉這份差事，我擔心我的肌肉會受傷。」

那天下午，瑪麗發現柯林的房間裡有新的改變。昨天她就注意到了，不過她沒說出來，因為她認為改變可能是偶然發生的。今天她什麼也沒說，只是坐著，牢牢地盯著壁爐架上的畫像看。現在她可以仔細看了，因為絲綢簾子已經被拉開了，那就是她發現的改變。

「我知道你想要我告訴你什麼。」瑪麗看了一會後，柯林說，「我總是能夠明白你想要知道什麼。你一定在想為什麼絲綢簾子被拉開了，因為我想要讓它保持這樣。」

「為什麼？」瑪麗問。

「因為看著她笑已經不會再讓我生氣了。兩天前，我在明亮的月光中醒過來，魔法好像充滿了房間，讓一切看起來那麼奇妙輝煌，我再也不能靜靜地躺著。我跳下床，走到窗邊向外看。房間裡非常明亮，有一片月光投射在絲綢簾子上，不知道為什麼，我走過去拉了拉繩子，她向下凝視著我，好像在對我笑，好像很高興看到我站在這裡。這讓我也喜歡看著她。我希望一直看到她那樣笑，我想或許她生前也是一個有魔法的人。」

「你現在看來那麼像她。」瑪麗說：「所以有時候我在想，或許你是她靈魂變成的男孩。」

這個想法讓柯林印象很深刻。他仔細地想了一想，慢慢回答瑪麗。

「如果我是她的靈魂化身……我的爸爸一定會喜歡我。」

「你想讓他喜歡你嗎？」瑪麗問。

「我一直非常討厭這個想法，因為他不喜歡我。如果他開始喜歡我，我覺得我應該把魔法的事告訴他，或許這會讓他快樂一點。」

chapter 25
簾幕

Chapter
26

「是媽媽！」

她美妙慈愛的雙眼，似乎將一切盡收眼底，包括班‧威瑟
斯塔夫、小動物和每一朵盛開的花。即使她的出現令人意
外，也沒有人把她當成闖入者，這時狄肯的眼睛像一盞燈
一樣亮了起來。

秘密花園

他們一直保持著對魔法的信念，早上唸過咒語後，柯林有時候會發表關於魔法的演講。

「我很喜歡這麼做，」他解釋說：「當我長大，實現了更多的科學發明後，我必須分享我的心得，現在剛好可以練習。但我只能發表短短的演講，因為我還小，而且如果說得太長，班‧威瑟斯塔夫會覺得好像在教堂聽佈道，他會想打瞌睡。」

「演講最了不起的地方，」班‧威瑟斯塔夫說：「就是可以站起來，想說什麼就說什麼，而且沒有人可以反駁，有時候我也不反對自己演講一下。」

不過當柯林開始在樹下演講時，班‧威瑟斯塔夫渴望的眼神卻牢牢盯著他看，帶著批評卻疼愛的眼神仔細地看著他。他的演講並不比他日益茁壯、挺直的腿令他興致盎然，他像個小孩一樣把頭抬得高高的，過去尖瘦的下巴和凹陷的臉頰變得更豐滿了，一對眼睛也開始發出和班‧威瑟斯塔夫記憶中另一雙眼睛同樣的光彩。有時候柯林覺得班‧威瑟斯塔夫那麼誠摯地看著他，代表班‧威瑟斯塔夫一定對他的演講非常佩服，他想知道班‧威瑟斯塔夫在想些什麼，於是有一次班‧威瑟斯塔夫似乎聽得入迷了，柯林就問了他問題。

「你到底在想什麼，班‧威瑟斯塔夫？」他問。

「我在想，我敢說你這個星期一定又胖了三、四磅，

我看到你的小腿和肩膀了，我真想把你擺在磅秤上秤秤看。」班・威瑟斯塔夫回答。

「全都是魔法的效果，還有、還有索維比太太的小圓麵包、牛奶和那些食物的關係。」柯林說，「你看吧！科學實驗已經成功了。」

那天早上，狄肯沒來得及趕上聽演講。他從家裡一路跑來，所以臉頰非常紅潤，那張有趣的臉氣色看起來比平常更好。在下過溫暖的大雨後，他們總是有許多事情要做，雨天之後必須除掉許多雜草，於是他們開始工作。有助於花兒生長的濕氣，也助長了雜草的蔓延，必須趁著新長出來的嫩葉生根之前拔除。這些日子以來，柯林已經比其他人會拔草了，還能一邊拔一邊演講。

「當你自己努力工作時，魔法的效果最好。」今天早上他說：「你可以感覺到它在骨骼和肌肉裡。我要看一些和骨骼與肌肉有關的書，然後寫一本關於魔法的書。我已經在著手進行了，我一直在找新的發現。」

說完這些話不久之後，他丟下鏟子站了起來，靜默了幾分鐘，他們看到他正在想演講的內容，就像平常那樣。柯林丟下鏟子站了起來這件事，讓瑪麗和狄肯覺得他似乎突然想到了什麼念頭。他全身站得直挺挺的，高興地伸出手臂，他紅光滿面，奇怪的眼睛愉快地睜得大大的。

他立刻領悟了一件事。

「瑪麗！狄肯！」他喊道：「你們看看我！」

於是他們停止拔草，看著他。

「你們還記得第一次帶我來這裡的那個早上嗎？」他問。

狄肯專注地望著他。他是個會吸引動物的人，他能看到比別人更多的事情，而大部分是他從來沒對人說過的。現在他也在這個男孩身上看到了這些事情。

「我們都記得。」他回答。

瑪麗看起來也很專注，不過她沒說話。

「就是現在，」柯林說：「我想起了這件事——當我看到我的手拿著鏟子挖土時——我站起來看看是不是真的，結果是真的！我好了——我好了！」

「你真的好了！」狄肯說。

「我好了！我好了！」柯林重複說著，滿臉通紅。

他以前就依稀知道這件事了，他盼望著、感覺著、思考著，不過就在這一刻，有一樣東西急速流過他的身體——那是一種狂喜的信念和領悟，那是如此地強烈，他忍不住大喊。

「我會永遠活下去！」他煞有其事地大喊。「我會發現成千上萬的新鮮事，我會發現人類、動物和一切生長的植物——像狄肯那樣——我不會停止施魔法。我好了！我好了！我覺得……我覺得很想大聲説一些感激、快樂的話！」

班·威瑟斯塔夫原本在玫瑰花叢旁工作著，這個時候他上上下下打量著柯林。

「你可以唱頌讚歌了。」他語氣冷淡地咕噥著，他提出這個建議，不帶有任何尊敬之情——他對頌讚歌沒什麼好印象。

雖然柯林對頌讚歌一無所知，但他是一個相當有研究精神的人。

「頌讚歌是什麼？」他問。

「我保證狄肯一定會唱。」班·威瑟斯塔夫回答。

狄肯用吸引動物的那種微笑回答。

「那是他們在教堂裡唱的詩歌。」他説，「媽媽説她相信雲雀每天醒來後也都會唱頌讚歌。」

「如果她這麼説，那一定是美妙的歌曲。」柯林回答，「我自己從來沒去過教堂，因為我老是生病。唱唱看，狄肯，我想要聽。」

秘密花園

　　狄肯相當單純，他比柯林更加清楚柯林的感受，他是出於本能地了解柯林，但他自己不知道那就是善解人意。他摘下帽子，依舊微笑看著柯林。

　　「你要把帽子脫下來。」他對柯林說，「班・威瑟斯塔夫，你也要，你還得站起來，這你知道的。」

　　柯林把帽子脫下來，專心注視著狄肯，這時太陽閃耀著，把他茂密的頭髮曬得暖暖的。班・威瑟斯塔夫從地上站起來，也脫下了帽子，困惑的老臉上露出一絲討厭的表情，好像一點都不明白，為什麼他要做這件不可思議的事。

　　狄肯從樹叢和玫瑰叢中站出來，開始用簡單平常的方式，用他嘹亮好聽的童音唱了起來：

讚美上帝賜福，

地下所有生物都讚美祂，

讚美上主，

讚美聖父，聖子和聖靈。

阿門。

　　他唱完以後，班・威瑟斯塔夫靜靜站著，他的下巴固執地緊縮，困惑的眼睛盯著柯林看。柯林沉思著，臉上帶著讚賞的神情。

「這首歌很好聽。」他說，「我很喜歡，或許意思和我想喊出感激魔法的話相同。」他困惑地思考著，接著說：「也許這是相同的兩件事，我們沒辦法知道每件事確切的名稱。狄肯，你再唱一次，瑪麗，我們也試試。我也想唱，那是我的歌。開頭要怎麼唱，是『讚美上帝賜福』嗎？」

接著他們又唱了一遍，瑪麗和柯林盡可能地大聲唱，狄肯的歌聲嘹亮悅耳—— 唱到第二句時，班・威瑟斯塔夫刺耳地清清喉嚨，唱到第三句時，他加入一起唱，粗野的聲音充滿活力，而當最後唱到「阿門」時，瑪麗看到了和班・威瑟斯塔夫發現柯林不是殘廢時一樣的情景—— 他的下巴扭曲，眼睛凝視著柯林，一邊眨眼，粗糙的老臉上滿是淚水。

「我以前從不覺得頌讚歌有什麼意義。」他粗啞地說：「不過我現在改變想法了。這個星期你應該又胖了五磅吧！柯林小主人，五磅！」

柯林越過花園看過去，有個東西吸引了他的注意，他露出驚訝的表情。

「誰來了？」他快速地說：「那是誰？」

長春藤牆上的門被輕輕推開了，有一個女人走了進來。她是在他們唱最後一句的時候進來的，她站著欣賞，靜靜地聆聽他們唱歌。她站在長春藤前，陽光穿透

樹木們灑了進來，一點一點的光落在她藍色的長斗篷上。她清新好看的臉，對著另一端的綠樹叢微笑，就像柯林圖畫書裡色彩柔和的人像畫。她美妙慈愛的雙眼，似乎將一切盡收眼底，包括班·威瑟斯塔夫、小動物和每一朵盛開的花。即使她的出現令人意外，也沒有人把她當成闖入者，這時狄肯的眼睛像一盞燈一樣亮了起來。

「是媽媽——是媽媽！」他叫出來，然後越過草坪跑了過去。

柯林也開始朝她走去，瑪麗跟在後面。他們都覺得心跳加快。

「是媽媽！」狄肯迎向她時又說了一次。「我知道你們想見她，就把門的入口告訴了她。」

柯林滿臉通紅，高貴又羞怯地伸出他的手，眼睛專注地凝視著她的臉。

「即使在我生病的時候，我也很想見到您。」他說，「您、狄肯還有秘密花園——我以前從不想見任何人或任何事。」

看到柯林高高仰起的臉，狄肯媽媽臉上的表情也瞬間改變了。她紅著臉，嘴角顫抖，眼睛似乎有點濕濕的。

「啊！親愛的孩子！」她叫了出來，身體微微顫抖

著。「啊！親愛的孩子！」她似乎是不知不覺中喊出來的。她並不是叫「柯林小主人」，而是相當突然地說「親愛的孩子」。當她看到狄肯臉上有令她感動的事物時，她也會這樣叫他。柯林很喜歡這個稱呼。

「你是因為看到我這麼健康而驚訝嗎？」他問。

她把手擺在他的肩膀上，微笑著擦去眼中的淚滴。

「對啊，我真的很驚訝！」她說，「你跟你媽媽長得真像，讓我的心跳了一下。」

「您認為，」柯林有點不安地問：「這會讓我爸爸喜歡我嗎？」

「會，一定會的，親愛的孩子。」她回答，然後輕鬆地拍拍他的肩膀。「他一定會回來——他一定得回來。」

「蘇珊・索維比。」班・威瑟斯塔夫一邊走近她，一邊說：「你有沒有看到這孩子的腿？兩個月前那雙腿就像穿了襪子的鼓棒一樣。我還聽人家說，他的腿同時向內又向外彎。現在你看看那雙腿！」

蘇珊・索維比欣慰地笑了。

「這孩子的雙腿再過不久就會變得很強壯。」她說，「讓他在花園裡玩耍、工作，多吃豐盛的食物，多喝鮮美的牛奶，他的雙腿一定會成為約克郡最健壯的。感謝上

367

帝。」

　　她將雙手擺在瑪麗小姐的肩膀上，像媽媽一樣仔細地看著她的小臉。

　　「還有，你也是！」她說，「你快要和我們家伊莉莎白一樣健康了。我保證你也長得很像你媽媽。我們家瑪莎告訴我，梅拉克太太聽說你媽媽長得很漂亮。你長大後一定會像一朵紅玫瑰，我的小姑娘，祝福你。」

　　她沒提起瑪莎放假回家時，曾經對她形容過這個臉色蠟黃的小女孩。瑪莎不相信梅拉克太太聽到的傳言，她固執地說：「這麼不討人喜歡的小女孩，她的媽媽不可能是一個漂亮的女人。」

　　瑪麗以前沒有時間注意自己臉上的變化，她只知道自己看起來「不一樣」了，頭髮似乎長得比以前更多、更快。不過，她想起過去看著「夫人」的情景，她很高興聽到有一天她會長得像她一樣。

　　蘇珊·索維比跟著他們繞著花園走，他們告訴她關於花園的點點滴滴，指著活過來的每一株灌木和樹給她看，柯林和瑪麗走在她的兩旁。他們一直看著她紅潤安詳的臉龐，私下對她帶給他們愉快的感覺——一種支持他們的溫馨的感覺——感到非常驚奇。她了解他們，就好像狄肯了解小動物那樣；她彎下身和花說話，就像對小孩子說話那樣。煤灰跟著她，偶爾對她叫一、兩聲，然

後飛到她的肩膀上，好像把她當作狄肯。當他們告訴她關於知更鳥的事，還有小知更鳥開始學飛了的事情，充滿母愛的她溫柔地笑了。

「我想，教鳥兒飛翔就像教小孩走路一樣。不過，要是我的孩子長的是翅膀而不是腳，我就會很煩惱，不知道該怎麼教他們飛了。」

她是個善良的荒野農婦，所以他們決定把魔法的事告訴她。

「你相信魔法嗎？」柯林在解釋過印度苦行僧的事情後問。「我希望你相信。」

「孩子，我相信。」她回答，「只是我知道的並不是這樣稱呼的。不過其實怎麼稱呼都沒關係，我敢說在法國也有不一樣的稱呼，在德國又是另一種不一樣的稱呼，這和讓種子膨脹、讓陽光普照、讓你成為健康的孩子是同樣的事，也是一件好事。那並不像我們這些可憐人，以為喊得出自己的名字很重要。『天大的好事』並不會停下來發愁，也不會停止祝福你。它會繼續創造許多世界——就像我們的世界一樣。不要停止相信『天大的好事』的存在，試著發現它充滿整個世界。你想怎麼稱呼它都可以。我剛走進花園時，聽到你們正在唱歌頌讚它。」

「我覺得好快樂。」柯林睜著又大又漂亮的眼睛看著

她，「突然之間，我發現自己和以前是多麼不一樣——我的手臂和腿是多麼強壯，我會挖土，我能站著，還可以跳，對所有聽得見的事物大聲喊話。」

「當你們在唱頌讚歌時，魔法都聽見了。無論你們唱的是什麼，它都會聽見。最重要的是要快樂。啊！孩子，孩子——應該怎麼稱呼快樂的泉源？」她再次溫柔地拍了拍他的肩膀。

今天早上，她提了一籃和往常一樣豐富的餐點，大家覺得餓了，於是狄肯把它拿出來，她和他們一起坐在樹下，看到他們狼吞虎嚥的樣子，笑了起來，也為他們的胃口感到很滿意。她非常風趣，說了許許多多奇怪的趣聞，讓他們開懷大笑；她用約克郡方言說故事給他們聽，還教他們新的字詞。他們也把柯林越來越難假裝成壞脾氣病人的事情告訴了她，她忍不住笑了出來。

「你看，我們在一起時，幾乎時時刻刻都在笑。」柯林解釋說：「一點也不像生病的樣子。我們想忍住不笑，但總是忍不住，反而笑得更厲害。」

「我常常想到一件事。」瑪麗說，「我一想到這件事，就會忍不住笑出來。我一直在想，要是柯林的臉變得和月亮一樣圓會是什麼樣子。現在還不像，不過他每天都在變胖，要是有一天早上，他的臉真的變成了月亮，那我們該怎麼辦？」

「上帝保佑，看來你們還要繼續演戲。」蘇珊・索維比説，「但是我想不需要演太久，克萊文主人就要回來了。」

「你覺得他會回來？為什麼？」柯林問。

蘇珊・索維比輕輕地笑了起來。

「我想要是你不能親自告訴他你的身體已經好起來了，一定會很難過。」她説，「你晚上一定都睡不著，一直計畫著這件事。」

「我沒辦法忍受別人把這件事告訴他。」柯林説，「我每天都計畫著用不同的方法告訴他，我現在想到的是用跑的跑到他的房間。」

「那是個很好的開始。」蘇珊・索維比説，「我很想看見他驚喜的樣子，孩子。真的！他一定得回來——一定。」

他們也提起了另外一件事情，就是計畫拜訪她的小房子。他們都計畫好了，他們要坐馬車越過荒野，再到戶外的石楠叢野餐。他們會看到十二個小孩，還有狄肯的園園，直到玩累了再回來。

最後蘇珊・索維比站起來，回到梅拉克太太那裡。柯林也該被推回屋裡了。就在坐回輪椅之前，他靠近索維比身旁站著，用愛慕的眼光盯著她看，接著突然緊緊抓

371

著她藍色斗篷的衣摺。

　「你就是我想要的——我想要的。」他說,「我真希望你也是我的媽媽!」

　蘇珊‧索維比突然彎下身,用溫暖的手臂將柯林拉近她懷裡,就像柯林是狄肯的兄弟那樣。淚水迅速閃過她的雙眼。

　「啊!親愛的孩子!」她說,「我相信你媽媽一定也在這個花園裡,她不可能離開這裡的。你爸爸一定要回來看看你——一定要!」

Chapter
27

在花園裡

他不知道為什麼,那灰暗沉重的負擔似乎又消失了,他知道自己是個活人,不是死人。慢慢地、慢慢地,沒有理由的,他知道他已經和秘密花園一起「甦醒」過來了。

世界創始以來，每一個世紀都有美妙的事物被發現，上一個世紀所發現的比之前任何一個世紀都來得多。在這個新世紀，我們將發現更多令人嘆為觀止的事物。一開始，人們不相信一件新奇的事物可以被實現，接著他們開始盼望這件事可以被做到，再來他們看到這件事實現了，接著全世界都會想知道為什麼這件事沒有在幾個世紀前就完成。上一個世紀人們所發現的事物是思想，思想就跟電池一樣強而有力，就像陽光一樣對人有益處，或者反之，就像毒藥一樣對人有害，讓憂傷或不好的念頭跑進心裡，就和猩紅熱細菌跑到身體裡一樣危險。若是一直想著這個念頭，甚至讓它待在你心裡，它就會跟著你一輩子。

一直以來，瑪麗的心中充滿了許多不愉快的想法，像是她討厭的事物、對人們的偏見，以及不想喜歡或不想對任何事物感興趣的決心，所以她一直都是個面瘦肌黃、又無聊又討人厭的小孩。然而，環境對她的影響真的很大，雖然她一點都沒有察覺，環境一直將她帶往好的方向，她的心裡漸漸充滿了知更鳥、擠滿小孩的荒野小房子、脾氣古怪的老園丁、平凡普通的約克郡小女僕、春天以及每天都在甦醒過來的秘密花園，還有一個荒野上的男孩和他的小動物，因此沒有空間留給那些不愉快、會影響她的肝臟消化，讓她面瘦肌黃的想法。

一直以來，柯林把自己關在房間裡，一直想著他的恐懼和脆弱。他討厭那些盯著他看的人，花上好幾個小時

想著他的駝背和死亡，因此變成一個歇斯底里、有點瘋狂的憂鬱症患者，不知道什麼是陽光和春天，也不知道如果他願意嘗試，他可以好起來或站起來。當嶄新、美好的想法，開始將這些舊有的想法推擠出去後，生意又回到了他身上，他的血液健康地流過血管，像一股洪流般湧進他的身體。他的科學實驗相當簡單實際，一點都不奇怪。當一個人心裡有了不愉快或沮喪的念頭，需要即時推開；而只要想起愉快、鼓舞人心的念頭，許多令人驚訝的事便會發生。這兩件事是不能並存的。

你照顧玫瑰花的地方，我的孩子，是不會長出薊花來的。

當秘密花園正在甦醒過來，這兩個小孩也跟著變得健康的時候，有一個男人正在遠方美麗的挪威峽灣，以及瑞士的山區閒晃。十年來，他的心裡滿懷著黯淡及令他心碎的想法，他一直沒有勇氣，去試著以其他想法代替這些晦暗的心事。他會在藍色湖畔一邊遊蕩，一邊想這些傷心事；他會一邊躺在開滿深藍色龍膽花花香瀰漫的山坡上，一邊想著這些事。他的生命曾經快樂過，後來發生了一件傷心事，於是他任由他的靈魂充滿灰暗，頑固地拒絕讓一絲微光穿透進去。他已經忘了，也遠離了他的家和責任。當他到處旅行時，總有一抹陰影籠罩著他。對其他人來說，他的出現總是不適當的，他的憂鬱氣息彷彿會毒害周遭的空氣，大部分陌生人都認為他若不是有點瘋癲，就是在他的靈魂深處藏著不為人知的

罪。他身材高大，臉部表情憂鬱，肩膀彎曲，他在旅館住宿時，總是登記「阿希巴爾德‧克萊文 密蘇威特莊園，約克郡，英國」。

　　自從他在書房見了瑪麗小姐，答應她可以有自己的一小塊土地後，他已經到很多地方旅行過了。他曾經到過歐洲最美麗的地方，但從來沒有在一個地方久待；他選擇最寧靜、最偏僻的地點旅行，他曾經到過高聳入雲的高山，在日出時分俯瞰其他山峰，曙光從群山之間放出光芒時，世界看起來彷彿才剛剛誕生。

　　然而曙光從沒感動過他，直到有一天，有一件奇怪的事發生了。他獨自在奧地利提洛爾的美麗山谷裡散步，沿途的美景似乎可以將人靈魂裡的陰影一掃而空，可是他走了很久，仍然無法揮去他心中的陰霾。最後他走累了，在小溪旁的一片苔蘚地上休息。那是一條清澈的小溪，沿著狹窄的河道活潑、快樂地流著，流過兩旁芳香濕潤的茵茵草地，有時候溪水會在石頭周圍激起泡沫，發出像低沉笑聲般的聲響。他看著鳥兒飛來，低頭喝著溪水，然後拍拍翅膀飛走。這條小溪彷彿有生命似的，小小的水聲使周圍更幽靜了。這條溪谷非常、非常寧靜。

　　當阿希巴爾德‧克萊文坐著凝視潺潺流過的清澈溪水時，他漸漸感受到他的身心就和溪谷一樣，安靜了下來，他懷疑自己是不是快要睡著了。他坐著凝視閃耀著

陽光的水面，眼睛開始注意溪邊生長的一大片美麗的藍色勿忘我，它們因為太靠近水邊，葉子都被溪水弄濕了。他看著這些花時，突然想起多年前也看過一樣的景色，他內心溫和地想著這些花是多麼美麗，綻放出好幾百朵藍得令人驚奇的小花。他不知道正是那些單純的想法，正不斷一點一滴地充滿了他的心靈，直到其他想法被輕輕地推到了一邊—— 一切彷彿像甜美清淨的泉水開始從一潭死水中不斷地湧出，最後終於排乾了髒水。當然他自己並沒有想到這些，他只知道，當他坐著凝視這片鮮豔嬌柔的藍色花朵，溪谷似乎越來越安靜了。他不知道自己在這裡坐了多久，也不知道自己發生了什麼變化，不過最後他動了一下，清醒了過來，然後慢慢站起來，站在苔蘚茵茵的草地上，輕柔緩慢地深呼吸，對自己的改變感到很驚訝，他的內心好像有什麼東西悄悄地被釋放出來了。

「這是怎麼回事？」他低語著，摸了摸額頭。「我覺得自己好像……活過來了！」

我們對還沒被發現的奇妙事物認識得不夠多，沒辦法解釋這件發生在他身上的事—— 任何人都沒辦法解釋，就連他也一點都不了解自己—— 不過幾個月後，當他又回到密蘇威特時，他想起了這個奇妙的時刻，而且非常意外地發現就是在這一天，柯林在秘密花園裡大喊著：「我會永遠活下去！」

秘密花園

　　那天晚上，這份奇特的寧靜一直待在他心裡，他睡得比以前都還要安穩，但是那樣的寧靜並沒有維持很久，他不知道那是可以維持下去的。第二天晚上，他又為他陰暗的想法打開大門，結果它們成群地湧了回來。於是，他離開山谷，繼續上路。但令他感到很奇怪的是，有好幾分鐘的時間——有時候是半個小時——他不知道為什麼，那灰暗沉重的負擔似乎消失了，他知道自己是個活人，不是死人。慢慢地、慢慢地，沒有理由的，他知道他已經和秘密花園一起「甦醒」過來了。

　　當金黃色的夏天轉變成深金色的秋天時，他來到了科木湖，在那裡他發現一處夢幻美景。他在和水晶一樣澄澈的湖畔度過了好幾天，或是走在山上柔軟茂密的綠色草木中，直到走累了才停下來，才安然入睡。這個時候，他發現自己睡得比較安穩了，他的夢也不再那麼可怕了。

　　「也許，」他想著：「我的身體變強壯了。」

　　的確變強壯了。因為想法轉變所得到的這難能可貴的寧靜時刻，讓他的靈魂也漸漸茁壯起來，他開始想起密蘇威特莊園，想著是不是該回家了。偶爾，他會稍微想起他的小孩，想著當他回家，就要再次站在四腳雕刻床旁，看著那張輪廓鮮明、蒼白的臉，而那張臉上緊閉著的睡眼周圍的黑色睫毛是如此令人害怕，他感到有點畏縮。

某一個神奇的日子,他走到了很遠的地方,當他回來時,圓圓的月亮已經高掛在空中,全世界充滿了紫色和銀白色。寧靜的湖泊、海岸和森林是如此美妙,他不願意走進他住的別墅裡,於是他走到湖邊一塊有涼亭的小平台,他坐在椅子上,呼吸著夜晚美妙的空氣。接著他感到一股奇特的寧靜悄悄向他襲來,他覺得越來越來幽靜,最後,他睡著了。

他不知道自己是什麼時候睡著的,也不知道自己是什麼時候開始做夢的,他的夢是如此真實,導致他不知道自己在做夢,後來他回想起來,才發現當時他以為自己相當清醒,而且也相當有警覺心。當時,他坐著呼吸夜晚的玫瑰香氣,聽著湖水在他腳邊拍打,他突然聽到一個呼喚聲。那甜美、清脆、快樂的聲音,似乎是從很遙遠的地方傳來的,不過,他卻聽得非常清楚,彷彿那個聲音就在他耳邊。

「阿希!阿希!阿希!」那個聲音說,接著那個聲音變得更甜美清脆,說著:「阿希!阿希!」

他突然跳了起來,並沒有被嚇到。

那個聲音是如此真實,而且他似乎覺得能聽到這個聲音是很自然的事。

「莉莉亞!莉莉亞!」他回應。「莉莉亞!你在哪裡?」

　　「在花園裡。」傳來的聲音就好像是從金色笛子吹出來的。「在花園裡！」

　　夢結束了。不過他並沒有醒過來，整個美好的夜晚，他睡得又香又甜。他醒過來時，已經是陽光燦爛的早上了。他的僕人站在旁邊看著他，他是一個義大利人，就像所有別墅裡的僕人一樣，習慣接受外國主人吩咐的事，無論事情多奇怪都不能懷疑。

　　沒有人知道他什麼時候出去、什麼時候回來、會睡在哪裡，是去花園閒逛，還是整晚在湖上的船裡待著。這個僕人手中捧著一個托盤，上面擺了幾封信，等候著克萊文先生拿取。僕人離開後，克萊文先生手裡握著信，坐著欣賞了湖泊好一陣子。他仍然保持著靜默，但是感到很輕鬆，彷彿過去那件殘酷的事，並不如他所想的發生過一樣，好像有什麼事情已經改變了。他想起了那個夢——那個非常真實的夢。

　　「在花園裡！」他感到疑惑地說：「在花園裡！但是花園已經鎖起來了，鑰匙也已經埋起來了。」

　　過了一會，他看了一下這些信件，看到最上面一封是來自約克郡的英文信，信上的字很明顯是個女人的筆跡，不過他從沒見過那個筆跡。他把信拆開，並不在乎是誰寫的信，不過，開頭的幾個字立刻引起了他的注意。

親愛的先生：

我是有一次在荒野上大膽地跟您說話的蘇珊‧索維比。那次我向您提到了瑪麗小姐，而我要再次大膽地向您提起另一件事。先生，如果我是您，我一定會回家。我想您一定會很高興，而且──恕我冒昧，先生──我想您的夫人若是還健在，一定也會請您回來的。

> 您順從的僕人
> 蘇珊‧索維比

克萊文先生讀了兩遍才將信放回信封裡。他一直想著那個夢。

「我要回密蘇威特。」他說，「我要立刻動身。」

他走過花園回到別墅，吩咐皮徹準備行李回英國。

幾天之後，他又回到了約克郡，在這漫長的路途中，他發現自己在想著他的孩子。過去這十年來，他從沒想過他，只希望把他遺忘。現在，即使他沒有特別想著柯林，對柯林的回憶卻不斷湧進他心裡。他想起那些灰暗的日子，他像瘋子一樣口出狂言，只因為孩子活了下來，媽媽卻死了。他拒絕去看那個小孩，最後終於去看他時，柯林卻變成了一個體弱的可憐小孩，大家都覺得他過不了幾天就會死，但令那些照顧他的人驚訝的是，日子一天天過去，他活下來了，接著，他們又開始相信

他會變成畸形或殘廢。

　　他並不想當一個壞爸爸，可是他一點都不覺得自己像個爸爸。他請醫生和保母照護這個小孩，提供各種奢侈品，卻躲起來不願意想起他，一頭埋在自己的悲傷中。接著他離家一年，再次回到密蘇威特，看到這個不幸的小東西，軟弱冷淡地抬起頭來，那對長著黑色睫毛的灰色大眼睛，是那麼像又那麼不像那雙他所深愛著的快樂的眼睛，他無法忍受，於是一臉蒼白地撇過頭去。在那之後，除了趁小孩睡著時去看他，他幾乎很少去看柯林，他對他的了解只有柯林長期生病，脾氣很壞，而且歇斯底里，近乎瘋狂，大家只能順著他的意思，避免讓他發脾氣而害了他。

　　這些回憶並不是振奮人心的事情，不過，當火車載著他經過高山，越過金色的平原，這個「甦醒過來的人」，開始以嶄新的方式思考，他想了很久、很深。

　　「或許這十年來我都錯了。」他對自己說，「十年是很長的一段時間，要挽回一些事情可能太遲了……太遲了。我以前都在想什麼！」

　　當然，這是錯的魔法——一開始就說「太遲了」，即使是柯林也會這樣告訴他。不過，他對魔法一無所知，無論是黑魔法或純潔的魔法，不過，他得學習。他想知道索維比鼓起勇氣寫信給他，是不是因為這個慈愛的女人已經知道柯林的情況更加嚴重而且快死了。如果他不

是處在奇妙的寧靜之中，他可能會更加悲傷，然而，這股寧靜帶給了他勇氣和希望。他發現自己並沒有往不好的地方想，反而相信會有好事情。

「難道她認為我能夠幫助柯林，能夠管得住他？」他想著，「我要在回密蘇威特莊園時順路去看她。」

不過，當他越過荒野途中，將馬車停在小房子前面時，有七、八個小孩聚在一起玩，一個接一個友善又有禮貌地向他行了七、八次的鞠躬禮，然後告訴他，他們的媽媽今天清晨前往荒野的另一邊，去幫一個婦人生小孩了。「我們家狄肯」——他們很自動地說狄肯去莊園的花園工作了，他每個星期會去好幾次。

克萊文先生看著這一群小孩子結實的身體，還有他們紅潤的圓臉，每一個人露齒笑的樣子都不一樣，他這時才領悟這群小孩子既健康又討人喜歡。他對他們友善地微笑著，然後從口袋裡拿出一個金磅，交給了他們之中最大的伊莉莎白。

「如果你把它分成八等分，每個人可以得到兩先令半。」他說。

然後在這群小孩子喀喀露齒笑、頻頻鞠躬行禮的時候，克萊文先生駕車離開了，留下這群推來推去，歡喜雀躍的孩子們。

　　駕車越過美妙奇異的荒野，讓他的心情得到了安慰。為什麼這次讓他特別有回家的感覺呢？他原本以為再也不可能有這種感覺了——美麗的原野和天空、遠處的紫色花朵，逐漸接近那棟具有六百年家族歷史的古老大房子時溫馨的感覺。他想著上次駕車離開時那些關起來的房間，還有躺在垂著織錦掛畫的四腳雕刻床上直發抖的柯林，他有沒有好轉呢？他能不能不再畏縮地去看看他呢？他的夢是那麼的真實，那個回應他「在花園裡！」的聲音是那麼甜美清脆！

　　「我會想辦法把鑰匙找出來。」他說，「我會想辦法把花園的門打開，我一定會——雖然我不知道為什麼。」

　　當他抵達莊園，依照平常禮儀迎接他的僕人們發現他看起來心情好多了，而且沒有像往常那樣，由皮徹先生陪同走到他住的偏遠房間。他走到圖書室，然後將梅拉克太太叫來。

　　梅拉克太太看到克萊文先生時，有點興奮、有點好奇，又有點緊張。

　　「梅拉克，柯林小主人的狀況怎麼樣？」他問。

　　「先生，」梅拉克太太回答：「他……他說話的態度和以前不太一樣了。」

chapter 27
在花園裡

「變得更糟了嗎？」他說。

梅拉克太太臉紅了起來。

「先生，事情是這樣的，」她試著解釋說，「克萊文醫生、保母和我都不懂他到底是怎麼了。」

「怎麼說？」

「老實說，先生，柯林小主人好像好轉了，可是也有可能又轉壞了。先生，他的胃口令人摸不透……而且他的行為舉止……」

「他變得比以前更……更奇怪了嗎？」她的主人皺著眉頭，不安地問。

「對。先生，他變得非常奇怪——如果您將他和過去比較的話。他以前幾乎都不吃東西，可是現在，他突然開始吃很多東西，有時又突然都不吃，把餐點原封不動地送回來，就像以前那樣。先生，或許您不知道，以前他從不願意讓人帶他到戶外，每次我們要把他放在輪椅上帶出去，總是心驚膽跳的，他會激動地說一些話，克萊文醫生說他也不敢強迫他。可是，先生，在完全沒有預警之下——有一次柯林小主人鬧脾氣不久之後，他突然堅持每天都要讓瑪麗小姐和蘇珊‧索維比的兒子狄肯推著他的輪椅，到外面去看看。他非常喜歡瑪麗小姐和狄肯，狄肯還帶來了他那些溫馴的小動物。還有，先

生，不知道您會不會相信，他從早到晚都待在外面。」

「他看起來怎麼樣？」他接著問。

「如果他三餐正常吃，先生，您一定會認為他變胖了——可是我們很擔心那只是虛胖。當他和瑪麗小姐在一起時，有時候他會笑得很奇怪。他以前完全都不笑。如果您允許，克萊文醫生會立刻來見您。他這輩子從來沒那麼困惑。」

「柯林小主人現在在哪裡？」克萊文先生問。

「在花園裡。先生，他常待在花園裡，而且沒有人可以靠近那裡，因為害怕他們看到他。」

克萊文先生幾乎沒聽到她最後說的那些話。

「在花園裡！」他說。在他請梅拉克太太離開後，他站著，一遍又一遍地重複：「在花園裡！」

他費了很大的努力，才將心思拉回現實，當他再次回到現實，他轉身走出房間。他走過瑪麗曾經走的路，穿越灌木叢中的門，走到月桂樹叢，最後來到了噴泉花床。噴泉現在噴著水，周圍的花床盛開著燦爛的秋季花朵。他越過草坪，轉進長春藤牆旁的長步道。他慢慢走，眼睛盯著步道。不知道為什麼，他覺得自己似乎是被帶回到這個曾經荒廢的地方。當他越來越靠近，他的腳步放得越慢，雖然長春藤簾幕厚厚覆蓋著，他還是找

到了門的位置，不過，他不知道那把鑰匙的確切地點。

所以他站著環顧四周。就在他停下來的那一刻，他嚇了一跳，然後傾聽——他問自己是不是在夢遊。

厚厚的長春藤簾幕覆蓋著那道門，鑰匙也埋在灌木叢底下，已經有十年沒有人走過那扇門了。然而現在花園裡卻傳出了聲響，好像有人在樹下彼此追逐，跑來跑去的腳步聲——那是一些小聲壓抑、很奇怪的聲音，像是故意壓低的尖叫和歡呼聲，也很像小孩子故意不讓人聽見，卻又因為太興奮而忍不住笑了出來的聲音。他到底夢到了什麼？他到底聽到了什麼？他是不是失去了理智，聽見了不是人類的聲音？難道就是那個遙遠卻清晰的聲音想要表達的事情嗎？

接著那忘了要克制、忍不住笑出來的聲音再度爆發，一陣腳步聲越跑越快——越來越接近花園門口——然後傳來小孩急促的呼吸聲，以及克制不住的大笑聲。牆上的門突然打開，把長春藤簾幕推到一旁，有一個男孩全速衝了出來，他沒看見站在外面的人，幾乎和他撞個正著。

克萊文先生即時伸出手臂，男孩才沒有因為撞到他而跌倒，當他將男孩推開，可以清楚看著他的時候，他驚訝得幾乎喘不過氣來。

那是一個高大、英俊、容光煥發的男孩，跑步讓他的臉充滿了紅潤的光彩，他把額頭前的茂密髮束向後撥，抬起一雙奇怪的灰色大眼睛——眼中滿是孩子氣的笑意，周圍的黑睫毛像流蘇一樣，就是那雙眼睛讓克萊文先生喘不過氣來。

「誰——是誰？」他結結巴巴地說著，這不是柯林期待的、也不是他計畫中的事。他從沒想到會這樣跟爸爸碰面，但是他衝了出去——就像是賽跑冠軍，或者更快。在他爸爸面前，他站得又高又直。瑪麗跟著跑在後面，也衝出門口，她心想柯林此時一定正試著讓自己看起來比以前都還要高。

「爸爸。」他說，「我是柯林，你一定不相信吧！我自己也不相信，我是柯林。」

「在花園裡！在花園裡！」克萊文先生匆匆地說。和梅拉克太太一樣，柯林也聽不懂他爸爸的意思。

「對啊！」柯林說，「都是花園造成的——還有瑪麗、狄肯和小動物們，以及魔法。沒有人知道這件事，我們一直保守秘密，想要等到你回來再告訴你。我好了，我可以在賽跑中贏過瑪麗，我要成為運動家。」

他說這些話的時候，就像一個健康的小孩那樣——滿臉通紅，迫不及待地說著，有時甚至舌頭都打結了——這些話，讓克萊文先生的靈魂因為難以置信的喜悅而動

搖了。

柯林把手放在他爸爸的手臂上。

「難道你不高興，爸爸？」他說，「難道你不高興嗎？我會永遠活下去！」

克萊文先生將雙手放在男孩的肩上，靜靜地抱著他好一陣子，一句話都說不出來。

「帶我到花園裡，孩子。」他終於開口說：「把所有發生的事都告訴我。」

於是他們帶他進去。

花園到處都是秋天的顏色，金黃色、紫色、藍紫色和猩紅色，還有一簇一簇晚開的、白色的、紅白相間的百合花長在一起。克萊文先生記得很清楚，最一開始種下它們的時候，每年的這個時候都會綻放出遲來的光輝。晚開的玫瑰到處攀爬，密集垂掛著，被陽光加深色澤的金黃色樹叢，讓人覺得好像在一座金色的寺廟中。這個新進來的人靜靜地站著，就像這些孩子剛進來這個灰濛濛一片的花園時那樣，來來回回環顧著四周。

「我以為花園裡的植物都死了。」他說。

「瑪麗一開始也這麼想。」柯林說，「不過它們活過來了。」

　　然後他們全都坐在那棵樹下——除了柯林，因為他要站著敍述這些事情。

　　當柯林像小孩子一樣，著急地說著這些故事時，阿希巴爾德‧克萊文覺得那真是他聽過最神奇的事情——神祕的氣氛、魔法和野生小動物，還有奇妙的午夜相遇；春天的到來、柯林受辱的自尊讓他像小王爺一樣站了起來；向班‧威瑟斯塔夫挑戰，以維護他的尊嚴；奇怪的同伴、演戲，還有小心翼翼保守的大秘密，讓這個聽的人笑到流眼淚。有時候即使他沒有笑，眼裡也積滿了淚水，「運動家」、「演說家」和「科學發明家」聽起來真是又好笑又可愛——這都是一個健康的小孩子才說得出來的話。

　　「現在，」故事說完後，柯林接著說：「這件事終於不是秘密了，我敢說他們看到我一定會非常驚訝……我再也不要回到輪椅上了。爸爸，我要和你一起走回屋子裡。」

　　班‧威瑟斯塔夫的工作使他沒空離開花園，不過，藉著這個特殊的機會，他藉口要拿些蔬菜到廚房，結果梅拉克太太請他到僕人廳喝啤酒。當密蘇威特莊園裡最戲劇化的事件在花園裡發生時，他也如願地看到現場了。

　　從一扇窗俯瞰庭院可以瞥見草坪，梅拉克太太知道班‧威瑟斯塔夫是從花園來的，便希望他也會看到主人，甚至湊巧也看到了柯林小主人。

chapter 27
在花園裡

「威瑟斯塔夫，你看到主人或柯林了嗎？」她問。

　班・威瑟斯塔夫將啤酒杯從嘴邊挪開，然後用手背擦了擦嘴，說道：「我看見了啊。」他老練地回答。

「兩個人都看到了嗎？」梅拉克太太說。

「兩個人都看到了。」班・威瑟斯塔夫回答，「謝謝你的好意，太太，我還可以再喝一杯！」

「他們兩個在一起嗎？」梅拉克太太問，然後因為太興奮而讓酒溢出了杯子。

「在一起，太太。」班・威瑟斯塔夫一口氣喝下半杯啤酒。

「柯林小主人在哪裡？他看起來怎樣？他們說了什麼？」

「我沒聽到。」班・威瑟斯塔夫說：「那時我站在梯子上，從牆上望著他們。不過我可以告訴你一件事，你們待在屋子裡的人，都不曉得外面發生了多少事情，不久之後你們就會知道發生什麼事了。」

　從他喝下最後一口啤酒，到他拿著杯子，朝著那個可以看到一片灌木叢、後面又可以看到一片草坪的窗戶揮舞著，不到兩分鐘的時間。

393

「看看那邊。」他説,「要是你好奇的話,看看是誰從草坪那邊走來了。」

梅拉克太太看了一下,突然地舉起雙手,發出小小的尖叫聲,僕人廳的男僕和女僕聽到後,也趕緊跑到窗戶旁邊,站著望向窗外,看得眼珠子都要掉下來了。

從草坪那邊走過來的是密蘇威特莊園的主人,他的樣子是他們從沒見過的,而在他的身旁,有一位頭抬得高高的,眼裡充滿歡笑,走起路來和任何一個約克郡男孩一樣穩健的—— 柯林小主人!

chapter 27
在花園裡

法蘭西絲生平年譜

1849　0　11月24日出生於英國曼徹斯特，家中排行第三，底下還有一個妹妹和二個弟弟。父親為銀匠與鑄鐵匠，並經營一間工廠。

1853　4　父親去世，家境陷入困窘。

1857　8　為了抒發自身情感，開始嘗試寫作。

1865　16　舉家移民美國，定居於田納西州的諾克斯維爾，靠母親親戚的資助維生。

1868　19　嘗試將自己所寫的一個愛情故事送至當時受歡迎的雜誌《古德仕女書 (Godey's Lady's Book)》的編輯手中，並獲得了賞識。此後定期在雜誌上刊載作品。

1872　23　在《Scribner's》雜誌連載《歐勞瑞的小女孩 (That Lass o' Lowrie's)》，內容取材自幼年時期採煤礦的經歷。

1873　24　與斯萬‧伯納特 (Swan Moses Burnett) 結婚。

1896	47	《良好的仕女 (The Lady of Quality)》出版,被公認為法蘭西絲的劇作中最好的一部。
1898	49	與斯萬・伯納特離婚。
1900	51	與史蒂芬・湯森 (Stephen Townsend) 結婚。
1905	56	《小公主 (A Little Princess)》出版。後於1939年搬上大銀幕。
1909	60	在紐約長島築屋而居。佈置家中花園時突發靈感,《秘密花園 (The Secret Garden）》由此誕生。
1911	62	《秘密花園 (The Secret Garden）》出版,成為法蘭西絲最為成功、暢銷的作品。
1919	70	《秘密花園》被搬上大銀幕。
1924	75	10月29日,逝世於美國紐約。兒子維維安於1927年寫傳記《The Romantic Lady》紀念母親。

秘密花園 / 法蘭西絲·霍森·伯納特著 ; 柔之譯
-- 初版. -- 臺北市 : 笛藤, 2020.09
　面 ; 公分
譯自 The Secret Garden
ISBN 978-957-710-796-1(平裝)

873.57　　　　·　　　　109013426

The Secret Garden

秘　密　🔑　花　園

2020年9月23日　初版第1刷　定價380元

作者	法蘭西斯·霍森·伯納特
翻譯	柔之
美術設計	王舒玗
總編輯	賴巧凌
編輯	江品萱
編輯協力	林子鈺
編輯企劃	笛藤出版
發行所	八方出版股份有限公司
發行人	林建仲
地址	台北市中山區長安東路二段171號3樓3室
電話	(02) 2777-3682
傳真	(02) 2777-3672
總經銷	聯合發行股份有限公司
地址	新北市新店區寶橋路235巷6弄6號2樓
電話	(02)2917-8022・(02)2917-8042
製版廠	造極彩色印刷製版股份有限公司
地址	新北市中和區中山路二段380巷7號1樓
電話	(02)2240-0333・(02)2248-3904
印刷廠	皇甫彩藝印刷股份有限公司
地址	新北市中和區中正路988巷10號
電話	(02) 3234-5871
郵撥帳戶	八方出版股份有限公司
郵撥帳號	19809050